KB215582

눈물

碧奴(BINU)
The Myth Of Meng Jiang Nu
by Su Tong

Copyright © 2006 by Canongate Books Ltd.
Korean Translation Copyright © 2007 by MUNHAKDONGNE Publishing Corp.

This Korean Edition is published by arrangement with
Canongate, Inc. through Shinwon Agency.
All rights reserved.

Art direction: Hooha
Cover illustration: 奇文雲海
All rights reserved.

이 책의 한국어판 저작권은 신원 에이전시를 통해
Canongate 출판사와 독점 계약한 (주)문학동네에 있습니다.
저작권법에 의해 한국 내에서 보호를 받는 저작물이므로
무단 전재 및 무단 복제를 금합니다.

이 도서의 국립중앙도서관 출판시도서목록(CIP)은
e-CIP홈페이지(http://www.nl.go.kr/cip.php)에서 이용하실 수 있습니다.
(CIP제어번호 : CIP2007002409)

쑤퉁 장편소설 | 김은신 옮김

1

문학동네

| 차례 |

북산

신도군(信桃君)이 북산(北山)에 은거할 당시의 모습을 기억하는 사람은 아무도 없었다. 그가 살던 초가집은 불타서 사라진 지 이미 오래고, 시커멓게 타다 남은 나무말뚝 몇 개만 황량한 채소밭 위에 한동안 덩그러니 남아 있었다. 그래도 처음에는 사람들이 몰래몰래 다른 사람의 눈을 피해 북산에 올라가 그 나무말뚝들을 향해 절을 올리기도 했지만, 시간이 지나면서 그 단단했던 나무말뚝들도 누군가의 손에 뽑혀 어느 집 장작으로 패였는지, 집을 짓는 데 쓰였는지조차 알 수 없었다. 신도군의 무덤은 빈 무덤이긴 했지만 계절이 바뀔 때마다 단아한 정취를 자아냈다. 겨울이면 빈 무덤구덩이에 반짝이는 얇은 얼음이 깔려, 언덕에 놓인 은색 거울이 하늘에 떠 있는 구름과 새들을 비추는 것처럼 보였다. 따뜻한 봄이 되면 무덤 속 구덩이에도 꽃들이 피어났다. 무성하게 자란 분홍색 여뀌와 흰색 들백합이 바람에 흔들렸고, 그 사이를 나비들이 날아다녔다. 여름이 지나고 가을이 되면서 산에 많은 비가 내리면 무덤은 순식간에 자취를 감추었다. 산세를 타고 흘러든 빗물은 빈 무덤을 알 수 없는 열정을 품고 일렁이는 작은 연못으로 바꾸어버렸다. 그곳에는 늘 무리에서 벗어난 거위가 홀로 외롭게 헤엄을 치며 신도군의 영혼에게 가슴속 근심을 털어놓곤 했다. 멀고 가까운 곳에서 몰려든 양치기들은 자신의 양들에게 이 연못의 물을 먹였지만, 자신들은 아무리 목이 말라도 감히 그 물을 마실 생각을 하지 않았다. 시촌(柴村)의 무당들은 말했다, 이 연못의 물을 제외한 북산 일대의 모든 샘물과 과일은 마음대로 먹어도 괜찮다고. 시촌 무당들은 사람들이 알고 있는 모든 지식의 근원이었다. 사람들은 연못의 물을 감히 마시지 못했다. 누가 감히 눈물로 만들어진 물을 마실 생각을 하겠는가? 시촌 무당들은 소머리뼈로 만든 사발과 거북이 껍질을 들고 산에 올라가 그 물이 왜 쌉싸

래하면서도 달짝지근한지 알아본 적이 있었다. 그들은 그 연못이 눈물로 이루어졌고, 달짝지근한 것은 위에 떠 있는 빗물이지만 그 깊은 곳에는 오래전에 죽은 삼백 명의 통곡자(痛哭者)들이 흘린 눈물이 고여 있다고 결론을 내렸다.

북산 아래에 살고 있는 사람들은 오늘날에도 감히 잘 울지 못한다.

통곡자의 후손들은 지금 도촌(桃村), 시촌, 마반장(磨盤庄) 일대에 흩어져 살고 있다. 이곳에서는 어린아이들조차도 자신의 독특한 조상에 대해 잘 알고 있다. 백발이 성성한 노인들은 후손들에게 알려줘야 한다는 책임감에, 북산을 가리키며 오래전에 있었던 비극을 회상했다.

"애들아, 다른 조상님들은 모두 땅속에 평안히 잠들어 계시지만 우리 조상님들의 영혼은 아직도 북산 여기저기를 떠돌고 계신단다. 흰나비들이 왜 그렇게 산꼭대기를 날아다니고 반딧불이들이 왜 그렇게 산길에 날아다니는지 그 이유를 아느냐? 그건 모두 억울하게 돌아가신 조상님들의 영혼이란다. 그분들은 지금도 북산에서 당신들의 무덤을 찾아 헤매고 계신 거야! 애들아, 다른 조상님들은 굶어 죽거나 병들어 죽거나, 그도 아니면 늙어 숙환으로 돌아가셨거나 전사하셨단다. 하지만 우리 조상님들은 너무나도 억울하게 돌아가셨어! 애들아, 그분들이 어떻게 돌아가셨는지 한번 맞혀보거라! 평생 동안 아무리 생각해도 너희들은 그 답을 알 수 없을 게야. 그분들은 자신의 눈 때문에, 바로 당신들이 흘린 눈물 때문에 돌아가셨단다!"

오래전에 있었던 장례식이 수많은 아이들의 꿈속에 등장했다. 노인들의 장황하고 애달픈 기억이 마치 굵고 튼튼한 검은색 비단을 끈기 있게 한 올 한 올 헤치듯 풀려나왔다. 아이들이 마음속 가장 아픈 곳에서 그것을 잘라내자 무수한 악몽의 꽃잎들이 터지듯 허공에 난분분 흩뿌려졌다. 노인들은 신도군의 장례식에 깜짝 놀란 황제가 곧바로 수천 명의 포리(捕吏)*와 군사들을 풀어 산 중턱에서 조문객들을 검문하게 한 이야기를 들려주었다. 별 탈 없이 검문을 통과한 사람들도 있었지만, 가던 길을 제지당한 이들도 있었다. 제지당한 사람들의 두 뺨과 두 눈에 조심스럽고 까다로운 검사가 이루어졌

---

* 죄인을 잡는 관리.

고, 눈물이 채 마르지 않은 삼백 명의 농민들이 산 중턱에 억류되었다. 포리들은 농민들을 성별에 따라 두 무리로 나누어 남자들은 산언덕 위에, 여자들은 산언덕 아래에 가둬놓았다. 그 사이의 산길은 병사들이 바삐 지나다니는 통행로가 되었다. 그때 눈물이 화(禍)가 될 것이라고는 누구도 예측하지 못했다. 산언덕에 억류된 사람들은 대부분 어른들이었다. 그들은 급작스러운 상황에 다소 당황하긴 했지만 산언덕 주변에 모인 많은 사람들과 그 속에 끼여 있는 덕망 있는 인사들을 보며 마음속에 일어나는 의구심을 떨쳐버렸다. 시골에서 벌어진 사건을 수사하는 관부의 수법을 모르는 사람은 아무도 없었다. 그들은 닭도둑을 찾을 때는 손에서 닭똥 냄새가 나는지, 소도둑을 찾을 때는 몸에서 소똥 냄새가 나는지 맡아보았고, 살인사건을 조사할 때는 혐의자의 몸에서 혈흔을 탐색했고, 간통한 남녀를 조사할 때는 옷을 벗기고 은밀한 부분을 조사했다. 하지만 사람들은 눈과 뺨에 범죄의 흔적이 남는다는 생각은 해본 적이 없었기 때문에, 처음에 자신들을 조사한다고 잡아둘 때만 해도 그다지 두려움을 느끼지 못했다. 산길을 사이에 두고 집안일을 의논하는 부부도 있었고, 어떤 이는 집에 두고 온 돼지에게 먹이 줄 일을 걱정했다. 자신의 아이들에게 어서 강가로 나가 돼지에게 먹일 풀을 베어오라고 재촉하는 부모들도 있었다. 심지어 어떤 이는 자신의 깨끗한 손을 포리에게 펴 보이며 남의 닭이나 개를 훔친 적이 없다고 말하기도 했다. 한 아낙네는 아예 자신의 성생활에 대한 온갖 얘기를 떠들어대어 주변 아낙네들의 냉소와 비웃음까지 살 정도였다. 이를 듣던 포리는 의미 있는 미소를 입가에 띠었지만, 여전히 싸늘한 눈빛으로 그들의 얼굴을 노려보았다. 그리고 잠시 후, 산 아래의 여인들과 산 위의 남자들 모두에게 수군대거나 웅성거리지 말라는 큰 목소리의 명령이 떨어졌다. 질식할 것만 같은 고요 속에서 그들의 눈에 들어온 것은 난생처음 보는 거대한 밧줄뭉치였다. 마치 맷돌처럼 둘둘 말려 있는 밧줄을 몇몇 병사들이 구령에 맞추어 산 위로 끌어올리고 있었다. 밧줄뭉치가 자신들의 발밑에 멈췄을 때에야 마을사람들은 마침내 병사들이 왜 그렇게 바빴는지를 알게 되었다. 상황이 이상하게 돌아가는 것을 직감한 누군가가 얼른 사람들 틈에서 빠져나가려 했지만 도망치기에는 이미 늦어 있었다. 포리들의 창끝이 명령에 반항하는 통곡자들을 겨누고 있었다. 그들은 건장한 일부 청년들의 목에 형틀을 씌웠고, 대다수 사람들은 감탄이 절로 나오는 길고긴 밧줄로 한 명 한 명 따로 묶었다. 포리들이 사람들의 손을 나란히 밧줄로 연결하여 한 번 휙 둘러 묶은 다음 조이고 다시 묶기를 반복했다. 얼마 지나지 않아 통곡자들은 켜켜이 쌓인 뽕잎들처럼 두 줄로 나란히 늘어서게 되었다. 포리 한 명이 별반 힘들일 것도 없이 밧줄을 당기며 통곡자들을 죄인 호송마차가 있는 산 아래로 끌고 내려갔다. 노인들은 말했다. 가엾은 통곡자들이 호송마차를 보고서야 신도군의 장례식에서 흘린 눈물이 자신들에게 화를 가져왔다는 사실을 불현듯 깨달았다고. 산언덕 주변에 모여 있던 사람들이 공포와 겁에 질려 사방으로 달아나기 시작하자, 통곡자들은 그들의 얼굴을 가리키며 소리소리 질렀다.

"저놈도 장례식에서 울었고 저기 저 여자도 곡을 했는데, 왜 저 사람들은 놔두고 우리만 잡아가는 거요? 우리 말고도 수백 명이 같이 울었단 말이오!"

황제가 신도군을 위해 통곡하지 못하도록 한 법령은 아직 반포되지 않은 상태였다. 하지만 고관대작들은 이미 그 법령을 다 알고 있었고, 시국에 관심 있는 장사치들 역시 다 알고 있었지만, 북산 아래에 살고 있는 사람들만은 전혀 모르고 있었다. 그들은 일 년 내내 논을 갈고 뽕을 키우는 일을 이야기할 뿐 다른 것에 대해서는 아무것도 알지 못했다. 청운군(靑雲郡)과 북방의 도성은 첩첩이 놓인 산자락으로 인해 소식을 전해 듣기 참으로 어려운 곳이었다. 일이 다 벌어지고 난 후에야 신도군이 황제에 의해 북산으로 유배된 것과 그의 등에 황제가 직접 죽음을 명한 금색 낙인이 찍혀 있다는 사실을 알게 되었다. 황제는 신도군에게 대한(大寒)에 죽을 것을 명했지만 신도군은 자신의 사형일을 연기하여 청명절(淸明節)이 되어서야 초가집 대들보에 흰색 비단을 걸고 목매달아 죽었다. 북산 언저리에 살고 있는 사람들은 모두 생각이 단순하고 완고한 편이었고, 신도군이 황제의 숙부라는 사실만 알고 있었다. 그들은 고귀한 혈통에 대해 마음 깊은 곳에서 우러나는 존경심과 북산 은거자에 대해 넘치는 경외심을 가졌을 뿐, 황족 간의 암투가 얼마나 살벌하게 전개되는지는 상상도 하지 못했다.

신도군이 북산에 은거하는 동안 산 아래 마을사람들은 산꼭대기의 초가에서 들려오는 피리 소리를 들을 수 있었다. 피리 소리에 이끌려 산을 타고 올라간 양치기들은 신도군의 고독한 그림자가 마치 한 조각 구름처럼 초가집 안팎으로 흔들리는 것을 발견하곤 했다. 신도군이 자신이 죽을 시기에 관해 얘기하는 것을 직접 들은 사람들도 있었다. 그는 초가집 옆에 들백합이 피기 시작하면 그때가 자신이 떠나야 할 때라고 말했다. 사람들은 그 말에 숨은 뜻을 알지 못하고 이렇게 묻곤 했다.

"들백합이 피면 어디를 가시려구요?"

장례를 치른 후 많은 사람들이 북산을 바라보며 후회가 섞인 긴 탄식을 내뱉었다. 그들은 신도군이 냇가에서 목욕할 때 그저 그의 은밀한 곳을 훔쳐보는 데에만 열중했을 뿐 등에 새겨진 글자에 대해 묻지 않은 걸 후회했다. 한여름 아무것도 걸치지 않은 신도군의 나신을 본 사람이 이미 여럿이었다. 황족 남자의 몸은 정말로 희고 매끄러운 것이 신비롭기만 했다. 더욱 신비로운 것은 등에 새겨진 원형의 금색 낙인이었다. 금색 낙인은 글자가 틀림없었다. 글자는 뿌리 깊은 원한을 간단하게 새겨 넣은 것일 수도 있었고, 낭보나 흉보를 알리는 것일 수도 있었지만, 불행히도 사람들은 글을 읽지 못했다. 그들은 냇가 건너편에서 어린아이 것과 같은 신도군의 성기에 대해 열띤 논쟁을 벌였다. 바위 뒤에 숨어 있던 양치기가 말했다.

"황족과 귀인들은 뭐가 달라도 다르다니까! 저 물건만 해도 벌써 교양이 넘치고 세련된 게 뭔가 다르게 생겼잖아."

관목더미 속의 나무꾼은 저렇게 생긴 물건이 후손을 생산할 수 있을까 하는 의구심을 떨치지 못했다. 잠시 후 그들은 모두 물속으로 뛰어들어, 신도군이 일부러 여기저기 떨어뜨려놓고 간 도폐(刀幣)*를 열심히 주워모았다. 그는 북산의 냇가와 나무 아래에 돈을 뿌려두었다. 그리고 뒤늦게 그걸 주우러 온 사람들을 자신의 초가집으로 불러들이기도 했다. 산 아래 도촌에 살고 있는 마을사람들 가운데 양 한 마리에서부터 마 한 조각, 쌀 한 공기에 이르기까지 그가 마지막 가는 길에 베푼 은혜를 입지 않은 사람은 한 사람도 없었다. 심지어 누군가는 신도군이 사용한 서탁(書卓) 위의 죽간(竹簡)까지 가져다가 죽간 위의 글자를 깨끗이 씻어낸 후 쪼개어 젓가락으로 사용했다고도 했다. 노인들의 기억은

---

* 칼 모양의 화폐.

자질구레한 것들이었지만 정확했다. 노인들은 삼백 명의 통곡자들이 대부분 신도군에게 감사하는 마음을 갖고 죽었다고 했다. 하지만 냇가에 뿌려진 도폐의 유혹에 넘어가 죽게 되었다고, 또는 젓가락 때문에 목숨을 잃게 되었다고 억울해하는 이도 있었다.

도촌에서 요행히 살아남은 쑤더(肅德) 노인은 젊은 시절 양치기였다. 그 당시 신도군의 물동이에서 물 한 바가지를 얻어 마신 적이 있는 그는 자신의 목숨은 그때 간신히 주운 것이나 다름없다고 솔직히 시인했다. 그는 장례식 당일 산꼭대기에 흰색 깃발이 나부꼈고, 장례를 알리는 북소리가 일제히 울려퍼졌다고 했다. 그토록 마음씨 좋은 큰 인물이 죽었다는 사실에 쑤더는 울고 싶어졌다. 그런데 막 울음을 터트리려고 하는 순간 무언가가 자신의 팔꿈치를 미는 게 느껴졌다. 고개를 돌려보니 사촌형이 돼지 한 마리를 품에 안고 곁에 서 있는데, 바로 그 돼지가 코로 자신의 팔뚝을 밀쳤던 것이다. 사촌형은 이미 대성통곡을 하고 있었다. 자신의 통곡으로도 모자라 돼지까지 끌어다가 울리려고 하자 돼지가 발버둥을 치며 쑤더의 팔뚝을 민 것이었다. 쑤더 노인은 나중에 천지신명보다 그 돼지에게 더 고마

웠다고 회고했다. 그는 사촌형의 품에 안겨 있는 돼지가 신도군이 준 것임을 알고 갑자기 신도군이 공평치 못한 사람이라는 생각에 울컥 화가 치밀었다. 사촌형은 이미 돼지가 세 마리나 있었지만 자신에겐 양만 있었던 것이다. 그런데도 굳이 돼지를 자신이 아닌 사촌형에게 준 것에 생각이 미치자 화가 나, 나오려던 눈물이 쏙 들어가버렸다고 훗날 그는 회고했다.

"그 돼지가 떠민 것은 내 팔이 아니라 바로 내 눈물이었어. 돼지가 내 눈물을 떠미는 바람에 난 목숨을 부지할 수 있었던 게지."

살아남은 비결 중의 하나는 쑤더 노인처럼 속좁은 마음씨를 가진 것이었다. 쑤더와 곡을 한 일부 사람들은 벌떼처럼 몰려든 병사들의 호령에 서둘러 산을 내려왔다. 그럼에도 버티는 마을사람들을 일부 병사들이 곡괭이와 삽을 휘두르며 내몰았고, 몇몇 병사는 신도군의 나무관을 곡괭이로 내리찍기까지 했다. 대경실색한 마을사람들이 얼른 달려가 관을 파손하는 병사들을 나무랐다.

"이게 누구 관인 줄 알고 지금 이러는 거요? 황제폐하의 친숙부 되시는 분의 관이란 말이오! 이분의 관을 함부로 훼손하였다가는 황제폐하께서 당신의 구족까지다 잡아 죽일 테니 조심하시오!"

그러자 병사들이 수수방관한 채 서 있는 황포(黃袍) 입은 궁궐 관리를 가리키며 말했다.

"저기 저 차 대인(車大人)이 보이지? 우리는 우리 마음대로 이 관을 부수는 게 아니라 바로 장수궁(長壽宮)에서 나온 차 대인의 명을 받고 관을 부수고 있는 것이다!"

갑옷과 투구를 차려입은 관리가 오만한 표정으로 한쪽에 서서 마을사람들에게 냉소를 보냈다. 신도군의 관을 훼손하는 것은 차 대인도 감히 하지 못할 일로, 황제가 자신의 친숙부인 신도군의 관을 파헤치라는 명을 직접 내렸던 것이다. 마을사람들은 놀라움이 섞인 탄식을 내뱉고는 서둘러 산을 내려왔다. 죽은 이에 대한 애도의 정은 썰물 빠지듯 다 빠져나갔고, 자그마한 감사의 뜻도 갑자기 들이닥친 변고 속에 꼬리를 감추어버렸다. 마을사람들의 마음은 더이상 슬프지 않았다. 어떤 이는 아예 몰래 계곡으로 숨어들어가 상황을 살폈고, 어떤 이는 어수선한 틈을 이용하여 자신의 양떼를 신도군의 채소밭에 몰아넣어 무와 야채들을 먹이기도 했다. 사람들을 따라 산을 내려오던 쑤더는 황제의 군사들이 마치 스산한 나무숲처럼 산 중턱에 서 있는 것을 보았다. 황제의 군사들이 곧 사람들의 행렬을 막아섰다. 쑤더는 포리들이 마을사람들의 얼굴을 살피는 것을 보고, 그들이 눈물을 흘린 사람을 찾으려는 것인지 눈물을 흘리지 않은 사람을 찾으려는 것인지 혼란스러웠다. 아마도 자신의 마음속에 조금 남아 있던 시기심이 그를 도운 것 같았다. 그는 퉁명스레 포리에게 외쳤다.

"난 아무것도 받은 게 없어요! 그저 물 한 바가지 얻어먹은 것밖에 없단 말이오!"

그를 훑어보던 포리가 그를 밀쳐내며 말했다.

"곡을 할 것도 아닌 놈이 왜 올라와서 수선을 피우는 게야? 여기에는 네가 상관할 일이 없으니 어서 꺼져! 저기 강 쪽으로 돌아가서 큰길로는 나올 생각일랑 하지도 말고! 내 말을 어겼다가 괜히 호송마차에 끌려가더라도 날 원망하지 말거라!"

쑤더는 한걸음에 강가로 달려갔다. 그는 그곳에서 사촌형의 돼지를 보았다. 돼지는 풀을 뜯어먹고 있었고, 사촌형의 모습은 보이지 않았다. 강가에서 큰길을 내다보니 이미 호송마차들이 길을 메우고 있었다. 호송마차는 모두 새것으로 튼튼하고 위압적으로 보였다. 이제 막 잡힌 사람들이 마차 안에 들어갈 때는 그래도 앉을 자리가 넉넉했지만, 산에서 내몰리듯 내려온 통곡자들이 점점 더 수를 더해가자 마차 안은 순식간에 발 디딜 틈이 없어졌다. 일고여덟 대의 호송마차를 꽉꽉 메운 사람들이 마치 도살장에 끌려가는 가축들처럼 처참한 비명을 내질렀다. 마차들이 대로에 나올 즈음 바큇살이 부러졌다. 포리들이 나무감옥의 문을 열자 마치 물방울이 튕겨나오듯 사람들이 우르르 떠밀려나왔다. 쑤터 노인은 그때 밀려나온 사람들이 한눈에 봐도 이미 숨이 끊어진 상태였다고 했다. 노인은 후손들에게 힘주어 말했다.

"너희들은 외지인들이 말하는 헛소리들을 절대 믿어서는 안 된다. 삼백 명 중에 많은 사람들은 압사했어. 목이 잘려 죽은 것도, 생매장을 당해 죽은 것도 아니야. 산 아래 큰길에서 깔려 죽은 게야!"

눈물

북산 아래에 사는 사람들은 지금도 울음이 금지되어 있다.

도촌과 마반장에서는 울 수 있는 권리가 나이에 따라 제한되었는데, 아이들이 일단 걸음마를 하게 되면 더이상 우는 것이 용납되지 않았다. 천성적으로 잘 우는 아이들은 그 나이의 경계가 주는 틈을 재주껏 이용했다. 울 수 있는 특권을 갖기 위해 아이들은 차라리 일어서서 걷는 즐거움을 포기했다. 걸음마에 대한 거부감은 아이들을 마치 새끼 돼지나 양처럼 만들었다. 이미 다 자란 아이들이 엉덩이를 땅에 붙이고서 바닥을 기어다녔다. 엄격한 부모들은 빗자루를 들고 아이들을 쫓다니며 얼른 일어나라고 윽박질렀지만, 마음 약한 어른들에게서는 체통이란 것을 찾아볼 수 없었다. 그들은 자기 아이들이 마을 곳곳을 기어다니는 것을 아무렇지도 않게 바라보며 변명하듯 말했다.

"우리 집 아이는 집 안에 먹을 게 없어서 뼈가 제대로 자라지 못해 저렇게 땅바닥을 기어다닌답니다!"

"우리 집 아이는 걸으려고 하질 않아서 그렇지 절대 울보는 아니에요."

강 건너 마을 시촌은 이웃마을로부터 교훈을 얻어서인지 아예 아이들의 울 권리를 없애버려 갓난아이라 할지라도 울지 못하게 했다. 시촌 사람들의 영욕은 자녀들의 눈물샘과 아주 깊이 관련되어 있었다. 그곳 아낙네들은 경쟁하듯 앞다투어 무당을 찾아다녔고, 대부분의 총명한 아낙들은 울음을 멎게 하는 방법을 꿰뚫고 있었다. 그들은 모유와 구기자와 오디로 만든 즙을 갓난아기에게 먹였다. 그 암홍색 즙을 마시면 아기는 곧 깊은 잠에 빠져들었다. 겨울에는 얼음으로 갓난아기의 추위를 다스리고, 여름에는 불꽃으로 무더위로 인한 불편함을 다독였다. 가끔은 무슨 방법을 동원해도 울음을 그치지 않는 아기들이 생겨 시촌 어머니들이 골머리를 썩이기도 했다. 그들이 이 골칫거리를 해결하는 방법은 모두 비밀리에 진행되었기 때문에 수많은 억측을 자아냈다. 이웃마을 사람들은 가끔씩 강 건너 마을 시촌을 바라보며 그곳의 조용함과 차분함 그리고 날로 줄어가는 마을 인구를 놓고 분분하게 말을 하곤 했다. 매일 울던 아이들이 자취를 감춰버린 것이 주요 화제였다. 도대체 끊임없이 울어대던 갓난아기들은 하나둘씩 어디로 사라져버린 것일까?

가난한 북산에서의 출생과 죽음도 세차게 흐르는 마반하(磨盤河) 강물처럼 어디로 가는지 알 수 없었지만 물 한 방울 한 방울 모두 그 근원이 존재하는 것처럼 그들은 자녀들의 근원도 존재한다고 믿었다. 그들은 그 근원을 하늘과 대지에서 찾았다. 사내아이의 근원은 모두가 하늘과 관련이 있었다. 아버지들은 사내아이가 태어나면 의기양양하게 고개를 들고 하늘을 쳐다보았다. 그들의 눈에 하늘에 뜬 일월성신이 보이기도 하고, 하늘을 나는 새가 보이기도 했다. 그때 아버지들이 본 것에 따라 아들은 그 무엇이 되었다. 그렇게 해서 북산의 사내아이들은 태양과 별, 독수리와 곤줄박이, 비(雨)가 되었다. 가장 볼품없는 것은 구름이었다. 그에 반해 여자아이가 태어날 때는 집 안에 죽음의 기운이 자욱해서 아버지들은 반드시 집에서 삼십삼 보 거리에 있으면서 피의 저주가 불러올 액운을 피해야만 했다. 동쪽을 향해 고개를 푹 숙인 채 삼십삼 보를 질주하다가 땅 위에서 뭔가를 발견하면 그 여자아이는 곧 그 무엇이 되었다. 아버지들은 일부러 양계장과 돼지우리를 피해 삼십삼 보를 달렸다. 다리가 긴 아버지들은 마을을 벗어나서 들판까지 달려나갈 수 있었지만 여자아이들의 근원은 여전히 비천하고 저속했다. 아이들은 대부분 버섯, 곰팡이, 건초, 들국화 같은 야생 식물이나 과일류, 우렁이나 오리털로 불렸다. 이런 여자아이들은 그래도 그 운명이 깔끔한 편이었지만 소똥, 지렁이, 갑충(甲蟲)이 변한 여자아이들의 운명은 사람들로 하여금 알 수 없는 근심을 자아내게 했다.

하늘에서 내려온 사내아이들은 원래 마음이 넓고 강인했다. 울지 못하게 한 명령도 사내아이들은 비교적 쉽게 따랐다. 사내대장부는 겉으로 울지 않고 속으로 운다는 진리는 구속력이 있었다. 울면 안 된다는 금계(禁戒)를 지키지 못하는 사내아이들의 울음도 비교적 쉽게 해결할 수 있었다. 어려서부터 남 보기 민망한 눈물은 오줌을 쌀 때 함께 내보내야 한다고 가르쳤기 때문에 부모들은 아들의 눈에서 눈물이 나올 것 같은 징조가 보이면 황급히 아이를 데리고 밖으로 나가 구슬렸다.

"자, 쉬하자! 얼른 쉬해!"

울면 안 된다는 금계를 가장 쉽게 어기는 것은 주로 땅에서 나온 여자아이들이었다. 당연한 일인지도 몰랐다. 땅에서 올라온 잡초는 바람만 불어도 마음에 그늘이 졌고, 물가에서 나온 창포는 비만 한번 내려도 온몸이 눈물바다가 되었다. 이런 까닭에 눈물을 둘러싼 이야기들은 늘 여자아이와 관련이 있었다.

북산 아랫마을 사람들이 사내아이를 양육하는 방식은 마을마다 크게 다르지 않고 결과도 비슷했다. 하지만 여자아이를 양육하는 방법에 대해서는 각 마을마다 각자의 여아경(女兒經)*을 갖고 있었다. 마반장에서는 여자아이들에게도 항상 강인함을 강조했기 때문에 그곳 여자아이들은 어려서부터 사내아이들과 함께 어울려 놀았다. 그래서 사람들은 마반장의 여아경이 다소 저속하고 야만적이라고 여겼다. 눈물과 용변을 가리는

---

* 여자를 훈계하고 부덕을 수양시키는 책.

것은 긴밀하게 연결되어 있어서 과년한 나이에 시집도 안 간 처녀들도 눈물이 나올 것 같으면 별다른 수치심 없이 언제라도 치마를 들어올리고 땅바닥에 주저앉았다. 땅바닥이 젖어들기 시작하면 그들의 슬픔도 함께 사라졌다. 남의 말 하기 좋아하는 사람들은 마반장의 여자아이들에 대해 이런저런 뒷말을 늘어놓았다.

"아니, 곧 출가할 과년한 처자들이 아직도 스스럼없이 땅바닥에 주저앉아 볼일을 보다니, 별꼴이야 별꼴!"

"마반장의 여자애들은 아무리 예쁘게 치장을 해도 소용없어. 치맛자락만 들썩이면 늘 지린내가 풍겨나는 걸 뭐!"

시촌의 여아경은 한 편의 무녀경(巫女經)처럼 신비롭고 음울했다. 무당들이 사는 마을 시촌에서는 하루 종일 굴뚝을 타고 연기가 하늘로 솟아올랐다. 마을 여자아이들은 절대 울지도 웃지도 않았다. 그녀들은 냇가 주변에서 죽은 물고기와 동물의 뼈를 주워모았다. 그녀들의 일거일동은 모두 자기 어머니를 그대로 따라하는 것이었다. 소녀에서 할머니가 될 때까지 시촌의 여인들은 모두 공허하고 허무한 눈빛을 지니고 살았다. 그것은 오랜 세월 소뼈와 거북이 껍질을 모아 남의 운명을 예견해주고 사는 동안 자신의 운명은 오히려 철저하게 망각했기 때문이다. 아들과 지아비를 잃은 슬픔 앞에서도 그녀들은 까마귀 똥을 재와 잘 섞어 눈가에 고르게 펴발랐다. 그렇게 해서 그녀들은 음울한 물건들을 찾아 그곳에 슬픔을 잘 가두어놓았다. 치밀한 계산과 심오한 주술에 그녀들은 생기를 잃었고 여위고 핼쑥해졌다. 강가를 지나는 사람들은 그녀들을 보고 알 수 없는 슬픔을 느끼며 말했다.

"어째 시촌 여자들은 생기가 하나도 없는 것 같아. 탱글탱글 피어나기 시작하는 소녀나 아낙네들이나 꼭 혼령이 돌아다니는 것 같다니까!"

북산 마을들 가운데 도촌의 여아경만이 여자아이들을 꽃처럼 아리땁게 키워냈다. 도촌의 여아경을 두고 심오하기 이를 데 없다고 말하는 이가 있는가 하면, 황당한 전설 같다며 여아경이 맞긴 맞느냐고 질문을 던지는 이도 있었다. 오랜 세월 소문이 꼬리에 꼬리를 물면서 점점 더 알 수 없는 수수께끼처럼 되어버렸지만, 도촌 여아경의 가장 큰 줄기는 바로 눈물을 감추는 방법이었다. 수년에 걸쳐 눈물과 전쟁을 치러온 어머니들은 오랫동안 숙고를 거듭한 끝에 독특한 방식으로 눈물을 배출하는 비법을 찾아냈다. 그것은 두 눈 이외에 각자 자신의 생리적 특징에 따라 각종 신체기관을 이용해 눈물을 흘리는 것이었다. 눈물은 새로운 비법과 수련을 따라 다른 곳을 향해 흘러가기 시작했다. 어머니들이 고안해낸 갖가지 비방에 따라 여자아이들이 눈물을 배출하는 방법도 각양각색이었다. 듣기만 해도 신비스러웠다. 귀가 큰 여자아이들은 어머니로부터 귀로 우는 법을 배웠다. 눈과 귀 사이의 비밀통로를 활짝 열어 눈물이 귓속으로 흘러 내려가게 했다. 큰 귀는 눈물을 담아내는 훌륭한 그릇이었다. 귓구멍이 좁은 여자아이라 해도 넘쳐흐른 눈물이 아래로 떨어져 목을 적실 뿐 얼굴에서만큼은 아무런 물기도 찾아볼 수 없었다. 입술이 두터운 여자아이는 대부분 입술로 눈물을 배출하는 방법을 습득했다. 그런 여자아이들의 입술은 늘 젖어 있었다. 붉고 촉촉한 입술은, 비 온 후 처마가 아무리 많은 물이라고 해도 처마 밑바닥으로 흘러내리게 하는 것처럼 두 뺨 위로는 한 방울의 눈물자국도 남기지 않았다. 사람들은 그런 방법을 부러워하기도 하고 비웃기도 하면서 그녀들에게 조롱하는 말을 던지곤 했다.

"정말 눈물 한번 기막히게 흘리는구나. 자기 입술이

바로 작은 우물이니 목이 마를 때도 정말 편하겠어!"

가장 신비로운 것은 유방이 큰 여자들이었다. 그들은 정말 유방으로 울었다. 눈에서 그렇게 멀리 떨어진 유방으로 눈물을 흘려 내보낸다는 말을 외지인들은 도저히 믿을 수 없었다. 믿어도 그만, 못 믿어도 그만이었지만 도촌 여자들은 한 번도 자신들의 유방에 대해 직접 입을 뗀 적이 없었고 대부분 그 남편들이 떠벌리고 다녔다. 눈물이 여자의 옷 속에 숨겨져 있는데다 슬픔과 근심도 그곳에 함께 숨겨져 있으니 도촌 여자들이 유방으로 우는 비법은 아마도 남편들만이 알 수 있었을 것이다. 사람들이 궁금해하고, 그 궁금증이 커질수록 그에 대한 소문도 더욱더 무성해져서 유방으로 우는 비법은 자연스럽게 도촌의 여아경 중에서도 가장 으뜸이 되었다.

비누(碧奴)는 도촌에서 태어났다. 꽃처럼 어여쁘고 맑고 단아한 그녀는 눈동자가 칠흑처럼 새까맣고 커다래서 눈물을 달고 살 팔자를 타고난 듯했다. 다행히도 그녀는 머리가 길고 숱이 많았다. 비누의 어머니는 살아생전 딸의 머리를 쓸어올려 빗겨주며 눈물을 머리카락 속에 감추라고 가르쳤다. 하지만 어머니가 일찍 죽는 바람에 비법이 완전히 전수되지 않았다. 비누는 어린 시절 머리카락을 이용해 울었지만 제대로 감춰지지 않아 그녀의 머리카락은 하루 종일 젖어 있었고 쪽으로 틀어올린 머리도 늘 어지럽게 흐트러져 있었다. 사람들은 그녀가 자신들의 앞을 지나칠 때면 비구름이 지나간다는 느낌을 받곤 했다. 물방울들이 다른 사람의 얼굴을 스칠 때면 그것이 그녀의 눈물이라는 것을 누구나다 알 수 있었다. 사람들은 짜증스레 얼굴에 묻은 물방울을 닦아내며 말했다.

"아니, 너는 무슨 눈물을 그렇게 흘리는 것이냐? 사는게 고된 건 누구나 마찬가지인데 왜 유독 너만 그렇게 많은 눈물을 매일 쏟아내느냔 말이다! 항상 머리카락이 젖어 있어 쉰내를 풍기는데다 제대로 빗질도 하지 않고 다니니 나중에 어디서 좋은 신랑감을 구하겠느냐?"

그녀가 남보다 많은 눈물을 흘린다는 것은 분명 편견이었다. 그녀가 우는 법은 도촌의 다른 여자아이들에 비해 분명 우둔해 보였다. 다른 여자아이들보다 총명하지도 못한데다 잘 우는 법도 배우지 못했기 때문에 다른 여자아이들은 지주나 상인한테, 못해도 목공이나 대장장이한테 시집갔지만, 그녀는 고아인 완치량(万豈梁)에게 시집을 갔다. 그녀가 얻은 건 치량 한 사람과 아홉 그루의 뽕나무가 전부였다.

치량은 아주 잘생기고 선량한 사람이었지만, 홀아비 싼두오(三多)가 뽕나무 아래서 데려다 키운 고아였다. 어린 시절 마을에 사는 남자아이들은 자신들이 하늘에서 내려온 태양이나 별 혹은 새나 무지개라고 말하면서 치량에게 물었다.

"치량아, 넌 뭐니?"

자신이 무엇인지 알지 못하는 치량은 집에 돌아와 싼두오에게 물었다. 싼두오는 대답했다.

"넌 하늘에서 내려온 게 아니라 뽕나무 아래에서 데려온 거니까, 아마도 뽕나무겠지?"

그후로 다른 남자아이들은 모두 치량을 뽕나무라고 놀려댔다. 치량은 자신이 뽕나무라고 생각했다. 그래서 싼두오가 갖고 있는 아홉 그루의 뽕나무를 지키는 열번째 뽕나무가 되었다. 뽕나무처럼 치량도 말이 없었다. 다른 사람들이 말했다.

"치량, 이 벙어리야, 나가서 먹고살 재주는 안 배우고 매일 아홉 그루의 뽕나무만 지키고 앉아 돈 한 푼 벌 생각을 안 하는구나. 나중에 뽕나무를 팔아서 장가밑천이라도 할 셈이냐? 그런 너한테 누가 시집온다고 하겠냐?

도촌에 아무리 여자아이가 많다고 해도 너한테 시집온 다고 할 아이는 없을걸. 참, 비누가 있구나! 비누는 조롱박이 변한 아이라니, 조롱박이라면 뽕나무 위에 걸어 두기 딱 좋지!"

그래서 비누는 치량에게 시집을 갔다. 그것은 조롱박의 운명이자 뽕나무의 운명처럼 보였다.

도촌의 많은 남자들이 타향에서 객사했지만 치량의 죽음만큼 널리 알려진 적이 없었고, 도촌의 많은 여자들이 울었지만 비누의 울음처럼 산 밖으로까지 소문이 퍼져나간 적도 없었다. 그녀의 눈물은 청운군은 물론이요, 도촌 여자들이 흘린 눈물 중에서도 최대의 불가사의였다.

그날 점심 무렵에야 치량이 사라졌다는 걸 안 비누는 머리카락으로 울었다. 길가에 서서 북쪽을 바라보고 서 있는 그녀의 쪽진 머리에서 눈물이 방울져 내리며 푸른색 비단치마를 다 적시고 땅바닥으로 뚝뚝 떨어졌다. 상잉(商英)의 아내 치니앙(祁娘)과 수(樹)의 아내 진이(錦衣)도 길에 서서 북쪽을 바라보며 이를 꼭 깨문 채 주먹을 쥐고 있었다. 그들의 남편들도 실종된 것이다. 치니앙은 귀로 울었다. 그녀의 귀가 햇살을 받아 눈물을 반짝였다. 진이는 도촌 여아경 최고의 비법으로 울고 있었다. 그녀는 사내아이를 낳은 지 얼마 되지 않아 마침 수유기였다. 그녀의 눈물이 젖과 함께 흘러 옷을 흥건히 적시고 있어, 그녀는 마치 하수도에서 막 기어 나온 사람처럼 보였다. 도촌의 많은 남자들이 함께 자취를 감춰, 그날 오후 내내 마을에 남겨진 처자식과 부모들이 걱정으로 안절부절못했다. 누군가 비누에게 치량이 새벽에 해다놓은 뽕잎 반 단이 아직도 뽕밭에 그대로 있더라고 알려주었다. 비누는 정신 나간 사람처럼 아홉 그루의 뽕나무가 있는 곳으로 달려갔다. 뽕잎 반 단이 그대로 놓여 있었다. 비누는 주저앉아 뽕잎을 세었지만 아무리 세어도 정확하게 셀 수가 없었다. 자신의 손길이 닿은 뽕잎 위로 반짝이는 수정 같은 물방울들이 수없이 흘러내리는 것을 보고, 그녀는 그제야 자신의 손바닥이 울고 있다는 것을 알았다. 비누는 울면서 뽕잎바구니를 들고 양잠실을 향해 걸어갔다. 그런데 걸음을 옮길 때마다 양잠실로 가는 작은 길가에 물꽃들이 햇살을 받으며 사방으로 튕겨져나갔다. 어디서 나온 물인지 어리둥절해하던 그녀는 짚신을 벗었다. 그녀의 발가락도 울고 있었다. 이제 그녀의 발가락도 어떻게 우는지를 알게 되었던 것이다.

치량이 없는 양잠실은 텅 빈 것 같았다. 그녀는 바구니에 반쯤 들어 있는 뽕잎을 누에가 있는 채반 위에 쏟아부었다. 채반이 젖어서인지 아직 섶에 올라가지 않은 누에들은 기를 쓰고 뽕잎 위를 기어다니면서도 눈물에 젖은 뽕잎은 먹지 않았다. 어제 치량이 잘 묶어놓은 풀단에는 하룻밤 사이에 수많은 누에들이 기어들어가 있었다. 누에들은 더이상 고치를 만들지 않고 낙담한 듯 주인이 마지막으로 따다놓은 뽕잎을 내려다보며 봄날 채반 속에서 지내던 때를 그리워했다. 비누가 빈 바구니를 나무기둥에 걸자 나무기둥에서도 물방울이 스며나왔다. 나무기둥에 걸려 있던 치량의 윗도리에서 희미하게나마 치량의 땀냄새가 배어났다. 치량의 짚신 한 짝이 양잠실 문 앞에 떨어져 있었다. 하지만 어찌 된 영문인지 다른 한 짝은 영 찾을 수가 없었다.

비누는 치량의 다른 쪽 짚신을 찾으러 양잠실을 나섰다. 황혼 무렵부터 칠흑같이 어두운 밤이 될 때까지 찾았지만, 짚신 한 짝의 종적은 묘연했다. 주위 사람들의 만류에도 아랑곳하지 않고, 비누는 어둠이 짚신 한 짝을 감추고 있을 뿐이라고 굳게 믿었다. 이튿날 새벽 그녀가 고개를 숙인 채 아홉 그루 뽕나무 밑을 살피며 배회하고 있을 때, 길 건너편에 있는 냉씨(冷氏) 집 뽕나무밭에서 짚신 한 짝이 날아왔다. 냉씨 집안 며느리가 연민의 눈초리로 그녀를 바라보며 말했다.

"치량이 신다 남기고 간 짚신 한 짝이야. 이제 그만 찾도록 해!"

짚신을 주워들고 흘깃 살펴본 비누가 다시 되던져주며 말했다.

"지금 누가 신다 버린 짚신짝을 내게 주는 거예요? 이건 우리 신랑이 신던 짚신이 아니에요!"

냉씨 집안 며느리가 눈을 하얗게 흘기며 화를 냈다.

"이런 정신 나간 년 같으니라고! 서방이 끌려가니 아예 제정신이 아닌 게로구나! 사람이 사라져서 손발이고 바지 속의 물건이고 할 것 없이 함께 사라지고 없는 판에 그까짓 짚신 한 짝은 찾아 무엇에 쓰려는 게야?"

그녀의 말에 비누의 얼굴은 부끄러움으로 새빨갛게 물들었다. 그녀는 고개를 숙인 채, 나머지 짚신 한 짝을 찾아 아홉 그루 뽕나무부터 온 길을 다 뒤졌다. 하지만 대지 위에 가득 찬 햇살을 피하는 듯 짚신 한 짝은 끝내 나타나지 않았다. 그래도 그녀는 포기하지 않고 매일같이 뽕나무밭에서 큰길로 나가는 길을 걸으며 찾고 또

찾았다. 이제는 그녀가 짚신을 찾아 헤매고 다니는 것을 온 마을사람이 알게 되었다. 사람들은 먼발치에서 그녀의 모습을 가리키며 말했다.

"치량이 북방으로 가면서 제 마누라 혼백까지 데려간 모양이야!"

사정을 알지 못하는 개들은 비누가 다가오면 야단법석을 떨며 집요하게 계속되는 비누의 발걸음을 이리저리 피해 다녔지만, 길가에 핀 초목들은 그녀의 발자국에 담긴 아픔을 또렷하게 읽어냈다. 그녀의 걸음걸음마다 눈에 보이지 않는 눈물의 태풍이 몰아쳤으니까. 그녀가 다가오면 무성한 원추리와 창포는 성심을 다해 엎드려, 자신들의 영지(領地)를 그녀에게 드러내 보이며 소리쳤다.

"여기에는 짚신이 없어요! 여기에는 짚신이 없어요!"

여름에서 가을로 넘어가는 내내, 비누는 치량의 짚신 한 짝을 찾아다녔지만 결국 찾지 못했다. 가을에 접어들 무렵, 그녀는 냇가에서 실타래를 씻고 있는 여인을 만났다. 여인이 말했다.

"아이들이 입을 겨울옷을 아직 준비하지도 못했는데, 날씨가 곧 추워지려나봐요."

그녀는 한 손으로는 실을 씻고, 다른 한 손으로는 천을 짜고, 또다른 손으로는 바느질을 할 수 있게 손이 세 개였으면 좋겠다고 한탄했다. 냇가로 내려가 그녀를 도와주던 비누는 손이 시려오는 것을 느꼈다. 물속에서 실타래가 부드럽게 일렁이기 시작하자, 두 손으로 따뜻한 실타래를 꼭 쥔 그녀의 머릿속에 웃통을 벗은 채 가을바람을 맞고 있는 치량의 모습이 떠올랐다.

"날씨가 곧 추워지겠네요. 대연령(大燕領) 쪽에서 사람들이 먹거리는 좀 대준다고 하던데 옷도 구해줄지 걱정이에요. 치량은 여름에 끌려가서, 갈 때 아예 웃통을 벗고 있었는데."

그녀는 실을 씻으며 자신의 가장 큰 걱정거리를 발견했다. 가을이 되자, 길에서 비누의 모습을 볼 수 없었다. 도촌 사람들은 비누가 더이상 짚신을 찾아 헤매지 않는다는 소문을 듣고, 그녀가 이제 정신을 차렸다고 생각했다. 마을 여자들이 비누의 집을 찾았다. 독수공방의 동병상련을 나누려는 생각도 있었고, 정말 정신을 차렸는지 알아보려는 생각도 있었다. 그들의 예리한 눈은 비누가 부뚜막에 흘린 눈물의 흔적을 놓치지 않았다. 그들의 예민한 코는 집 안을 가득 메운 쓸쓸한 눈물의 기운을 감지했다. 그때 초가지붕에서 콩알만 한 물방울이 한 여인의 얼굴에 떨어졌다. 그 여인이 얼굴을 닦아내며 놀라서 외쳤다.

"하느님 맙소사! 비누의 눈물이 지붕 꼭대기까지 날아갔나봐!"

또 한 여인은 부뚜막에 걸린 차가운 솥단지 안에 남은 반 토막의 호박을 발견했다. 그 호박을 조금 떼어먹은 여인은 이내 눈살을 찌푸리며 외쳤다.

"호박에도 눈물이 배었나봐. 정말 쓰고 떫어! 비누야, 너 호박을 눈물로 찐 거니? 이건 또 무슨 조리법이야?"

비누는 자신의 온몸이 만들어낸 눈물구름 속에 서서 커다란 보따리를 싸고 있었다. 보따리 속에는 정성 들여 손수 지은 오색찬란한 겨울옷과 허리띠, 그리고 토끼가죽으로 만든 두툼한 신발이 들어 있었다. 마을 여자들은 그것이 모두 치량에게 전해줄 물건임을 알았다. 황망히 집을 떠난 남편에게 이런 보따리를 안겨주고 싶지 않은 여인이 어디 있겠는가? 그들은 비누에게 그 겨울옷을 만드는 데 돈이 얼마나 들었는지 물었다. 비누는 그 비용에 대해서는 이야기하지 않았다. 다만 뽕나무밭에 있는 아홉 그루의 뽕나무와 견사를 모두 직물방에 넘겨주고 받은 것이라고 했다. 여인들이 놀라 탄성을 질렀다.

"아니, 뽕나무 전부와 세 채 반이나 되는 견사랑 이걸 바꿨단 말이야? 이제 앞으로 뭘 먹고 살려고 그래?"

비누가 대답했다.

"서방님도 없는데, 앞으로 살날들이야 살아도 그만 죽어도 그만……"

"그럼 준비해놓은 이 좋은 물건들을 누구한테 줘서 대연령에 보낼 생각이야?"

"누굴 보내기는…… 내가 직접 가지고 갈 거야."

여인들은 비누의 머리가 어떻게 됐거나 대연령이 천 리나 떨어진 곳이라는 걸 모르기에 그렇게 대답하는 것이라고 생각했다. 비누가 다시 입을 열었다.

"말이 있으면 말을 타고, 나귀가 있으면 나귀를 타고 갈 거야. 말도 나귀도 없으면 걸어서 가고. 짐승들도 그 먼 길을 걸어가는데, 짐승보다 나은 사람이 천 리 길을 가지 못할 리 없잖아?"

여인들은 모두 벙어리가 된 듯 말을 잇지 못했다. 그들은 가슴을 움켜쥔 채, 앞을 다투어 하나둘씩 비누의 집을 빠져나왔다. 그들은 먼발치에서 발길을 멈추고 고개를 돌려 그 집에서 끊임없이 움직이는 사람의 모습을 쳐다보았다. 왠지 모를 슬픔을 느낀 여인이 말했다.

"더이상 치량의 짚신 한 짝을 찾지 않는다고 하더니, 아무래도 아직 제정신이 아닌 모양이야."

한 여인은 질투를 하면서도, 질투할 가치가 없다고 생각하며 이상야릇한 말투로 외쳤다.

"겨울옷을 주려고 천 리 길을 가겠다고? 이 세상에 저 혼자만 서방 귀한 줄 아는가보지?"

정신적 충격을 받은 것인지 아니면 비누의 말을 듣고 가슴에 찔리는 것이 있는지 명확하게 말로 표현할 수 없어하던 한 여인은, 비누의 집을 나온 후 두통을 느끼기 시작했다. 그녀는 몸과 마음 모두 불편한 충격에서 벗어나려는 듯 비누의 집을 향해 몇 차례 침을 뱉었다. 나머지 여인들도 그녀를 따라 다 함께 비누의 집에 대고 퉤퉤 침을 뱉었다. 그녀들이 낸 소리 때문에 온 동네 개들이 요란스럽게 짖기 시작했다. 그날 밤 동네 개들이 비누의 집을 향해 짖기 시작하자, 잠을 자려던 아이들이 모두 자리에서 일어났다. 아이들의 작은 머리를 눌러 잠자리로 돌려보내려는 어른들이 말했다.

"우리 집이 아니라, 비누의 집을 향해 짖는 거란다. 치량이 떠난 후에 비누의 넋도 함께 사라졌나보구나."

청개구리

비누가 말을 빌리러 판교(板橋)에 갔을 때, 그곳에 있던 가축시장은 온데간데없이 사라졌다. 강물이 차올라 말장수들이 임시로 지어놓은 선교(船橋)가 물에 잠겨버렸다. 강을 따라 쳐놓은 나무울타리 안도 텅텅 비어, 사료와 가축 냄새만 바람에 흩날렸다. 사방에 비딱하게 서 있는 나무말뚝만이 절망적인 심정으로 말들이 돌아오기를 기다리고 있었다. 하지만 한번 떠난 말들은 다시 돌아올 것 같지 않았다. 말들은 멍한 상태로 야만적인 새 주인을 따라 북쪽을 향해 질주했을 것이다.

물과 잡초는 강가 주변의 자리를 되찾았지만, 홍수가 난 이후의 청운군은 마을 전체가 습습하고 처량했다.

비누는 강가에 서서, 웃통을 벗은 말장수들이 말에게 물을 먹이며 강 건너 먼 밭에 있는 아낙에게 소리치던 모습을 떠올렸다.

"아주머니! 아주머니! 제 말 좀 사십시오!"

비누는 지금 말 한 필을 빌리려고 했지만 서역(西域)이나 운남(云南)에서 말을 팔러 오던 말장수들은 한 명도 보이지 않았다. 그들이 버리고 간 큰 항아리만 남아 있었다. 깨진 항아리 속에는 빗물과 풀더미가 반반씩 차 있었고 항아리 주둥이에는 까마귀 한 마리가 앉아 있었다.

비누는 입고 있던 푸른색 바탕에 분홍 꽃무늬가 있는 치마 끝을 살짝 들어올리고 강가를 걸었다. 강가에는 들국화가 활짝 피어 있었다. 청개구리 한 마리가 물속에서 뛰어오르더니 무슨 연유에서인지 폴짝폴짝 그녀의 뒤를 따라 뛰었다. 그녀는 멈춰 서서 청개구리에게 말했다.

"말도 아니고 나귀도 아닌 네가 날 따라온들 무슨 소용이 있단 말이냐? 어서 저리 가거라, 저리 가! 물속으로 어서 돌아가럼!"

물속으로 뛰어든 개구리는 강가의 뗏목 위로 사뿐히

몸을 날려 자리를 잡았다. 누가 이미 베어갔는지 뗏목은 절반밖에 남아 있지 않았다. 이미 썩어 녹회색의 이끼가 잔뜩 끼어 있는 그 남겨진 절반이 청개구리의 집인 듯했다. 비누는 여름에 한 맹인 여자가 그 뗏목을 타고 강가를 오르내리던 모습을 기억했다. 그 여자는 초립을 쓰고 산지(山地) 여자들이 좋아하는 검은옷을 입은 채 강가를 따라 내려가며 계속해서 누군가의 이름을 부르고 있었다. 그 여자의 북부 산지 발음을 알아듣는 사람은 아무도 없었다. 그녀는 마치 검은 백로처럼 물위에서 생활하며 강 둔덕으로는 절대 올라오지 않았다. 얼마 후 강가에서 연꽃을 따던 사람들은 그 여자가 강가를 오르내리며 찾는 사람이 그녀의 아들이라는 것을 알았다. 하지만 그녀의 아들을 본 사람은 아무도 없었다. 청운군에 있는 거의 모든 장정들이 북방 노역에 끌려간 지금 누가 그녀의 아들을 보았겠는가! 어떤 이는 그 여자에게 아들을 찾으려면 뗏목을 버리고 아예 북쪽을 향해 올라가라고 일러주었고, 어떤 이는 가을 홍수가 밀어닥치면 강물이 불어 뗏목은 위험하다고 알려주기도 했다. 하지만 이야기가 잘 전달이 되지 않았는지, 그 맹인 여자는 자신의 뗏목을 떠나지 않고 고집스럽게 강을 오르내리며 아들의 이름을 부르짖었다. 맹인 여자에게 밤과 낮의 구별이 있을 리 만무했다. 한밤중이 되어도 그 처량하면서 날카로운 목소리는 강가의 허공을 맴돌았다. 강가를 삶의 터전으로 삼고 있는 까마귀와 백학들은 자신들의 터전을 헤집고 돌아다니는 뗏목 때문에 몹시 괴로웠다. 까마귀는 나무 위에서 심란한 마음을 가눌 길이 없었고, 백학들은 강가에서 잠을 이룰 수가 없었다. 이 불청객을 눈앞에 두고 까마귀와 백학은 유례없는 대협공을 펼치기 시작했다. 달빛 아래 그들은 강가 양쪽에서 일제히 박차고 날며 맹인 여자의 뗏목을 향해 날카로운 울음을 토해냈다. 하지만 한 무리의 새들이 공격하듯 내뿜는 울음소리도 그 여자가 아들을 부르는 절규를 덮어버리지는 못했다. 뗏목 위에서 내지르는 여자의 소리는 마치 또하나의 날카로운 새소리처럼 허공을 가로질렀고, 강가에 사는 사람들은 동이 트기도 전에 잠에서 깨어났다. 그들은 강가로부터 어둠을 뚫고 날아오는 소리를 들으며, 형용하기 어려운 불안감을 느꼈다. 그 소리는 종말이 임박했음을 예고하는 듯했다. 가을 홍수가 여느 때보다 빨리 들이닥치자, 사람들은 맹인 여자가 이 홍수를 불러들였다고 떠들어댔다. 홍수가 지나간 뒤, 사람들은 그저 반쪽만 덩그러니 남은 뗏목을 발견했다. 넘실거리는 강물에 사람의 흔적은 없이 뗏목 반쪽만 떠다니고 있었다. 맹인 여자는 마치 물방울처럼 강물 속으로 사라지고 없었다.

산지 여자가 남긴 반쪽짜리 뗏목이 강에 떠다니는 것을 보고 있노라면, 그것이 마치 맹인 여자가 꾼 반쪽짜리 악몽처럼 보이기도 했다. 그 나머지 반쪽짜리 악몽은 청개구리에게 남아 있는 것 같기도 했다. 비누는 판교에서 자신을 기다리고 있는 것이 말장수도 아니고 말도 아닌 청개구리일 거라고는 꿈에도 생각하지 못했다. 청개구리는 비누를 아주 오랫동안 기다린 것 같았다. 강둑 위아래를 오르내리며 비누의 발소리를 주의 깊게 듣다가, 그녀가 판교를 떠나 마을로 가는 길에 접어들자 얼른 그녀와 함께 보조를 맞추었던 것이다. 그녀는 청개구리의 내력과 정체가 두려웠다. 혹시 그 맹인 여자가 변한 것은 아닐까? 청운군의 여자들은 모두 자신만의 전생과 후생을 가지고 있었다. 물가에서 온 사람도 있었다. 왕지에(王結)의 벙어리 모친은 전생에 창포였다. 모친은 임종 전에 스스로 강가의 창포숲을 향해 기어갔다. 왕지에가 어머니를 뒤쫓아갔지만 아무런 흔적도 찾을 수 없었다. 어느 창포나무가 모친이 변한 것인지 알 수 없어, 왕지에는 해마다 청명절이 되면 강가에 핀 모든 창포에 제사를 올리고 절을 했다. 마을 서쪽에 사는 난니앙(蘭娘)은 선녀처럼 아름다운 용모를 지니고 있었지만 걸음걸이가 게걸음으로 아주 볼썽사나웠다. 그래서인지 사람들은 모두 그녀가 게가 변해 사람이 된 것이라고 생각했다. 난산 끝에 죽을 때, 그녀는 입에서 많은 거품을 토해냈다. 그것은 비누 자신이 직접 눈으로 목격한 것이기도 했다. 마을사람들은 난니앙이 자신이 낳은 아이를 차마 두고 떠나지 못해 게로 환생한 후 자신의 집에 머물렀다고도 했다. 자신의 모습을 보고 아이가 놀랄까봐 매일 물항아리 속에 숨어 있다고 했다. 비누는 강을 오르내리며 아들을 찾던 맹인 여자가 청개구리로 변한 건 아닐까 생각했다. 고개를 돌려 청개구리의 눈을 자세히 들여다본 그녀는 경악을 금치 못했다. 청개구리의 눈은 흰 진주처럼 깨끗했지만 빛이 없었다. 그렇다! 눈먼 개구리가 틀림없었다!

비누는 놀라 치마를 말아올리고 미친 듯이 뛰며 소리를 질렀다.

"그 여자야! 그 여자! 맹인 여자가 개구리로 환생한

거야!"

사방 천지에 황량한 초목을 제외하고는 사람의 그림
자를 찾아볼 수 없었다. 그 누구도 청개구리의 이 기묘
한 환생을 폭로하는 비누의 말을 듣지 못했다. 비누가
미친 듯이 달리고 있을 때 강 쪽에서 바람을 타고 어떤
소리가 들려왔다. 거기에는 맹인 여자가 강에서 아들을
부르짖던 목소리가 섞여 있었다. 더욱 기괴한 것은 희
미하던 목소리가 갑자기 또렷하게 들려온 것이었다.

"치량아! 치량아!"

비누는 순간 자신의 귀를 의심했다. 허둥거리며 달리
다가 걸음을 서서히 늦춰 뽕나무 아래에 멈춰 섰다. 난
니앙이 집게발을 휘두르며 이를 드러내 보이는 게로 환
생한 걸 보고도 무서워하지 않던 내가 저 가엾은 청개
구리를 보고 겁을 집어먹다니…… 난 두렵지 않아! 그
녀는 그 산지 여자에게 물었다.

"당신 아들의 이름이 뭔가요?"

청개구리는 피곤한 듯 뛰어올랐다. 결국 청개구리에
불과하지 않은가. 청개구리의 앞 못 보는 두 눈에는 산
지 여자의 슬픔이 담겨 있었다. 하지만 청개구리는 입
을 꾹 다문 채 망자가 당한 불행에 대해서는 한마디도

하지 않았다.

"아들 이름이 뭐냐구요? 당신 아들 이름도 혹시 치량이었어요? 대답 좀 해보세요! 아들 이름이 도대체 뭐였냐니까요?"

뽕나무 아래에서 인내심을 갖고 한참을 기다렸지만 청개구리는 간단한 이 질문에도 대답 한마디 해주지 않았다. 마을사람들은 평생 고산지대에서 산 사람들은 이름다운 이름조차 없다고들 했었다. 그들은 일, 이, 삼, 이렇게 숫자로 불리거나 아니면 동물의 이름 혹은 초목의 이름을 따서 불린다고 했다. 그러니 그 아들 이름이 치량일 리는 없었다. 긴장을 풀기 위해서인지 비누는 길고 긴 한숨을 토해내며 두 손을 허리에 대고 청개구리에게 말했다.

"아무 말 하지 않아도 돼요. 뭘 걱정하고 있는지 다 아니까 말하기 싫으면 관두세요. 이제부터는 날 뗏목 삼아 아들을 찾으러 가세요. 그러고 보니 내가 대연령에 가는 것은 마반장 사람들도 모르는 일인데, 개구리가 된 당신은 어떻게 알아차렸나보네요. 당신은 소식에 아주 밝군요. 내 서방님은 만리장성으로 노역을 떠났어요. 천 리 길이라고 하는데, 말을 빌리지 못해도 거기까지 꼭 가고 말 거예요. 하지만 당신은 어떻게 가려고 그 래요? 그렇게 뛰어가다가는 얼마 못 가 다리가 부러지고 말 거예요!"

그녀는 빌릴 말이 없거나 자신이 모아둔 도폐가 말을 빌리기에 부족하면 나귀를 빌릴 작정을 하고 있었다. 하지만 가축시장에는 말은커녕 나귀 한 마리 보이지 않았다. 가축시장에는 까마귀 한 마리와 어디에서 왔는지 알 수 없는 청개구리 한 마리만 남아 있었다. 청개구리를 어디에 쓴담? 청개구리를 타고 북방까지 달려갈 수는 없는 일이었다. 시촌에서는 많은 무당들이 자칭 신선이 되어 멀고 먼 북방 도시를 유람했다고 떠들었다. 한 무당은 아예 까마귀의 깃털로 방향을 구별하며 매일 밤 번화한 북방삼성(北方三城)을 여행했다고 자랑했고, 또다른 무당은 수도로 올라가는 공물마차가 북산을 지나갈 때 몰래 자신의 머리카락 한 올을 진상품에 붙여두어, 대낮에 장수궁 사람들이 먹고 마시는 광경을 볼 수 있었다고 떠들어댔다. 비누는 선물을 들고 시촌에 사는 무당을 찾아가 남편을 찾아 북방으로 떠날 거라고 자신의 계획을 이야기했다. 그녀는 어떻게 해서든 겨울이 되기 전에 겨울옷을 치량의 손에 전해줄 방법을 알고 싶었다. 무당들은 이 문제에 대한 대답을 교묘하게 회피하면서 비누의 혓바닥을 관찰하고 그녀의 머리카락을 꼬아 불꽃에 대고 불을 붙였다. 무당들이 무엇을 보았는지는 전혀 알 수 없었다. 그들은 돗자리에 무릎을 꿇고 앉아 눈처럼 흰 거북이 껍질을 진흙으로 만든 통 속에 넣었다 꺼냈다를 반복하며 주술을 외웠다. 비누는 그들의 마르고 누렇게 뜬 얼굴에서 공포와 기쁨이 뒤섞인 표정을 보았다. 무당들이 말했다.

"가지 마! 절대로 가선 안 돼! 한번 가면 절대로 돌아올 수 없어! 가면 넌 병으로 죽고 말 거야!"

"언제 죽는데요? 가는 길에 죽나요? 오는 길에 죽나요?"

무당들이 눈을 깜박이며 거북이 껍질 모양을 관찰했다. 그들이 다시 물었다.

"너는 죽는 게 두렵지 않으냐? 돌아오는 길에 죽고 싶은 게냐?"

비누가 고개를 끄덕이며 말했다.

"겨울옷을 치량에게 전해주고 오다 죽는다면 죽어도 억울하지 않을 거예요."

시촌 무당은 비누 같은 여자를 본 적이 없었다. 그

들은 질책 어린 눈길로 비누를 응시하며 말했다.

"그깟 남편의 겨울옷 한 벌 때문에 네 목숨을 내놓겠단 말이냐?"

"서방님이 입을 겨울옷은 제 목숨만큼 소중해요."

무당들은 모두 침묵을 지켰다. 그들은 다시 거북이 껍질을 통 속에 담아 흔들다가 바닥에 내던졌다. 말의 형상이었다. 무당들이 말했다.

"목숨을 잃는 게 두렵지 않다면 어서 떠나거라. 말을 타고 가거라. 그렇다면 말 위에서 죽을 수 있을 게야. 하지만 꼭 청운마를 타고 가야 한다. 잊지 마라. 청운마를 타면 그 말이 너를 집으로 데려다줄 것이다."

이른 아침 판교로 가기 위해 강가를 지나던 비누는 돼지를 치던 수더(粟德)와 마주쳤다. 놀란 눈으로 비누를 쳐다보던 그가 말했다.

"방직장(紡織場)을 하는 교씨 집안 형제가 돈을 쌓아두고도 말을 못 빌렸다던데 판교에 가서 말을 빌리겠다니, 아예 꿈도 꾸지 말라고! 청운군에 말이 겨우 몇 마리밖에 안 남았다던데 어디 네 차례가 오겠느냐? 수천 년을 기다려도 안 될걸!"

비누는 그 말을 믿지 않았다. 그녀는 봄에서 여름으

52

로 넘어가던 무렵, 치량과 함께 계성(桂城)으로 명주실을 가져다주러 가는 길에 판교를 지나친 적이 있었다. 그때는 판교의 가축시장에 말이 넘쳐났었다. 그날 오후 판교에서 아무 수확도 거두지 못하고 집으로 돌아오던 비누는 다시 수더와 마주쳤다. 의기양양해진 그가 웃으며 말했다.

"거 봐라! 말장수들이 모두 여름에 노역으로 끌려가서 아직 살아있는지 아니면 귀신이 되었는지 장담하기 어려운 판이지. 이 마당에 네가 무슨 재주로 말을 빌리겠느냐? 이미 뽕나무와 견사를 다 팔았다고 하던데 돈이 있거든 아예 내 돼지를 빌려가거라. 내가 어떻게 돼지를 타는지 가르쳐줄 테니 이참에 내 돼지를 사거라!"

비누는 말 많은 돼지치기 수더를 모른 체했다. 그녀는 근심이 가득한 얼굴로 청개구리를 데리고 수더의 돼지떼 사이를 헤치고 나왔다. 판교까지 헛걸음을 한 그녀가 길게 한숨을 내쉬었다.

"치량이 떠나고 나니 모든 게 사라지고 없구나!"

청운군의 가을하늘엔 구름이 많았다. 두둥실 떠다니는 구름들이 구불구불 길게 이어진 작은 산과 잡초가 우거진 뽕나무밭을 지나 북쪽을 향해 흘러갔다. 비누는 치량이 북산 꼭대기에서 내려오는 꿈을 여러 차례 꾸었다. 꿈에서 깨어 쏜살같이 집에서 뛰쳐나와 달려가면, 새벽이슬에 젖은 산언덕 위에서 그녀는 여전히 꿈에 본 광경을 접할 수 있었다. 은색의 직녀성(織女星)이 동북쪽 하늘에서 치량을 집으로 인도하고 있었다. 그녀는 이른 아침 분명히 치량이 산언덕에서 내려오는 것을 보았는데 해가 떨어졌는데도 왜 여전히 산언덕에서 내려오지 않는지 모르겠다며 사람들에게 불만을 토로했다. 다른 사람들은 모두 그녀에게 그런 말은 아예 꺼내지도 말라고 신신당부했다.

"넌 악몽을 꾼 게야. 만약 치량이 이른 아침에 산에서 내려왔다면 밤에는 이미 죽은 목숨이 되어 있을 게다!"

그들은 북쪽에서 도망친 청운군의 노역병들이 모두 북산으로 끌려갔다고 했다. 포리들이 산 뒤편에 거대한 흙구덩이를 판 후에 그 노역병들을 수시로 생매장했다고 했다. 그러고는 그렇게 많은 사람들을 모두 파묻었으니 내년 산기슭에 있는 뽕나무들이 얼마나 무성하게 자랄지 모르겠다고 덧붙이기까지 했다.

오래전에 치량은 비누에게 저 수많은 산언덕을 넘어서 북쪽으로 곧장 가다가 칠군십팔현(七郡十八縣)을 지나면 대연령에 도달할 수 있다고 말해준 적이 있었다. 하지만 산을 넘고 고개를 넘어 대연령까지 가는 데 얼마나 많은 시간이 걸리는지는 말해주지 않았다. 비누는 강가를 따라 마을로 걸음을 옮기면서 저 멀리 있는 산언덕을 바라보았다. 보면 볼수록 더욱 멀게만 느껴졌다. 그녀는 청운군에 왜 그토록 많은 산이 있는지 알지 못했고, 산이 없는 세상은 어떤 모습일지도 알지 못했다. 평야지대를 가본 많은 마을사람들이 평야지대의 번영과 부에 대해 말할 때면, 그들은 시기심 어린 표정으로 그 모든 부와 번영은 그곳 사람들이 머리가 세 개고 팔이 여섯 개라서가 아니라, 드넓은 평지가 가져다준 복 때문이라고 했다. 비누는 평야를 한 번도 본 적이 없었다. 사람들이 평야지대에 대해 묘사할 때마다 그녀는 어지러움을 느꼈다. 갑자기 시촌 무당들의 예언이 떠올랐다. 청운마를 빌리지 못하면 평원에서 병들어 죽게 될까? 누가 날 고향집으로 데려다주지? 평야지대의 뽕나무밭에서 죽게 될까? 아니면 도랑 옆에서 죽게 될까? 그것도 아니면 마차들이 빈번하게 지나다니는 도로 위에서 죽게 될까? 평야지대 사람들은 뽕나무를 심나 안 심나? 조롱박은 심나 안 심나? 만약 조롱박이 없으면 조롱박을 집으로 데려다줄 사람도 없을 텐데…… 그럼 난 죽어서 오갈 데 없이 구천을 떠도는 귀신이 되어버리는 걸까?

비누는 머리가 지끈지끈 아팠다. 마을 어귀에서 청개구리를 데리고 골목을 돌아 아홉 그루의 뽕나무 아래로 걸어갔다. 뽕나무들은 모두 물에 잠겨 있었지만 마치 처음부터 물속에 심어져 있었던 것처럼 아무렇지도 않았다.

"저기 보이지? 얼마나 듬직한 뽕나무들이야! 홍수가 다 삼켜버렸는데도 정말 늠름하게 잘 버티고 있지!"

비누가 청개구리에게 말했다.

"저 뽕나무들 덕분에 우리의 귀염둥이 누에들이 배를 채웠단다. 헌데 지금은 모두 다른 사람의 것이 되어버렸어!"

그녀는 물속으로 걸어들어가 제일 큰 뽕나무 아래에 서서, 뽕나무를 휘감고 있는 조롱박 넝쿨을 가리켰다.

"이것 좀 봐! 나와 치량 서방님이야. 뽕나무 한 그루와 조롱박 하나…… 우리 신세는 너만도 못하구나…… 넌 다리가 있어 어디라도 갈 수 있잖니. 나와 서방님은 조용히 정착할 곳이 필요해. 북방에 도착하면 그쪽 땅에 뽕나무가 잘 자랄지 조롱박이 잘 열릴지도 모르겠고, 우리가 정착할 땅이 있을지도 잘 모르겠다."

뽕나무 아래 서서 아홉 그루의 뽕나무 가지들을 마지막으로 살펴보다 그녀는 뽕나무와 치량을 함께 보았다. 그녀는 황혼 무렵, 아침 일찍 일어나 세수하는 치량의 모습을 보았고, 가을에 겨울날의 치량을 보았다. 또한 치량이 튼실한 체구의 커다란 청운마를 타고 북산에서 내려오는 모습을 보았다. 그녀가 보내준 겨울옷을 입은 그의 모습은 너무나도 영준하고 위엄 있었다. 도촌에서 끌려나간 남자들 가운데 그 누가 치량보다 더 잘 차려입을 수 있겠는가? 동촌(東村)의 바느질장이가 직접 손으로 만든 푸른색 장포와 해릉군(海陵郡)에서 만든 화려한 신발, 쌀 반 말과 바꾼 채색이 뛰어난 허리띠와 허리띠에 잘 어울리는 패물까지 갖고 있었으니 걸고 싶은 대로 걸면 그뿐이었다.

비누는 뽕나무 위에서 조롱박 하나를 땄다. 조롱박을 따는 그녀의 손에서 눈물이 주르르 흘러나왔다. 뽕나무 가지와 조롱박 넝쿨도 울며 그녀의 손을 흥건하게 적셨다. 뽕나무의 품을 떠난 조롱박은 치량의 품을 떠난 비누 같았다. 넝쿨이 못내 조롱박을 보내지 못하고 뽕나무가 조롱박을 아쉬워했지만, 비누의 심정이 더 미어졌다. 하지만 아무리 아쉬워도 조롱박을 따야 한다는 걸 비누는 알고 있었다. 그녀는 길을 떠나기 전에 자신의 전생을 안착시켜야만 했다. 비누에게 인간 세상에서 가장 기이한 운명을 점쳐주던 시촌의 무당들은 그 어두운 팔자에 놀라 온몸을 부들부들 떨었다.

"넌 조롱박이 변한 몸이라 절대로 집을 떠나면 안 돼!"

그들은 놀라움과 두려움이 섞인 목소리로 비누에게 경고했다.

"세상천지 그 어디에나 사람 묻힐 장소가 있겠지만, 너란 계집이 묻힐 곳은 없어! 만약 타향에서 객사하게 되면 네 영혼 역시 조롱박이 되어 길가에 구르는 신세가 되고 말 게야. 결국 누군가가 조롱박을 집어다가 칼로 반을 나누어 한쪽은 이 집, 다른 한쪽은 저 집 물항아리 속으로 내던지겠지! 넌 그렇게 반으로 쪼개져 물이나 퍼 담는 바가지가 되고 말 게야!"

도촌

　도촌은 천지가 질퍽거리는 진흙탕이었다. 볼품없는 도촌의 윤곽이 흙탕물에 잠겨 절반만 모습을 드러내고 있었다. 불어났던 물이 매일 빠지고는 있었지만 청운군 고유의 원형 가옥들은 물속에서 머리만 삐죽이 내놓고 있었다. 그 모습이 마치 큰 재해를 겪고도 살아남았다는 사실에 안도하며 높은 곳으로 몸을 피한 집주인들을 찾아 두리번거리는 듯했다. 하지만 주인들은 아직도 물이 무서운지 임시로 기거하고 있는 언덕을 떠나려고 하지 않았다. 그들은 이미 오래전부터 만들어둔 산언덕의 초옥에 피난해 있었다. 홍수에 고통을 당한 사람들의 얼굴에는 물처럼 혼탁한 표정들이 드러나 있었다. 그들과 수많은 그릇, 농기구, 누에 채반과 얼마 되지 않는 돼지와 양들이 모두 함께 높은 곳에 서서 무엇인가를 기다리고 있었다. 그들이 기다리는 것이 마을에서 물이 빠져나가는 것인지 아니면 단지 시간이 흘러가는 것인지는 알 수 없었다. 엄청난 물속에 시간이 잠겨버린 지금, 큰물이 빠져나가는 시간이 뽕나무 잎에 드러나고 누에고치의 몸에 옮겨지며 서서히 도촌을 이전 모습으로 복귀시키고 있었다.

산언덕 위의 사람들은 비누가 조롱박 하나를 품에 안고 오는 것을 보았다. 청개구리 한 마리가 그녀를 뒤따르고 있었다. 그 모습을 보고 사람들이 크게 웃으며 외쳤다.

"비누야! 비누야! 말을 빌리러 간다더니 어째 달랑 조롱박만 안고 돌아오는 거냐? 네 뒤에 청개구리는 또 뭐고?"

비누는 마을사람들의 비웃음을 듣는 데 이골이 나 있었다. 청개구리는 남자아이들의 괴롭힘을 견디지 못하겠는지 수많은 나뭇가지들의 공격을 피해 서둘러 물웅덩이 속으로 몸을 감췄다. 혼자 남겨진 비누는 집을 향해 걸어갔다. 그녀는 한 손으로는 눈물에 흠뻑 젖은 옷자락을 쳐들고, 다른 손으로는 조롱박을 감싸 안고는 마치 아무 일도 없었다는 듯 언덕을 지나왔다. 그녀는 자신에게 날아드는 젊은 여인들의 사납고 날카롭기 그지없는 시선을 생생히 느낄 수 있었다. 가을 이후 도촌의 여인들은 비누와 더이상 예전처럼 친하게 지내지 않았다. 남자들이 하나둘씩 북방으로 끌려간 후 마을에는 적막감과 냉기만이 감돌았다. 도촌의 여인들은 지금 어렵고 힘든 시간을 보내고 있었다. 낮은 순식간에 지나가고 칠흑같이 어두운 밤은 하루가 다르게 길어졌다. 그 와중에 하소연을 일삼는 이도 생겼지만 대부분은 아무 말도 꺼내지 못하고 가슴속에만 쌓아두고 있었다. 마음속의 괴로움은 그들이 모두 자랑으로 손꼽던 맑고 수려한 외모를 바꿔놓았다. 가을 이후 기혼녀들은 모두 눈 밑이 시커멓게 변하는 기이한 병을 얻었고, 광대뼈가 튀어나오더니 이윽고 두 눈에서 반짝임마저 사라졌다. 젖을 먹이는 여인네 중에는 녹회색 젖이 나오는 여인도 있었다. 젖을 물지 않으려는 갓난아기들이 배가 고파 울어대고, 두통에 시달리는 여인들이 점차 늘어가기 시작했다. 여인들의 아름다운 외모는 낙엽처럼 무정하게 시들어버렸다. 그녀들의 소박하고 선량한 마음씨도 변하기 시작했다. 남을 욕하는 소리들이 언덕 주변에 난무하면서 끝없는 질투와 적개심이 도촌의 공기를 가득 메워버렸다.

자신을 문책하는 듯한 도촌 여인들의 싸늘한 시선을 받으며 비누는 혼자인 것에 익숙해져갔다. 전생이 버섯인 진이와 잿더미인 치니앙의 남편들도 치량과 같은 날 군사들에게 끌려갔다. 하지만 그들은 비누와 함께 북쪽으로 가려 하지 않았다. 그들은 시촌 무당들의 예언대로 남편을 찾아가는 길에 객사하거나 아니면 다시 버섯과 잿더미로 변해버릴까봐 무서워하는지도 몰랐다. 하지만 비누는 두렵지 않았다. 그녀는 조롱박 넝쿨에서 마지막 조롱박을 따서 집으로 가져왔다. 그녀는 좋은 장소를 물색해서 자신을 문듯 조롱박을 묻을 생각이었다. 비누가 별 뜻 없이 진이와 치니앙에게 남편을 얼마나 사랑하는지 물었을 때, 진이와 치니앙은 머릿속이 어지러웠다. 그런 까닭에 치니앙은 비누가 자신의 집 울타리를 지나칠 때 달려나와 그녀의 뒤에 대고 침을 뱉었고, 진이는 비누가 자신의 곁을 지나며 미소를 지어 보이자 눈을 부라리며 욕을 해댔다.

"이 미친년이…… 감히 날 보고 웃어?"

자신을 향한 사람들의 증오와 미움도 치량에 대한 비누의 사랑을 흔들리게 하지 못했기 때문에 그녀는 그들의 증오심을 마음에 두지 않았다. 집으로 돌아온 그녀는 조롱박을 씻을 준비를 했다. 물항아리 뚜껑을 여는데 바가지가 보이지 않았다. 비누가 집 안에서 소리 높여 물었다.

　　"누가 내 바가지 가져갔어요?"

　　밖에서 누군가가 대답했다.

　　"돼지치기 수더가 가져가더라. 너는 곧 대연령으로 떠날 테니 자기가 써도 되겠다면서."

　　비누가 외쳤다.

　　"흥! 똑똑도 하지. 그러면 아예 물항아리째 가져가지, 왜 바가지만 가져갔대요?"

　　"너는 조롱박을 따오지 않았니? 그걸 잘라서 속을 파내면 바가지가 두 개나 될 텐데 뭘 그러냐?"

　　비누는 손에 든 마지막 조롱박을 어디에 쓰려는 건지 설명하지 않았다. 설명하면 돌아올 비웃음이 귀에 들리는 것처럼 분명했으니까.

　　"조롱박을 묻으면 살 수 있을 것 같아? 그래봤자 객사해서 묻힐 곳도 없을걸."

비누는 허리를 숙여 물항아리 뒤에 놓아둔 호박을 찾다가 다섯 개였던 호박이 두 개밖에 남지 않은 것을 보고 다시 소리 높여 외쳤다.

　"내 호박은 또 누가 훔쳐간 거예요?"

　밖에서 누군가 대답했다.

　"훔치긴 누가 훔쳤다고 그런 험악한 말을 해? 어쨌든 넌 곧 떠날 몸이니 호박이 많이 있어도 다 먹지도 못할 테고, 또 가져가지도 않을 거 아냐. 차라리 남을 주고 가면 좋잖아?"

　비누는 아무 대꾸도 하지 않았다. 잠시 후 그녀가 남은 호박 두 개를 마저 밖으로 내놓으며 말했다.

　"차라리 내가 이 집에서 나가는 게 낫겠네요. 그러면 내 물건 때문에 당신들이 안달할 일도 없을 테니까. 이것은 치량이 심은 호박이에요. 청운군에서 제일 단 호박이라구요. 내 서방님이 심은 호박이라는 것만 알아준다면 누가 먹어도 상관없어요."

　마지막 남은 호박을 내놓은 후 비누는 물항아리 속에 조롱박을 넣고 씻기 시작했다. 그때 머리에 옴이 덕지덕지 난 먼 친척조카 샤오쭈오(小琢)가 불쑥 집으로 뛰어 들어오며 그녀에게 소리를 질렀다.

"지금 뭐 하는 거야?"

"조롱박을 씻고 있잖니."

"누가 지금 조롱박을 씻고 있는지 몰라서 그래? 넝쿨에서 따낸 조롱박이라면 반으로 갈라서 속을 파낸 후에 바가지로 쓸 건데, 뭐 하러 씻느냐는 말이지!"

"다른 조롱박은 다 둘로 갈라도 이것만은 안 그럴 거야. 바가지로 안 쓸 거니까!"

샤오쭈오가 다시 소리를 질렀다.

"다른 조롱박은 다 둘로 갈라 쓰는데, 왜 그건 안 쓴다는 거야? 그게 무슨 조롱박 대왕이라도 되는 거야?"

"넌 이 고모의 전생이 조롱박이라는 걸 잊었니? 이번에 고모가 북쪽에 가게 되면 길에서 죽을 수도 있다는 소문 못 들었어? 만일 죽게 되더라도 나는 둘로 쪼개져 남의 집 물항아리에 던져지고 싶지는 않아. 그래서 고모는 지금 날 깨끗하게 씻고 있는 거야. 그런 후에 통째로 온전하게 도촌에 묻어줄 거야. 그래야 안심하고 마을을 떠날 수 있지. 그래야 먼 훗날 치량 고모부가 신경을 안 쓰지."

비누는 집에 남은 마지막 항아리의 물로 조롱박을 씻고, 알뜰하게 남은 물로는 조카의 머리를 감겨주었다.

조카가 자신을 어떻게 대하든 그녀는 조카를 아꼈다. 그녀는 샤오쭈오의 머리카락에서 더러운 냄새가 풍기는 것을 참을 수 없었다. 더럽고 긴 조카의 머리를 감기는 바람에 물이 부족하자, 그녀는 남은 물을 손끝에 찍어서 자신의 머리를 빗었다. 머리를 빗다가 그녀는 옥비녀를 입에 물고 밖으로 나가 하늘을 보았다. 그런 그녀를 지켜보던 사람들은 비누의 진지한 얼굴에서 곧 큰일을 치를 것 같은 단호함을 느꼈다. 훗날 이웃들은 그녀의 도촌에서의 마지막 행적을 회고하며 그녀의 침착함이 실성한 사람의 모습보다 더 잊기 어려운 것이었다고 술회했다. 그녀의 종종걸음 속에는 평소와 다른 계획이 숨겨져 있었다. 조롱박 한 개를 떠나보내는 장례식은 이렇듯 장중하고 엄숙하게 거행되고 있었다. 마을 사람들은 비누의 머리카락이 먹구름처럼 흘러내려와 얼굴을 가리고, 비누가 길을 걷는 내내 물방울을 떨어뜨리는 것을 보았다. 샤오쭈오의 손을 잡고 언덕 위로 올라가는 그녀의 손에는 조롱박이 들려 있었다. 조롱박엔 말끔하게 옷까지 차려입혔다. 조롱박 윗부분은 비누가 사용하던 비단 손수건이, 아래쪽에는 붉은색 끈이 묶여 있었다.

비누의 손에 이끌려 걸어가던 샤오쭈오는 마을사람들의 비웃는 시선을 느끼고는 수치심으로 얼굴을 붉히며 소리를 질렀다.

"미치광이 고모! 도대체 그 조롱박을 어디에 묻으려는 거야?"

산언덕에 오른 비누는 자신의 부모님이 묻힌 북산을 바라보며 샤오쭈오에게 말했다.

"이 조롱박을 부모님 곁에 묻고 싶은 마음은 굴뚝같지만 출가를 한 이상 고모부의 사람이 아니겠니? 그래서 강씨 집안 묘지에는 갈 수가 없구나."

"가지도 못할 거면서 뭐 하러 북산은 쳐다보고 그래? 그럼 이제 고모부네 집안 묘지로 가면 되겠네. 가자!"

"고모부는 너처럼 고아였잖니…… 아니, 너만도 못하지. 도촌에는 고모부네 집안 묘지가 없어."

"그럼 싼두오 아저씨네 집안 묘지에 가면 되겠네. 어서 아저씨네 묘지에 가서 묻자!"

"안 돼! 그 아저씨는 사람이 너무 못됐어. 살아생전 고모부에게 밥 한 끼 배부르게 안 줬으니까. 그 집 묘지로는 안 갈 거야."

"여기도 싫다, 저기도 싫다, 그럼 어디로 가겠다는 거야?"

샤오쭈오가 짜증스럽게 소리를 질러댔다.

"어서 아무 데나 찾아 묻어! 어찌 됐든 그깟 조롱박 하나 묻는 거지, 고모를 묻는 것도 아니잖아."

"조롱박을 묻는 게 곧 이 고모를 묻는 거야. 그래서 아주 좋은 곳을 찾아야 해. 나무도 있는 곳이어야 해. 그래야 조롱박이 넝쿨을 만들어 타고 올라가서 잘 자라지. 이승에서는 고생을 하고 살아도 어쩔 수 없지만, 저승에 가서는 좀 편안하게 살아야 하지 않겠니? 이 언덕 꼭대기는 지세도 좋고 높은데다 햇볕도 바르고 건조해서 참 좋긴 한데, 사람의 왕래가 너무 많은 게 흠이구나. 혹시 마음씨 고약한 사람이라도 만나면 조롱박을 파내어 바가지로 쓸지도 몰라."

"언덕 꼭대기가 마음에 안 들면 중턱에 묻으면 되겠네!"

비누가 다소 주저하며 조롱박을 품에 안고 언덕 아래을 잠시 내려다본 후 말했다.

"중턱도 안 돼! 거기는 돼지치기 수더가 돼지를 놓아 기르는 곳이야. 만일 돼지들이 조롱박을 파내기라도 하면 그 욕심 많은 수더가 분명 그걸 가져다가 속을 파내고 바가지로 쓸 게 뻔해."

샤오쭈오는 그 순간 더이상 참지 못하고 비누에게 대들었다.

"여기도 맘에 안 들고 저기도 맘에 안 들면 아예 묻지 말고 남의 집 항아리에나 던져줘! 그놈의 조롱박은 반으로 쪼개서 항아리에나 던져넣는 거라고 수군대는 사람들 말도 못 들었어?"

그 말에 화가 난 비누가 샤오쭈오를 밀치다가 샤오쭈오가 몰래 조롱박에 묶은 붉은색 끈을 풀어내려 하던 걸 발견하고는 얼른 조카의 손을 때렸다. 비누는 서운함을 참을 수 없었다. 자신은 샤오쭈오를 도촌에 남은 마지막 혈육이라고 생각하고 대했는데, 조카는 전혀 그런 마음을 갖고 있는 것 같지 않았다. 샤오쭈오는 치량이 마을을 떠나면서 비누의 혼을 가져갔다는 사람들의 소문을 믿어 의심치 않았다. 매일 비누의 집을 찾아와 그녀가 만들어준 호박전을 먹고 돌아가면서 그녀의 집 앞에다 꼭 세 번씩 침을 뱉고는, 그렇게 해야 액땜이 되어 비누가 만든 것을 먹고도 설사를 안 한다고 말하곤 했으니까.

샤오쭈오를 떠나보낸 비누는 혼자서 산언덕에 있는

오래된 버드나무까지 걸어갔다. 그곳에서 그녀는 다시 청개구리와 만났다. 샤오쭈오가 떠나기 무섭게 청개구리가 찾아온 것이다. 청개구리는 사람처럼 근심을 잔뜩 안고서 겁에 질려 버드나무 아래 숨어 있었다. 청개구리의 모습에서 비누는 홍수에 죽은 산지 여자의 초췌한 얼굴을 보았다. 그녀는 검은옷에 밀짚모자를 쓰고 버드나무 밑에 웅크리고 앉아 비누를 기다리고 있었다. 그렇다! 그녀의 혼령이 비누를 기다리고 있었다. 비누는 그 혼령을 보았다. 동병상련이라고 했던가…… 비누는 그 산지 여자의 상심을 느낄 수 있었다. 살아생전에는 사람들이 걱정하는 소리도 듣지 않고 그저 혼자서 뗏목을 타고 강을 오르내리며 아들을 찾아 헤매더니, 죽어서 눈먼 청개구리가 된 지금은 앞을 못 보는 채 아들을 찾는 게 얼마나 어려운 일인지 알고 북방으로 가는 동행을 찾으려 애쓰고 있는 것이다. 비누는 청개구리도 자신의 상심을 알고 있다는 것을 느낄 수 있었다. 마을에 서로 사랑하며 의좋게 살던 부부들이 얼마나 많았던가. 남편이 떠나갈 때 여인들은 슬퍼서 눈물을 흘렸지만, 시간이 흐르면서 그녀들의 눈물은 어느새 자신과 아이들이 입을 겨울옷과 먹을 것을 생각했다. 남편 수를 얼마나 사랑하던 진이였던가! 하지만 그녀는 이렇게 말했다.

"서방님은 사내대장부인데 벗으면 벗은 대로 지내겠지. 설마 얼어죽기야 하겠어?"

치니앙 역시 남편 상잉을 얼마나 아끼고 사랑했던가! 하지만 비누가 북쪽으로 함께 가자고 권하자, 치니앙은 그녀를 문밖으로 내쫓으며 소리를 질렀다.

"내 남편이 얼마나 만리장성엘 가고 싶어 안달이었는데. 이제 소원대로 되었으니 오히려 좋아할걸! 게다가 우리 집에는 일은 안 하고 먹기만 하는 시부모에다 세상에서 제일 게을러터진 시누이까지 있는 거 몰라? 식구들을 모두 내가 떠안은 마당에 보따리는 무슨 보따리를 전해주러 간다는 거야? 가서 똥이나 던져주고 오지 않는 게 다행이지!"

도촌의 아낙들은 모두 북쪽에 같이 가자며 찾아오는 비누를 무슨 전염병이라도 되는 것처럼 피했다. 하늘을 나는 제비들이 남에서 북으로 올라올 때 떼를 지어 비행하듯이 먼 길을 떠나는 사람도 동행을 찾는 것이 당연했다. 하지만 비누가 여름부터 가을까지 길동무를 찾았지만, 아무리 쫓아도 죽어라고 쫓아오는 청개구리 한 마리를 제외하고는 그 누구도 그녀와 동행하려 하지 않았다.

비누가 청개구리에게 말했다.

"넌 참 성질도 급하구나. 조롱박도 아직 묻지 않았는데 어떻게 길을 떠나니? 너야 청개구리니까 여기저기 뛰어다니며 아들을 찾으면 되겠지만, 난 너보다 박복해서 죽으면 조롱박이 될 신세잖니. 날 잘 묻어주지 않으면 사람들이 날 주워다가 배를 갈라 속을 파내고 바가지로 써버릴지도 몰라."

청개구리는 여전히 나무 아래 엎드린 채 조바심 어린 비누의 발소리에 귀를 기울이고 있었다. 비누는 조롱박을 들고서 버드나무 주위를 돌며 동쪽을 바라보았다. 동쪽 언덕 아래는 아직도 물이 빠지지 않아서 나무들도 물속에 잠겨 있었다. 서쪽을 바라보니 서쪽은 지대가 좀 높았다. 언덕 위에 있는 오래된 아까시나무 가지 위에 황혼이 보기 좋게 깃들고 있었다. 하지만 누군가 양떼를 몰고 와 나무 아래에서 풀을 먹일지 알 수 없었다. 설사 양떼가 오지 않는다 해도 무덤자리로는 그리 적합해 보이지 않았다. 마을사람들이 한눈에 조롱박의 무덤을 보게 될 것이고, 그것은 바로 그녀 자신의 무덤을 들키는 것과 마찬가지였다. 이렇게 큰 마을에서 조롱박 문을 자리 하나 제대로 찾기 힘들다니. 마침내 그녀는 완벽한 장소를 찾는 걸 포기했다. 그녀는 불만스런 눈초리로 눈앞의 버드나무를 찬찬히 훑어보다가 말했다.

"그래 알았어, 너로 할게. 네가 복을 내려주는 나무도 아니고 나도 부귀영화의 운명을 타고난 몸이 아니니 서로가 서로를 마다할 이유가 없겠구나."

이어 동쪽의 홰나무와 서쪽의 아까시나무를 한 번씩 쳐다본 후 말했다.

"푸른 소나무도, 오래된 아까시나무도, 커다란 홰나무도 다 다른 사람에게나 주련다. 아무 미련도 없어. 난 이 버드나무로 결정했어!"

이미 북산 꼭대기까지 올라간 샤오쭈오는 비누가 남의 이목을 피해 엄숙하게 조롱박의 장례식을 치르는 것을 내려다보았다. 버드나무 아래 웅크리고 앉아 잠시 분주하게 움직이던 그녀가 자리에서 일어났을 때 손에 들고 있던 조롱박은 더이상 보이지 않았다. 샤오쭈오가 두 손을 동그랗게 모은 후 산 아래를 향해 외쳤다.

"저기 좀 보세요! 비누 고모가 장례를 치렀어요!"

하지만 샤오쭈오가 채 반 마디를 소리치기도 전에 산

바람이 불어와 비누의 비밀을 폭로하는 그의 입을 막아버렸다. 샤오쭈오는 경련하듯 딸꾹질을 하기 시작했다. 딸꾹질을 계속하며 그는 딸꾹질을 멎게 하는 긴 갈고리 풀을 찾아 헤매야 했다. 그 뒤로 샤오쭈오는 비누를 다시는 볼 수 없었다. 비누가 북쪽으로 가는 길에 객사할 것이라는 무당의 예언을 모르는 사람은 아무도 없었다. 그 역시 예외는 아니었다. 나이가 아직 어리기는 했지만 샤오쭈오는 장례식에 아주 익숙한 아이였다. 아버지를 도와 할아버지의 장례를 치렀고, 어머니와 함께 아버지의 장례를 치렀으며, 혼자 힘으로 어머니의 장례를 치렀다. 다른 아이들은 조롱박을 묻는 일에 흥미를 가졌을지 몰라도 샤오쭈오는 그렇지 않았다. 그 아이는 이미 사람을 묻는 일에도 익숙했다. 그럼에도 조롱박의 장례식에 관심을 가진 샤오쭈오는 버드나무 아래가 조롱박을 묻기 좋은 장소라고 생각했다. 샤오쭈오는 비누가 산 중턱에 있는 버드나무 아래 조롱박을 묻은 것을 비누가 한 일 중 가장 똑똑한 일로 기억했다. 그렇게 비누는 집을 떠나기 하루 전 마침내 조롱박을 묻었다. 고향 땅에 자신을 미리 묻어놓고 떠난 것이다.

남초간

남초간(藍草澗) 일대의 산은 사람들이 너무 많이 왕래한 탓에, 지난날 가팔랐던 산등성은 이미 평평하게 닳아 있었다. 인가가 많은 산 어귀에서는 바람이 불 때마다 공기중에 섞여 떠도는 떡 찌는 냄새와 소똥 냄새를 맡을 수 있었다. 청운군의 변경지역으로 산 어귀에서 삼십 리쯤 떨어진 곳에 말로만 듣던 청운관(青雲關)이 있었다. 청운관을 벗어나면 사방이 끝없는 평야와 전답으로 이어지는 평양군(平羊郡)이었다. 그곳 사람들은 남방을 순행중인 황제 일행이 마침 그 평야지대를 아무도 모르게 순행중이라고 입을 모았다.

비누는 마침내 그곳에서 소와 나귀가 끄는 마차를 보

았다. 말들이 모두 북방으로 끌려간 후, 밭을 갈던 소와 나귀가 마차도 끌고 있었다. 소와 나귀는 구리방울을 차고 길가에 늘어서서 무거운 짐이 나오기를 기다렸다. 남초간에서 소와 나귀는 각별했다. 황량한 논밭을 떠난 소는 알 수 없는 커다란 울음소리를 내고 있었고, 사람들의 총애를 듬뿍 받고 있는 나귀는 울음소리까지 경박하고 오만하기 이를 데 없었다. 산 아래로 통하는 황톳길 옆에는 주인이 귀족인지 호족인지 알 수 없는 가옥들이 죽 늘어서 있었다. 비누는 이렇게 생긴 집들을 한번도 본 적이 없었다. 공중에 걸려 있는 깃발들에는 대부분 멋지게 채색된 예쁜 글자들이 그려져 있었다. 비누는 글을 알지 못했다. 그녀는 나귀 마차를 끌고 있는 마부에게 깃발에 뭐라고 쓰여 있는지를 물었지만, 그 역시 글을 모르는 눈치였다. 눈을 껌벅이던 그가 잠시후에 그 글자의 뜻을 짐작해내고는 무시하는 듯한 눈초리로 비누를 쏘아보았다.

"저 글자도 몰라? 저거 돈전(錢) 자 아냐! 돈전 자가 아니면 무슨 글자겠어? 이곳에서는 무얼 하든지 간에 돈이 필요하단 말씀이야!"

쪽풀이 산 어귀 주변을 황금으로 수놓은 듯했다. 전

쟁이 빈번한 이 시대에도 쪽풀은 지칠 줄 모르는 생명력으로 번성하고 있었다. 그것은 남초간이 번영하는 이유였다. 쪽풀 덕분에 이곳은 청운군에서 가장 번성한 신흥마을이 되었다. 비누는 길에서 바구니를 들고 가는 수많은 아낙들과 아이들을 마주쳤다. 비누는 그녀들 역시 모두 북방으로 간다고 생각했지만 그들은 오히려 이렇게 반문했다.

"북방에는 뭐 하러 가요? 죽을 자리 찾아가요? 우리는 남초간으로 풀을 캐러 가는 거예요. 열 바구니를 가져다주면 도폐 한 개를 주거든요."

눈길 닿는 곳까지 멀리 바라보는 비누의 눈에 희미하게 반짝이는 쪽빛이 들어왔다. 햇살을 받은 쪽풀이 참으로 고운 색을 발하고 있었다. 풀을 캐는 남루한 행색의 사람들이 계곡을 따라 쪽풀 잎을 따고 있었다. 여기저기 흩어졌던 사람들은 어느새 다시 한자리로 모여들었다. 사실, 산 아래에서도 산 위에서처럼 악다구니를 하며 서로 쪽풀을 뽑는 모습을 볼 수 있었다. 멀리서 바라보고 있노라니 살기까지 느껴지는 모습들이 마치 먹이를 찾아 헤매는 짐승들처럼 보였다.

"당신도 쪽풀을 캐러 왔나보군! 헌데 머리에는 웬 보

따리를 이고 있는 거요? 바구니와 호미는 어디 두었
소?"

비누는 머리에 푸른 두건을 하고 아무렇게나 수염을
기른 채 나귀를 모는 수레꾼의 나이를 종잡을 수 없었
다. 눈을 흘기며 다른 사람을 쳐다보는 그의 눈빛에는
사악함과 따뜻함이 어울리지 않게 뒤섞여 있었다.

"전 풀을 캐러 온 게 아니에요. 사람들이 여기 오면
북쪽으로 가는 수레가 있다고 해서 왔어요."

비누가 물었다.

"아저씨의 수레는 북쪽으로 안 가나요?"

"북쪽에는 뭐 하러 가? 죽을 자리 찾으러?"

수레꾼이 사나운 목소리로 반문했다. 추위가 무서운
지 두 손을 품 안에 꼭꼭 집어넣고 있는 그의 두 발은
살이 허옇게 드러난 맨발이었다. 두 눈을 열심히 굴리
며 비누가 머리에 인 보따리를 주시하던 그가 갑자기
다리를 들어 맨발로 보따리를 가리키며 물었다.

"거, 보따리 속에 뭐가 들었는지 펴봐!"

"향(鄕)의 병사들도 보따리를 풀어보라고 하고, 현
(懸)의 병사들도 풀어보라고 하더니 수레나 끄는 아저
씨까지 나한테 보따리를 풀어보라네."

비누가 혼잣말로 중얼거리더니 머리에 있는 보따리를 내렸다.

"별것도 없어요."

그녀가 보따리의 한쪽을 풀며 말했다.

"보따리가 보기에만 커 보이지 값나가는 것은 없어요. 우리 서방님 겨울옷이랑 청개구리 한 마리밖에 없다고요."

"청개구리? 아니, 보따리 속에 무슨 청개구리를 넣고 다닌다는 거야?"

수레꾼은 잠시 어리둥절해하다가 갑자기 눈을 반짝였다.

"보따리를 다 풀어봐! 도대체 무슨 청개구리인지 내가 확실히 봐야겠어. 너 황전(黃甸)에서 왔지? 사람들이 황전 사람은 집을 떠날 때 수탉을 끌고 다니며 길을 찾는다고 하던데 넌 어째 청개구리를 데리고 다니는 거야? 게다가 그렇게 보따리 속에 꽁꽁 숨겨 다니면서 어떻게 길 안내를 받겠다는 거야?"

"전 황전에서 오지 않았어요. 도촌에서 왔어요. 도촌과 황전 사이에는 북산이 가로막고 있는 걸요. 그리고 이 청개구리는 길 안내를 하기는커녕 저한테 길 안내를 받고 있는 걸요."

"네 말투만 들어봐도 황전에서 온 게 분명한데 감히 누구 앞에서 발뺌이야? 황전 것들은 어디를 가나 수상한 짓거리를 하고 다닌다니까…… 값나가는 물건도 없는 보따리를 뭐 하러 머리에 이고 다니는 거야? 그 보따리에 귀신이라도 들어 있는 모양이지."

비누는 자신이 도촌 사람이라는 것을 어떤 방법으로 증명하면 좋을지 잠시 고민하다가, 보따리 속을 있는 그대로 보여주는 게 오히려 자신이 도촌 사람임을 증명하기 쉽겠다고 생각했다. 그녀가 성난 표정으로 보따리를 확 풀어 펼쳐 보였다.

"개구리야, 어서 나와! 나와서 이 아저씨한데 도대체 무슨 귀신이 있다는 건지 좀 알려줘봐! 개구리 몸으로 사람을 피할 이유도 없잖니! 갖고 다니지 못하게 되어 있는 소금을 숨긴 것도 아니고, 넣고 다니면 다치기나 할 칼을 집어넣은 것도 아닌데 무슨 난리인지 모르겠구나."

비누가 청개구리더러 모습을 드러내어 자신의 결백함을 증명해달라고 아무리 재촉해도 청개구리는 치량의 신발 속에 잔뜩 움츠리고 들어앉아 나올 생각을 하지 않았다. 신발 속의 따뜻함과 어둠을 떠나기 싫은 것인지, 길을 오는 동안 이것에 놀라고 저것에 놀라 겁을 집어먹을 만큼 집어먹어서 움츠러든 것인지 청개구리는 꿈쩍도 하지 않았다. 비누가 신발을 꺼내 수레꾼에게 보여주었다.

"아저씨, 내 말은 전부 사실이에요. 이 안에 든 것은 청개구리예요. 내가 청개구리를 데리고 대연령에 가는 게 무슨 죄를 짓는 것도 아니잖아요?"

"죄가 되고 안 되고는 네가 결정할 일이 아니지!"

수레꾼이 버럭 소리를 질렀다.

"네 모양새가 수상쩍은 걸 보니 넌 황전에서 온 계집이 분명해. 내 한 가지 알려주지. 황제폐하께서 평양군에 와 계시니 황전 것들과 뱀을 모조리 불태워 죽이실 게다!"

"난 황전 사람이 아니라 도촌 사람이라니까 왜 자꾸 그래요? 그리고 이것도 뱀이 아니라 개구리라고요! 여기를 잘 보세요! 신발 속에 든 건 개구리지 뱀이 아니라고요!"

"흥! 황전 사람이 아니라고 계속 시치미를 뗄 속셈이군! 황전놈들이 조정에 반기를 든 지가 벌써 삼십 년째야. 연놈을 막론하고 자객 아니면 모두가 도적떼지. 황전 여자가 아니면 혼자서 이렇게 떠돌아다닐 리가 없어! 게다가 청개구리 따위를 신발에 넣고 다니는 사람이 어디 있어? 이 개구리도 의심스러워! 혹시 뱀이 변한 것인지 누가 알아! 내 좋은 맘으로 한 가지 더 일러주지. 산 어귀를 타고 내려가다 청운관을 지나서 평양군에 들어가면 아마 좋은 구경거리가 기다리고 있을 거다. 황제께서는 기른 공을 무시하고 끝내 사람을 물고 마는 뱀을 제일 싫어하고, 어떻게 다스려도 늘 반항하는 황전 사람을 제일 싫어하시지. 황전놈들은 태어나는 순간부터 그저 폐하를 살해할 생각만 하고 있다니까. 하나 더 알려줄까? 녹림군(鹿林郡)에서는 뱀의 씨를 말리기 위해 풀이란 풀은 몇 번이고 태워 없애버렸고, 평양군으로 도망간 황전 것들은 남녀노소를 막론하고 모두 잡아다가 남김없이 불에 태워 죽였어."

비누의 간이 오그라들었다.

"전 정말 황전 사람이 아니라니까요. 황전하고 도촌 사이에는 북산이 있다니까요!"

말은 그렇게 하면서도 비누는 수레꾼의 말에 놀라 정신이 나간 상태였다. 얼이 빠진 비누는 보따리를 품에 안고 소쿠리를 팔고 있는 길가 쪽으로 갔다. 그곳에 있던 사람들이 모두 비누의 보따리를 보러 모여들었다. 비누가 서둘러 치량의 신발을 보여주며 말했다.

"여러분, 이것 좀 보세요. 이게 개구리예요, 아니면 뱀이에요? 개구리가 분명한 것을 저기 저 아저씨가 계속 뱀이 변한 거라고 우기고 있다니까요!"

호기심에 찬 사람들이 눈으로는 신발 속의 청개구리를 보면서도 입으로는 비누의 신분에 대한 추측들을 늘어놓기 바빴다. 그중 누군가가 말했다.

"청개구리를 데리고 다니는 거랑 뱀을 가지고 다니는 거랑 뭐가 다른데? 이 여자는 무당 아니면 미친 여자가 틀림없어!"

복숭아색 옷을 입은 여자아이는 청개구리가 맘에 들었는지 손가락을 아예 신발 속에 집어넣고 청개구리가 나오기를 기다렸지만 그래도 청개구리는 신발에서 나오려 하지 않았다. 여자아이가 살며시 비누의 옷깃을 잡아당기며 물었다.

"언니, 언니는 왜 청개구리를 보따리 속에 넣어가지고 다니는 거예요?"

비누는 여자아이에게 가을에 북산에 대홍수가 난 것

부터 시작해서 산지 여자가 강물을 따라 뗏목을 타고 아들을 찾아다니다 죽은 것까지 조목조목 얘기하기 시작했다. 비누가 자신이 데리고 다니는 개구리가 사실은 죽은 산지 여인의 혼령이라고 강조하는 대목에서 안색이 하얗게 질린 여자아이가 앙 울음을 터트리더니 엄마의 손을 잡아끌고 냅다 달아나버렸다. 비누는 저만치 떨어진 곳에서 그 여자아이가 엄마에게 묻는 소리를 들었다.

"엄마, 저기 개구리 데리고 다니는 여자, 미친 여자 아니야?"

여자아이의 엄마는 놀란 아이를 달래느라 등을 토닥여주며 말했다.

"저 여자의 행색을 보면 그런 것 같지는 않은데, 보따리 속 물건들을 보니 미친 게 분명하구나."

번화한 남초간 거리에서 비누는 혼자라는 외로움을 톡톡히 느꼈다.

그녀는 거짓말을 하지 않았건만 그녀의 말을 믿는 사람은 아무도 없었다. 자신에 대해 말을 할 때마다 사람들은 의심의 눈초리로 바라보았다. 그녀가 자신은 황전 사람이 아니라 도촌 사람이고, 두 마을 사이에는 북산이 가로막고 있고, 말투도 완전히 다르다고 누누이 이야기했지만 남초간에 사는 사람들 중 도촌 사람과 황전 사람의 말투를 구별할 수 있는 사람은 아예 존재하지 않았다. 누군가 물었다.

"거기 도촌에도 자객이 많은가?"

비누가 대답했다.

"전 도촌에 사는 완치량의 안사람이에요. 혹시 제 남편 완치량을 보신 분 있으세요?"

그 말이 떨어지기가 무섭게 남초간 사람들이 웃음을 터뜨리며 말했다.

"완치량이란 사람을 본 사람은 없소이다!"

다시 누군가 물었다.

"완치량이가 누구요? 마빡에 이름이라도 쓰고 다닌 답니까? 만리장성으로 노역을 간 사람이 수천수만인데 당신 서방 완치량을 알 사람이 어디 있겠소?"

많은 사람들이 그녀가 머리에 인 보따리에 이상스러 우리만치 관심을 나타냈다. 그들의 더러운 손이 불쑥불쑥 보따리 속을 헤집으며 치량의 겨울옷을 마구 흩뜨려 놓았다. 그들이 말했다.

"남편한테 이것을 주러 천 리나 떨어진 대연령에 간

단 말이오?"

"그래요. 겨울옷을 주러 가는 거예요. 제 남편이 옷도 제대로 못 입고 웃통을 벗은 채로 끌려갔는데, 어떻게 가만있겠어요."

너무나도 진실한 말이었지만 그들은 비누의 말을 정신 나간 소리나 잠꼬대로 치부했다. 복숭아색 옷을 입은 여자아이가 도망간 후 비누는 더이상 아무 말도 하지 않기로 결심했다. 무슨 말을 해도 믿지 않으니 차라리 말하지 않는 편이 나았다. 혼잣말을 하며 조심스럽게 보따리를 잘 여민 그녀가 소쿠리를 파는 노인에게 말했다.

"이제부터는 아무 말도 하지 말아야겠어요. 벙어리 흉내를 내면 날 미친 여자라고 여기지는 않을 것 아니에요? 아마 내가 거짓말을 하면 오히려 날 믿어줄지 모르죠."

그 노인이 눈을 흘기더니 '흥' 하고 콧방귀를 뀌었다.

"당신 같은 여자는 거짓말을 하라고 해도 잘 못할 게야. 말하지 않는 건 더 못 참겠지!"

비누는 그 노인이 자신의 속내를 꿰뚫고 있다는 생각을 했지만 약한 모습을 보이고 싶지 않아 보따리를 다시 머리에 이며 말했다.

"벙어리 흉내가 뭐가 어렵다고 그래요? 그까짓 말이야 안 하면 그만이지. 이번에야말로 죽어도 말을 하지 않을 테니 다시는 내게 말 걸지 마세요!"

외양을 꽤 화려하게 장식한 나귀수레 위에 비스듬히 앉아 있던 수레꾼이 발을 턱 들더니 무심결인지 일부러 그러는 것인지 그녀의 길을 가로막았다. 솜바지 속에서 삐져나온 더럽고 앙상한 발이었지만 손보다도 더 공격적이고 거칠게 비누의 엉덩이를 정확하게 조준하고 있었다.

"가시려고? 가긴 어딜 가신다고 그러나? 보따리 속에서 도폐 소리가 짤랑짤랑 나는데, 가려거든 길세를 내놓아야지!"

비누가 수치심에 얼른 몸을 빼며 혐오스러운 그의 발을 밀쳐냈다. 더이상 말을 하지 않기로 결심한 그녀였지만, 다리로 자신의 길을 막고 서 있는 이 상황에서 말을 하지 않을 수 없었다.

"길세는 무슨 길세를 내라는 거예요? 당신이 길을 막고 돈을 뜯어내는 강도예요? 게다가 발로 이게 무슨 짓거리예요!"

비누는 더럽다는 듯 손을 몇 번 털고 나서 수레꾼을 모욕했다.

"아저씨, 내가 욕하긴 싫지만 아저씨 발은 정말 시정 잡배 손보다 더 저질이에요!"

수레꾼이 비누에게 냉소를 보내며 말했다.

"아니, 벙어리가 되시겠다더니 어째 또 말을 하고 그러시나?"

그가 갑자기 겨드랑이 사이에 끼웠던 두 팔을 들어올리며 말했다.

"손, 손이라고 했어? 그깟 손은 무엇에 쓰려고 손을 찾아? 난 여자를 어루만질 때도 손을 쓰지 않아. 내 손을 잘 보라고…… 내 손이 어디 있는지 잘 보란 말이야!"

비누는 너무 놀라 말문이 막혔다. 수레꾼은 손이 없었다. 그녀의 눈에 들어온 것은 마른나무 같은 팔뚝이었다. 시들어버린 고목나무처럼 생긴 그의 두 팔은 허공에서 손이 잘려나간 흔적을 자랑하고 있었다. 놀라 소리를 지르면서 비누가 얼른 두 손으로 눈을 가렸다. 눈을 가린 채 비누가 그에게 물었다.

"아저씨, 어쩌다가 손을 잘리신 거예요?"

수레꾼이 일부러 두 팔뚝을 쭉 내밀었다.

"나한테 시집올 것도 아니면서 뭐 하러 그렇게 자세한 것까지 알고 싶어하나?"

그가 킬킬거리며 말했다.

"어쩌다가 잘린 거냐고? 글쎄, 어쩌다가 이랬을까? 한번 맞혀보시지 그래? 아마 평생 고민을 해도 누가 왜 잘랐는지 알 수 없을걸. 내 손모가지를 잘라버린 건 바로 이 몸이거든. 내가 왼손을 먼저 잘라냈지. 그런데 노역병을 잡아가는 놈들이 오른손이 있으면 돌을 주워나를 수 있다며 왼손을 자른 것만으로는 부족하다는 거야. 그래서 내 애비한테 오른손을 잘라달라고 부탁했지. 이 말을 듣고 더 놀라지 말라고. 놈들이 밖에서 문을 두드리고 있었어. 그리고 잠시 후 그놈들이 문을 부수고 들어오는 순간 내 손은 사라져버린 거야!"

비누가 하얗게 질린 얼굴을 하고는 손가락 틈새로 수레꾼을 쳐다보며 말했다.

"그랬군요…… 헌데 손도 없이 어떻게 수레를 모는 거예요?"

"손이 없는 대신 두 발이 있는데 무슨 걱정이야? 남초간에서 나귀를 끄는 이 우장(無掌)을 모르는 사람이 있기나 한 줄 알아? 이 몸의 두 발은 이미 온 동네에 소문이 쫙 난 발이라고. 너 같은 촌년이나 내 발이 얼마나 대단한 발인지 모르지."

우장은 자신의 재주를 보여주고 싶은지 천천히 공중으로 다리를 올리더니 마치 손바닥처럼 발바닥을 마주 붙이고는 수레의 끈을 낚아채며 잡았다. 그가 고개를 돌려 비누를 보며 말했다.

"이래뵈도 난 형명군(衡明君)의 문객이야. 두 발로 수레를 모는 이 신기한 재주가 없었다면 형명군이 날 문객으로 받아줬을 리가 없지."

비누는 수레꾼이 스스로 자신의 신분이 대단한 것처럼 이야기하는 것을 이해하기 어려웠다. 그녀의 표정에는 어떤 감탄이나 존경이 담겨 있기보다는 당혹감만이 가득했다. 우장이 다소 짜증나는 듯 말했다.

"왜 그렇게 눈을 동그랗게 뜨고 쳐다보는 거야? 날 불쌍하다고 생각하는 거야? 내가 불쌍해? 불쌍하긴 개코가 불쌍해? 내가 만약 두 손을 잘라버리지 않았다면 벌써 대연령으로 끌려가서 죽도록 노역에 시달렸을 거야. 두 발로 수레를 끄는 재주를 연마하지도 않았을 테니 형명군의 문객이 되지도 못했을 거고. 그렇게 날 빤히 쳐다보지 말고 저기 저 꼽추놈을 좀 봐. 우마차를 끌고 있는 저 꼽추놈은 병신인데도 만리장성에 가서 돌을 나를 뻔했어. 관리놈들이 끌고 가려고 했지. 꼽추니까 허리를 숙일 것도 없이 돌을 나르는 데 딱이라고…… 저놈이 관리들한테 돈을 쑤셔넣지 않았다면 지금 저런 호사를 누리지는 못할걸!"

비누가 고개를 돌려 우마차 위에 있는 꼽추를 쳐다보았다. 그때 마침 꼽추는 써레로 마차 위에 반쯤 놓인 쪽풀을 뒤섞고 있었다. 비누와 우장을 흘긋흘긋 바라보던 꼽추는 음흉한 웃음을 실실 흘리고 있었다. 비누가 바라보자, 꼽추는 써레를 내려놓고는 한 손으로 배 아랫부분을 슬슬 만지면서 비누에게 눈을 깜빡였다. 비누가 우장에게 물었다.

"저 사람 눈이 불편한 거 아니에요? 왜 자꾸 눈을 껌뻑거릴까요?"

우장은 웃기만 할 뿐 아무런 대꾸도 하지 않았다. 그때 꼽추가 갑자기 한 손을 아랫도리로 가져가더니 괴상망측한 동작을 하며 소리를 질렀다.

"얼마야?"

비누가 무슨 영문인지 몰라 반문했다.

"뭐가 얼마냐는 거죠? 난 쪽풀을 파는 것도 아닌데

뭐가 얼마예요?"

꼽추가 아예 손가락을 붙여 더 노골적인 동작을 하기 시작하자 수치심에 얼굴이 새빨개진 비누가 그를 향해 침을 퉤 뱉었다. 그래도 화가 풀리지 않은 듯 다시 침을 뱉었다. 그러자 꼽추가 소리쳤다.

"아니, 침은 왜 뱉고 지랄이야? 이런 판국에 젊은 년이 혼자 싸돌아다니면서 해먹고 살 짓이 그것 말고 뭐가 있다고 감히 요조숙녀 행세를 하고 지랄이야?"

화가 머리끝까지 치민 비누가 허리를 숙여 돌을 집어들고 막 던지려다가 손에 든 돌이 너무 크다고 느끼고는 다시 작은 돌을 집었다. 하지만 돌이 작아 제대로 방향을 잡지 못하고 애꿎은 소만 맞혔다. 하지만 소는 비누 탓을 하지 않고 그저 꼬리만 몇 번 흔들고는 그만이었다. 꼽추가 고래고래 소리를 질렀다.

"네 이년, 만약 우리 소가 잘못되기라도 하면 네년도 성치 못할 줄 알아!"

비누가 몸을 홱 돌리며 홧김에 두 손으로 눈을 마구 비벼대며 외쳤다.

"차라리 청개구리처럼 앞 못 보는 장님이 되는 게 낫겠어. 보이는 것마다 저런 저질스러운 놈들이라면 눈이 있어 좋을 게 뭐겠어!"

옆에서 냉소를 짓고 그녀를 지켜보던 우장이 말했다.

"그래, 두 눈을 마구 쳐라, 쳐! 아주 눈깔이 튀어나올 때까지 쳐버려! 헌데 앞이 안 보이면 어떻게 대연령에 는 가시나? 앞을 못 보면 대연령에 가도 남편을 알아볼 수 없을 텐데 말이야! 너처럼 젊은 여자가 그렇게 먼 길을 가면서 열녀문까지 지고 가시겠다? 암탉이 우리 밖으로 나와도 수탉들이 달려들기 마련인데, 하물며 여자가 홀몸으로 다니면서 못 볼 꼴을 안 보려거든 장님이 되는 수밖에 없지, 암 그렇고말고!"

화가 머리끝까지 치민 비누가 우장에게 외쳤다.

"세상 모든 남자가 다 저렇게 속물들이라면 차라리 장님이 되는 게 낫겠어요!"

수레꾼 중에는 좋은 사람이 없는 것 같았다. 자객으로 몰지를 않나, 창녀 취급을 하지 않나…… 이제 떠나야 할 때였다. 산 어귀를 따라 내려가 돈 많은 사람들이 사는 높은 곳에 가서 그곳에는 좋은 사람이 있는지 알고 싶었다. 하지만 나귀수레와 우마차를 포기하고 돌아서기가 쉽지는 않았다. 그녀는 우장의 수레를 빙 돌며 아쉬운 마음에 나귀 등을 어루만졌다. 나귀는 청운군에만 있는 허리가 긴 흰 당나귀였다. 나귀의 똥구멍에서 마침 회색 똥이 쏟아져나오자 파리떼가 엉덩이 주변에 모여들었다. 비누는 좋은 마음으로 파리들을 쫓아주었지만 나귀는 그녀의 호의를 받아들이기가 싫었는지 갑자기 거만하게 한 번 뛰어오르더니 그녀를 향해 히힝거리며 울어대고는 아예 똥구멍을 비누 쪽으로 향한 채 똥을 한 움큼 싸갈겼다. 남초간의 나귀까지도 비누를 무시했지만, 비누는 나귀에 대해 억제하기 힘든 애착을 느꼈다. 그녀는 나귀의 회색 눈과 나귀의 몸에 둘둘 감겨 있는 밧줄을 바라보며 말했다.

"어쩌면 넌 나귀인데도 사람보다 더 화려하게 치장을 했구나. 넌 참 훌륭한 나귀인 것 같은데 성질은 좀 사나운가보다."

"아니, 장님이 되겠다고 하지 않았나? 무슨 장님이 남의 나귀를 그렇게 뚫어지게 쳐다보시나? 내 나귀를 보려거든 돈을 내고 봐, 돈을 내고 보라고."

비누가 수레꾼을 보며 말했다.

"난 지금 진지하게 묻는 거니까 대답이나 좀 해봐요. 소와 당나귀 중에서 어느 게 더 비싼가요?"

"그야 소가 비싸지. 하지만 당나귀도 싸지는 않아. 요

94

즘 들어서는 가축이 사람보다 더 비싸다고. 너무 비싸서 넌 살 수 없을 거야."

비누가 풀이 죽어 수레꾼을 흘긋 쳐다보며 말했다.

"나도 요즘 가축값이 비싼 거 잘 알아요. 까짓, 못 사면 못 사는 거지요 뭐……"

그녀가 다시 넌지시 물었다.

"나한테 도폐 아홉 개가 있는데, 아저씨 나귀를 좀 빌려줄 수 있어요?"

"뭐? 내 나귀를 빌려서 북방으로 가시겠다고?"

우장이 비누를 노려보다 신경질을 부렸다.

"아니, 귀는 두었다 뭣에 쓰려는 거야? 내가 형명군의 문객이라는 소리 못 들었어? 형명군 나리가 누구인지도 못 들어본 거야? 그분은 바로 황제폐하의 친형제분이야. 나 같은 놈에게 어떻게 이런 호사스런 수레가 있을 수 있겠어? 자아, 허리를 숙이고 여기 수레바퀴를 좀 살펴봐. 이 바퀴가 네가 쓸 물건으로 보여? 여기 표범 낙인 보이지? 이게 바로 형명군 나리의 표지야. 천하물건 중에 이 낙인이 찍힌 것은 모조리 그 나리 소유라이 말이야. 나도 그분 거야. 알겠어, 알겠냐고? 모르겠으면 이리 와서 내 등을 좀 보라고…… 여기 표범 낙인이 보여, 안 보여?"

과연 우장의 등짝에는 둥그런 표범 낙인이 찍혀 있었다.

"알았어요. 아저씨가 주인이 아니면 아저씨 맘대로 할 수 없겠지요."

비누가 웃으며 말했다.

"헌데 아저씨! 절 좀 형명군 나리께 데려가줄 순 없나요? 내가 사정을 이야기하고 나귀를 빌려달라고 하면 어떨까요? 저렇게 화려한 수레는 나도 쓰기가 부담스러우니 도폐 아홉 개를 주고 어떻게 이 나귀만 빌릴 수는 없을까요?"

"도폐 아홉 개? 아홉 개라고? 넌 도폐 아홉 개를 가지고 있으면 뭐든 할 수 있을 것 같으냐?"

우장이 깔보는 기색을 감추지 못하고 물었다.

"만약 네가 남들한테 없는 재주를 가졌다면 이야기가 다르지. 가령 훨훨 날아 담을 넘을 줄 안다든지 입으로 불을 내뿜으며 헤엄을 친다든지 하는 재주가 있으면 내가 널 나리 앞에 데려가서 상금 몇 푼이라도 받게 해줄 수 있지. 그것도 아니면 네가 데리고 있는 그 청개구리가 형명군 나리 앞에서 만수무강하시라는 말이라도 한다면 말이야. 황전의 수탉들은 길을 안내할 줄 안다던데 그 청개구리도 말 정도는 할 수 있어야 하는 거 아냐? 나리 앞에서 네 개구리가 말을 하거나 절을 하며 만복을 기원할 줄 안다면야 기꺼이 백춘대(百春臺)에 데려갈 수 있어."

"아저씨는 도대체 귀가 어디 달린 거예요? 내가 황전 사람이 아니라 도촌 사람이라고 몇 번을 말했어요? 이 개구리도 판교에서 왔지 황전에서 온 게 아니라서, 절도 못하고 말은 더더구나 못한다고요!"

"절도 못하고 말도 못하면 갈 필요 없지! 가봤자 나귀도 못 빌릴 테고, 행여 네가 형명군 나리의 눈에 들기라도 하면 너도 사버릴걸! 요즘 몇 년 사이 얼마나 많은 여자를 사들였는지 몰라. 미모가 빼어난 여자, 엉덩이가 커서 아이를 잘 낳게 생긴 여자, 손발이 민첩한 여자, 바느질 잘하는 여자들을 사서 나리가 직접 품으실 때도 있고 가끔은 문객들에게 선물하시기도 하지. 뭐든 맘에 들면 그냥 사들여버리시거든. 내 주인이 어떤 사람인지 이제 좀 알겠어? 그런 나한테 감히 귀가 어디 달렸냐고 따져 물어? 너야말로 머리카락에 파묻은 그 귀로 국이나 끓여 먹을래?"

비누는 무심코 고개를 끄덕이다가 이내 다시 고개를 가로저었다.

"아저씨, 난 아저씨 귀가 없다고 욕한 게 아니에요. 아저씨가 아무리 날 황전 사람이라고 우겨도 난 그곳 사람이 아니에요. 그곳 사람이 아니니까 겁나는 것도 없다고요."

그녀는 사람을 질리게 할 만큼 호화로운 수레를 바라보았다. 나귀는 보면 볼수록 점점 더 도도해졌고, 수레는 보면 볼수록 사치스럽기 이를 데 없었다. 그녀는 그렇게 돈이 많다는 수레 주인은 어떤 사람일까 상상해보았지만 아무리 상상해도 아무것도 떠오르지 않았다. 그녀가 포기한 듯 길게 한숨을 내쉬며 힘없이 말했다.

"돈과 권력이 있으니 나귀를 사람보다 더 멋지게 치장해놓았겠지요. 그런 집 나귀는 빌릴 수 없을 테니 그럼 저 꼽추한테 가서 우마차를 좀 빌려주라고 말 좀 해줄 수 없어요?"

"저런 꼽추 녀석한테 어떻게 저렇게 좋은 우마차가 있겠어?"

우장이 갑자기 소리를 버럭 질렀다.

"저놈이나 저놈 우마차나 모두 교씨 집안의 방직장으

로 쪽풀을 나르고 있는 거야. 너도 여자니까 교씨 집안에서 만든 백화(百花)비단 얘기는 들어봤겠지? 청운군에서 나는 최고의 특산물로 왕족과 귀족들이 해마다 이곳 교씨 집안의 백화비단을 사러 오잖아. 황제폐하도 이 집안의 백화비단을 애용하고 있지. 교씨 집안 형제는 뛰어난 솜씨 덕분에 작위도 받았다잖아. 작위를 받으면 사람도 살 수 있어. 그 형제 모두 하루 종일 앉아서 일을 하는 통에 똥 싸기가 여간 불편한 게 아니라고 하던데…… 그래서 똥을 쌀 때는 젊고 예쁜 여자들이 관장을 해준다는 거야. 그 형제들한테 소를 빌리러 갔다가 행여 그 형제들 눈에 들기라도 하는 날에는 평생 손가락으로 그 사람들 똥구멍이나 후벼 파줘야 할걸!"

비누는 수레꾼이 흥분하여 얘기하느라 침이 날아오는 것을 보고 난감해하며 말했다.

"아저씨, 괜히 사람 놀리고 그러지 마세요. 못 빌리면 대연령까지 걸어가면 그만이죠. 다만 길에서 만난 사람들이 모두들 왜 내게 남초간에 가면 큰 가축을 살 수 있다고 했는지 이해가 안 돼요."

"그야 네가 머리가 나빠서지. 그 사람들이 말한 큰 가축이란 짐승이 아니라 바로 사람을 말한 거야."

우장이 참을 만큼 참았다는 듯 두 발로 채찍을 집어 들더니 비누의 머리 위로 채찍을 휘둘렀다.

"비켜! 비켜! 저리 가라고! 난 곧 산에서 내려올 나리의 새 문객을 마중해야 하니까 괜히 가로막고 서서 남의 일 방해하지 말고 저리 꺼져!"

비누가 화들짝 놀라 깡충 뛸 때 머리에 인 보따리에서 뭔가 부딪치는 금속성 소리가 났다. 수레꾼의 눈이 반짝였다.

"이 여자가 거짓말은 안 하는가보군. 여기서 도둑놈이나 강도한테 빼앗길까 겁도 안 나? 나도 보따리에 든 도폐 아홉 개의 소리를 들었다고! 사실 나도 너한테 거짓말한 건 없어. 가서 사람을 사. 산 어귀로 가다보면 인간시장이 나올 거야. 인간시장은 늘 사람들로 가득 차 있으니까. 거기서는 사람을 사도 되고, 팔아도 돼!"

인간시장

저물녘의 인간시장은 폐장시간이 가까워지고 있었지
만 사람들은 여전히 길 양쪽을 차지하고 늘어서 있었
다. 가장 눈에 띄는 것은 요염하게 차려입은 젊은 여자
들이었다. 그들의 화려하고 고운 의복으로 미루어 짐작
건대 그들은 청운군의 북부지역에서 온 게 분명했다.
그들은 하나같이 이마와 두 뺨 그리고 입술에 연지를
바르고 푸른색 분홍색 연두색 옷을 입고 있었다. 꽃무
늬 상의의 소매와 앞자락에는 크고 작은 마름모꼴 무늬
가 있었고, 허리띠는 마노구슬과 비취옥으로 테를 둘러
나비처럼 늘어뜨려져 있었고, 옥폐와 은줄 그리고 향대
가 늘어뜨려져 있었다. 그렇게 화려하게 잘 차려입고

나온 자신감과 우월감에서인지 그들의 얼굴에서는 난세가 가져다준 슬픔의 기색을 찾아보기 힘들었다. 이미 날이 어두워진 터라 사람을 사러온 이들은 거의 찾아볼 수 없었다. 그 젊은 여자들은 마치 나무 위에 모인 새들처럼 몇몇씩 모여 서서 지지배배 무엇인가를 열심히 떠들고 있었다. 반면 여기저기 흩어져 있는 여자들도 있었다. 맨발에 초립을 쓴 산지 여자들과 흰옷과 검은옷을 입고 있는 장치군(長治郡)의 중년 여자들이었다. 그들은 자신들과 잘 어울리는 애잔한 모습으로 길거리를 오가는 거마(車馬)를 바라보았다. 그리고 길의 다른 한쪽에는 나이가 지긋한 남자들과 아직 어린 남자아이들이 지루한 듯 책상다리를 하고 일렬로 앉아 있었다. 개중에는 낮과 밤이 바뀌었는지 다른 사람의 어깨를 베고 잠을 자는 사람도 있었다. 한 남자아이가 무료했는지 길가의 대추나무 위로 올라가 나뭇가지를 있는 힘껏 흔들어보았지만, 열매는 이미 사람들이 다 따가버린 뒤여서 비쩍 마른 나뭇가지만 떨어졌다. 나무 밑에 있던 사람이 소리를 질렀다.

"그만두지 못하겠니? 그렇게 흔들어대다 나무가 죽기라도 하면 나중에 햇빛 피할 곳도 없어지게 될 거다!

뜨거운 햇빛을 받으며 일 나가길 기다리다간 일을 나가기도 전에 네놈이 먼저 말라죽고 말걸!"

야단을 맞은 사내아이는 나뭇가지 흔드는 일을 그만두고 굵은 가지 위에 걸터앉았다. 잠시 후, 사내아이의 눈에 머리에 보따리를 이고 산 어귀에서 내려오는 낯선 여자가 보였다. 아이는 새로운 목표물을 찾았다는 듯이 얼른 품에서 새총을 꺼내며 나무 아래를 향해 들뜬 목소리로 외쳤다.

"저기 인간짐승 하나가 또 와요! 돌멩이 하나 주세요! 어서 돌멩이 좀 줘요!"

그들의 눈에도 머리에 보따리를 인 비누가 대추나무 아래를 걸어오는 게 보였다. 길가에 서 있는 여인들의 귀에는 타닥 하며 돌멩이가 그녀의 몸에 맞는 소리가 들려왔다. 하지만 비누에게 그 정도의 공격은 참을 만한 것이었다. 그녀는 나무 위에 있는 사내아이를 흘깃 쳐다보며 말했다.

"그런 돌멩이를 던진다고 내가 크게 다치기나 하겠니? 하지만 그렇게 높은 곳에서 잘못하다 떨어지면 크게 다칠 테니 조심하거라!"

생각지도 못한 반응에 사내아이는 가소롭다는 듯 새

총을 품에 넣으며 나무 아래에 있는 사람들에게 외쳤다.

"새총에 맞고도 욕을 하기는커녕 내가 떨어져 다칠까 봐 걱정을 하고 난리예요! 저 여자 머리가 어떻게 된 게 분명해요!"

비누는 길 한가운데 서 있었다. 나무 아래는 남자들이 모두 차지하고 있어 갈 수가 없었다. 길 한쪽에는 여자들이 있었는데, 잘 차려입은 치마와 비녀의 호화스러움이 소슬한 가을바람 속에 눈에 튀면서도 왠지 어색하게 느껴져 감히 다가서지 못했다. 비누는 길 가운데 망연히 서서 남초간의 인간시장을 관찰했다. 잘 차려입은 여자들도 그녀를 주시했다.

"무슨 보따리를 머리에 이고 있는 거야? 어렵사리 쪽을 올린 머리가 다 흐트러질까 겁도 안 나나?"

누군가 대답했다.

"봉두난발을 하고 있는데 어렵사리 쪽을 올리긴 무슨 쪽을 올렸다고 그래?"

다시 누군가 비누의 용모와 차림새를 뜯어보며 약간은 질투가 섞인 목소리로 말했다.

"남쪽에서도 미인이 많이 나나? 저 고운 봉안(鳳眼)과 버드나무 가지 같은 허리를 좀 봐. 분명 미인은 미인이야."

옆에 있는 여자가 매몰차게 잘라 말했다.

"미인이면 뭘 해? 세수도 안 하고 화장도 안 했구먼. 아예 먼지로 얼굴에 연지분을 바르셨네. 저 얼굴에 긴 흙먼지하고 때 좀 봐. 아예 밭을 갈아도 될 것 같은데."

비누는 여인들이 이러쿵저러쿵 떠드는 소리를 무시한 채, 길 양쪽에 늘어서 있는 그들 사이를 대담하게 걸어갔다. 도촌에서 남초간까지 오는 동안 비누는 길에서 만나는 여자들에 대해 일종의 착각을 하고 있었다. 다른 여자들도 자신처럼 모두 대연령에 가기 위해 마차를 찾거나 기다리고 있다고 생각했고, 남편을 찾아 대연령까지 함께 갈 여인을 만날 수 있을 거라고 생각했다. 비누는 막 빈대떡을 먹고 있는 녹색 옷을 입은 여자 곁으로 다가가 물었다.

"여기서 마차를 기다리고 있는 거예요? 여기 있는 분들도 대연령에 가는 건가요?"

녹색 옷을 입은 여자는 비누를 흘겨보다 빈대떡을 우물우물 씹으며 말했다.

"대연령은 무슨 대연령? 여기가 노역병을 모으는 마차역도 아닌데, 누가 대연령으로 가는 마차를 기다린다고 그래요? 괜히 여기서 어슬렁거리지 말고 더 어두워지기 전에 어서 갈 길이나 가요!"

"그럼 여기 서 있는 분들은 모두 지금 뭘 기다리는 거예요? 어디를 가려는 건데요?"

녹색 옷 입은 여자가 허리띠에서 주머니를 하나 꺼내 흔들어 보이며 말했다.

"우리는 당신과는 달라요. 이거 보여요? 이건 실하고 바늘이 담긴 주머니라구요! 우린 가축처럼 힘쓰는 일을 하는 사람들이 아니라 재봉사들이에요. 남들한테 없는 손재주가 있는 사람들이라구요. 우린 모두 교씨 집안의 방직장에서 사람을 구하러 보낼 마차를 기다리고 있는 거예요. 헌데 당신은 여기서 뭘 하고 있는 거죠?"

비누는 그 여자의 말투에서 자신을 무시하는 기색을 느끼고 말했다.

"아가씨는 무슨 말을 그렇게 해요? 모두들 살기 힘들어서 여기 나와 있는 것은 마찬가지인데 왜 그렇게 거드름을 피우는 거예요? 그까짓 바느질 재주 좀 있으면 그렇게 거만해도 되는 건가요? 우리 도촌 여자들은 어려서부터 뽕나무를 심고 누에를 길러 바느질은 잘 못하지만 그 주머니 속의 견사는 모두 누에고치에서 뽑아낸 것들이라고요. 한 번만 척 봐도 우리 도촌의 누에고치에서 나온 실인지 아닌지 알 수 있다고요!"

녹색 옷 여자가 눈을 깜박이며 비누를 훑어보더니 말했다.

"우리 주머니 속에 있는 실이 모두 당신네 견사라고요? 도촌에서 왔다고 했죠? 어쩐지 말투가 무슨 벼락치는 것 같더라니…… 호호호!"

그녀가 갑자기 깔깔 웃으며 외쳤다.

"이제야 당신이 누군지 알겠네! 도촌에 웬 정신 나간 여자가 상사병에 걸려서 청개구리 한 마리 데리고 남편 찾으러 떠났다더니 바로 당신이군요!"

비누는 깜짝 놀랐다. 그녀는 자신의 소문이 남초간에까지 퍼져 있으리라고는 상상도 하지 못했다. 그녀는 녹색 옷 여자의 눈빛이 어느새 연민으로 바뀌어 있다는 것을 알아차렸다. 정상인이 미친 사람에게 보내는 절제된 연민의 눈빛이 분명했다. 화가 머리끝까지 치민 비누가 머리 위 보따리를 탁탁 치며 외쳤다.

"도대체 누가 남의 말을 함부로 지껄이는 거야? 내가 내 남편에게 입힐 겨울옷을 가져가는데, 상사병은 무슨 얼어죽을 상사병이야? 난 그런 병에 걸린 적 없어. 세상에 옷도 제대로 못 입고 나가 노역을 하며 겨울을 보낼 남편 걱정을 안 할 여자가 어디 있어? 있다면 그게 미친 년이지!"

"알았어요, 알았어! 당신 안 미쳤으니 어서 가서 겨울 옷을 전해주세요. 대연령까지 그 먼 길을 가려면 길을 재촉해야지 더 늦어졌다간 큰눈이 와서 당신이 도착하기도 전에 남편은 눈 속에서 얼어죽고 말 거예요."

녹색 옷 여자가 삐죽 웃고는 소매를 털며 다른 여직공들이 모여 있는 곳으로 갔다. 곧이어 비누의 귀에 그녀의 들뜬 목소리가 들려왔다.

"저기 저 여자가 도촌의 그 미친 여자래! 미친 여자처럼 보여? 저기 얼른 봐봐!"

쑥덕이며 떠들고 있던 여직공들이 일제히 고개를 돌려 놀라움과 호기심이 가득 찬 눈빛으로 비누를 쳐다보았다.

"저 여자야?"

"응, 저 여잔가봐!"

"상사병 걸린 여자?"

"그래, 그 미친 여자 말이야!"

"청개구리는?"

"청개구리는 저 머리에 이고 있는 보따리에 있겠지 뭐."

바늘처럼 쏟아지는 눈길을 받으며 비누는 형용할 수 없는 통증을 느꼈다. 하지만 심신이 이미 지칠 대로 지쳐 그 여자들과 말싸움을 벌일 힘도 남아 있지 않았다. 하긴 도촌에서도 그랬었다. 도촌 여인들도 모두 떼로 모여 수군거리며 비누에 대한 뒷말을 나누곤 했다. 뭘 어떻게 해야 할지 몰라하던 비누는 갑자기 도촌의 진이가 하던 대로 그들을 향해 큰 소리가 날 정도로 침을 뱉었다.

길가에는 또다른 여인들도 있었다. 몇몇 산지 여자들이 침묵을 지키며 인간시장 한쪽에 서 있었다. 어둠 속에 서 있는 그들의 모습은 마치 한 줄로 늘어선 나무 그림자처럼 보였다. 여직공들 곁을 떠난 비누는 검은옷을 입고 손에 초립을 든 여인에게 다가갔다. 그 여자의 모습은 뗏목을 젓고 다니던 산지 여자를 떠올리게 했고, 지금 비누의 보따리 속에 있는 청개구리를 떠올리게 했다. 비누는 그 여인에게 어디서 왔는지, 혹시 뗏목을 타고 아들을 찾아다니던 산지 여인을 알고 있는지 묻고 싶었지만 적의가 가득 찬 인간시장에서 비누는 누군가에게 다시 말을 건넬 엄두가 나지 않았다. 그녀는 아무 말도 않기로 했다. 당신들한테 아무것도 묻지 않을 테니 당신들도 내게 아무 말도 하지 말아요. 비누는 침묵을 지키며 그곳에 서 있었다. 그 산지 여인과 함께 서서 그저 길을 지나가는 거마를 기다렸다. 검은옷을 입은 여인이 얼굴을 가렸던 초립을 내리며 퉁퉁 붓고 누렇게 뜬 얼굴을 드러냈다. 그녀가 입을 열자 삼백초 냄새가 진동했다.

"애당초 저쪽으로 간 게 잘못이에요. 늙고, 병들고, 못난데다 손재주도 없는 사람들은 여기에 서 있어야 해요."

산지 여인은 비누 머리 위의 보따리를 무심하게 훑어본 후 다시 말했다.

"그래도 당신은 머리에 무슨 보따리라도 이고 있으니 우리보다는 낫구려. 우리는 가진 거라곤 아무것도 없으니…… 그냥 여기 죽치고 서서 하릴없이 기다리고 있는 거지, 방직장에서 오는 마차를 기다리는 게 아니에요. 행여 누가 됐든 우리를 사서 쟁기라도 끌게 해줬으면 하는 바람이지. 큰 가축이란 바로 우리를 두고 하는 말이에요. 하지만 산지 여자를 사려고 하는 사람이 없으니 큰 가축도 아무나 되는 게 아니에요. 우리가 못 생겨서 싫다하고, 멍청하다고 마다하니 결국 아무도 우리를 찾지 않아 여기서 죽기만을 기다리고 있는 형편이라우. 당신도 여기서 죽기를 기다리는 거라면 우리랑 같이 있어도 된다우……"

남초간의 인간시장에서 비누가 있을 곳은 없는 것 같았다. 여직공들 곁에도 서 있을 수 없었고 산지 여자들 곁에도 서 있고 싶지 않았다. 게다가 검은옷 여인의 절망적인 하소연 속에서 비누는 자신을 받아들이기보다는 거부하는 뜻이 더 많이 배어 있음을 알아차렸다. 비누는 비애를 느꼈다. 산지 여자들이 있는 쪽에서도 몸둘 곳이 없다는 사실 때문에 그녀는 길 한복판에 서 있을 수밖에 없었다. 길 가운데 망연히 서서 다른 사람들처럼 기다리고 기다렸다. 사람들은 인간시장을 지나는 마지막 거마를 목이 빠져라 쳐다보고 있었다. 남초간의 하늘이 서서히 어둑어둑해지면서 산 어귀에서 불어오는 바람이 차가워지기 시작했다. 가끔 마차가 큰길을 지날 때마다 길 양쪽에 늘어선 사람들이 웅성댔다. 옷매무새를 고치고 머리를 매만지며 화려하게 수놓인 주머니를 높이 흔드는 여직공들의 모습에는 그래도 어느 정도 자긍심이 보였지만 맞은편 남자아이들은 아예 마차 뒤로 뛰어오를 기세로 덤벼들다 마부가 흔드는 채찍을 맞고 제자리로 돌아왔다. 마부가 외쳤다.

"오늘은 너희들을 안 사! 안 산다고!"

열등감에 휩싸여 있는 산지 여자들이 마차 뒤를 주춤주춤 따라가며 큰 소리로 외쳤다.

"인간가축은 어때요? 우리는 돈도 필요 없어요. 그저 먹여만 주시면 돼요!"

마차 위에 있는 사람이 외쳤다.

"안 돼! 안 돼! 인간가축 같은 것은 필요 없어! 밥만 먹여주는 것도 안 돼!"

머리에 보따리를 이고 길에 서 있던 비누가 얼른 마차를 피했다. 지치고 궁색해 보이는 그녀의 모습이 다시, 나무 아래 모여 있던 사내아이들의 주의를 끌었다. 사내아이들이 비누의 보따리를 손가락질하며 말했다.

"가서 보따리 속에 정말 청개구리가 있는지 보자!"

노인의 목소리로 들리는 또다른 쉰 목소리가 허공을 갈랐다.

"청개구리는 봐서 뭐 하려고! 가서 보따리 속에 도폐가 들었는지나 보거라!"

비누는 어두워가는 인간시장이 점점 위험하게 느껴

졌다. 길 한가운데서 적당히 서 있을 곳을 찾지 못하고 있던 그녀는 다시 왼편으로 돌아갈 준비를 했다. 대추나무가 사사삭 흔들리더니 새총을 감춘 남자아이가 나무 위에서 뛰어 내려오더니 또다른 사내아이와 함께 비누를 향해 다가왔다. 비누가 큰 소리로 외쳤다.

"너희들 뭐 하자는 짓이야? 강도질을 했다간 관부에 끌려가게 될 테니 조심해!"

순간 멈칫하던 아이들의 귓가에 노인의 목소리가 다시 한번 음험하게 울려퍼졌다.

"끌고 가려면 끌고 가라지! 끌려가면 감옥에서 먹을 것은 주니까 여기서 굶어 죽는 것보다는 낫지!"

확실하게 전해지는 격려의 말 덕분에 한 남자아이가 앵무새처럼 노인의 말을 따라했다.

"끌고 가려면 끌고 가라지! 끌려가면 감옥에서 먹을 것은 주니까 여기서 굶어 죽는 것보다는 낫지!"

다른 사내아이는 건달패 같은 말투로 위협했다.

"가려거든 길세를 내고 가시지!"

두 아이는 마치 두 마리 야수처럼 비누에게 달려들었다. 비누가 비명을 지르며 잘 차려입은 여자들을 향해 애원하듯 외쳤다.

"이애들이 이렇게 대놓고 강도짓을 하려고 하는데 그 냥 구경만 하고 있을 거예요?"

그 여자들이 남의 일처럼 비누를 쳐다보는 가운데 푸른색 옷을 입은 여자가 길 반대편을 가리키며 외쳤다.

"애들 친할아버지도 가만히 앉아 있는 판에 우리가 뭣 하러 남의 일에 끼어들어요?"

비누가 몸을 돌려 산지 여자의 소매를 붙잡자 여자가 황급히 팔을 뿌리치며 외쳤다.

"날 잡지 말고 어서 도망가요. 그러게 뭐 하러 그 큰 보따리를 머리에 이고 여기엘 들어온 거예요? 다 당신이 화를 자초한 거니까 남 탓할 것 없이 자기나 원망해요!"

막다른 골목을 맞닥뜨린 심정으로 도망을 가던 그녀의 분노가 보따리 속에 있는 청개구리에게 쏟아졌다. 도망치면서 그녀가 보따리를 탁탁 치며 외쳤다.

"너 그래도 안 나올래? 그래도 안 나와? 개를 끌고 다녔으면 날 도와줄 수나 있었을 텐데, 너 같은 건 데리고 다녀봤자 한번 짖지도 못하니 너를 데리고 다녀서 무엇에 쓰겠니?"

비누가 보따리를 탁탁 쳐서 나온 것인지 아니면 스스

로 튀어나온 것인지 청개구리가 모습을 드러냈다. 길 양쪽에 서 있던 사람들이 눈이 휘둥그레져서 비누의 머리 위에서 은빛으로 빛나는 것을 보았다. 소문으로만 듣던 청개구리가 하늘에서 내려온 신선처럼 비누의 머리 위에 조용히 엎드려 있었다. 아니, 정확히 말해 보따리 위에 엎드려 있었다. 어둠이 무겁게 드리워진 남초간 일대에서 보따리 위의 청개구리를 보는 일이 원래 흔치 않은 일이기도 했지만 놀랍게도 두 눈을 꼭 감고 있는 청개구리의 눈가엔 은백색 눈물이 반짝이고 있었다. 지금까지 청개구리의 눈물을 본 사람은 아무도 없었다. 은백색 눈물이 자기 몸의 검푸른 무늬를 비추고 주인인 비누의 창백하고 화난 얼굴을 비추었다.

"독두꺼비다! 만지지 마라! 만지면 눈이 멀지도 몰라!"

길 저쪽에서 노인의 황급한 목소리가 울려퍼졌다.

"괜히 저 여자를 건드리지 마라. 저 여자는 무당이 틀림없어!"

비누는 두려움에 질린 사내아이들의 두 눈을 보았다. 서서히 뒤로 물러서던 아이들 중 새총을 가진 아이가 날카로운 목소리로 외쳤다.

"청개구리 눈이 멀었어! 눈먼 청개구리가 어떻게 눈

물을 흘리는 거지?"

다른 아이가 그 아이를 나무 밑으로 데리고 도망치며
말했다.

"할아버지가 저건 청개구리가 아니라 독두꺼비라고
그랬어!"

새총을 가진 아이가 말했다.

"저 여자는 왜 독두꺼비를 가지고 다니는 거야?"

다른 아이가 외쳤다.

"할아버지가 무당이라고 했잖아. 어서 도망가자!"

아이들이 대추나무 아래로 재빨리 달아났다. 비누의
마음속에서 순간 희비가 엇갈렸다. 그녀는 보따리를 내
려 청개구리가 어떻게 우는지 볼 겨를도 없이 아이들의
뒤통수에 대고 외쳤다.

"그래, 난 독두꺼비를 데리고 다니는 무당이다! 길에
서 너희 같은 놈을 만났을 때 내가 무당이 아니면 어떻
게 되겠니? 내가 독두꺼비라도 데리고 다니지 않으면
어떻게 이런 봉변을 모면하겠어?"

남초간의 인간시장에서 비누는 눈물을 흘리는 청개
구리와 무당 타령 때문에 생각지도 않게 사람들의 두려
움을 자아냈다. 어둠 속에서 보따리를 갖고 있는 비누

의 그림자에도 신비한 기운이 넘쳐났다. 잘 차려입은 여인들이 먼저 그녀 주변으로 슬그머니 몰려들자, 얼굴에 죄책감이 가득한 산지 여자들도 비누의 곁으로 다가왔다. 인간시장의 남녀노소가 마치 가뭄에 물고기가 물을 찾으러 가듯, 물고기가 물에 느끼는 자연스런 존경심을 가지고 비누를 향해 다가왔다. 그들은 모두 비누에게 자신들의 운명을 물어보러 왔다. 처음에 다소 당황스러웠던 비누는 자리를 벗어나고 싶었지만 다시 생각한 끝에 이 사람들이 모두 가난한 사람, 불쌍한 사람들이라는 것을 떠올렸다. 자신의 운명도 그들의 운명과 다를 바 없었다. 호의호식하는 사람들의 운명은 몰라도 굶주리고 가난한 힘겨운 삶에 대해서는 말할 수 있었다. 비누는 부귀영화를 누리는 사람은 한 번도 본 적이 없었지만, 물과 땅에서 사는 가난하고 천한 사람들은 너무나도 흔하게 봐온 터였다. 그들의 빈한한 운명을 예언해주는 일이 어렵게 느껴지지 않았다. 여기에 생각에 미치자, 비누는 용기를 내어 깨끗한 곳에 치량의 신발을 내려놓고 청개구리를 그 신발 안에 잘 넣은 후 시촌의 무당들을 흉내내어 바닥에 원을 그리고 원 안에 책상다리를 하고 조용히 앉았다.

녹색 옷을 입은 여자가 자신이 먹다 반쯤 남긴 빈대떡을 비누에게 바치며 무릎을 꿇고 예를 올렸다.

"무녀님인지 미처 몰랐어요. 우리 남편도 지난여름에 대연령으로 잡혀갔어요. 그런데 아무런 소식이 없으니 저 청개구리에게 아직 살아 있는지 좀 물어봐주세요."

녹색 옷을 입은 여자의 화려한 복장을 쳐다보던 비누가 그녀의 비취옥과 마노구슬로 테를 두른 허리띠를 한번 잡아당기며 말했다.

"너는 그렇게 좋은 옷을 입고 있으면서, 남편은 벌거벗은 채 북풍이 불어닥칠 날을 기다리게 한단 말이냐? 네 남편은 북풍이 불기 시작하면 죽게 될지도 모르겠다."

"얼어죽게 되는 건가요?"

여자들이 다 함께 소리를 질렀다.

"아니! 개구리가 그러는데 마음이 아파서 죽는다는구나!"

녹색 옷 여자가 놀란 목소리로 물었다.

"그럼 제가 뭘 어떡해야 하죠?"

"집에 돌아가서 남편이 입던 옷 중에 제일 따뜻한 겨울옷을 골라 내일 햇볕이 좋을 때 잘 말리도록 해. 그런

118

다음에 잘 마른 겨울옷을 대연령으로 보내면 된다!"

녹색 옷 여자가 신발 속의 청개구리를 바라보더니 부끄러움에 고개를 들지 못했다.

"남편의 겨울옷이 아직까지 남아 있을 리 있어요? 차라리 좁쌀 한 부대를 보내면 어떨까요? 저는 무녀님이랑은 처지가 다르잖아요. 무녀님이야 산이 나오면 산을 뒤집고, 물이 나오면 물을 가르면 되지만 전 그렇게 먼 길을 갈 수는 없어요. 전 몸이 약해서 가는 길에 죽고 말 거예요."

"네가 길에서 죽는 것은 두렵고, 남편이 얼어죽는 것은 두렵지 않고?"

녹색 옷 여자의 말문이 막혔다. 잠시 후 그 여자는 다시 변명을 늘어놓았다.

"서방님도 그곳 생활이 고되겠지만, 저 역시 그렇게 편히 사는 건 아니에요. 솜씨가 있고 재주가 있으면 뭐해요? 여기서 만날 허탕 치며 기다리기 일쑤인데……아무튼 저는 전생이 나비이니 죽어서 나비가 되면 그때 대연령으로 남편을 보러 찾아가겠어요."

흰 수염이 성성한 노인이 몸을 비틀거리며 비누에게 다가와 대추 한 개를 내놓았다. 숨을 헐떡이며 거친 숨을 내쉬던 노인이 말했다.

"내 아들은 산에서 나무를 해 마을에 땔감을 팔러 내려갔다가 포리에게 잡혀갔습니다. 마을사람들이 내 아들에게 남의 양을 훔쳤다는 죄를 뒤집어씌우는 바람에 잡혀간 겁니다. 내가 관부로 달려가보았지만 매만 흠씬 맞고 쫓겨났습니다. 관부 사람들은 모두 내 아들놈이 양을 훔친 게 분명하고, 그래서 잡아 가둔 거라고 했습니다. 그러니 무녀님이 저 청개구리에게 내 아들놈이 도대체 무슨 죄를 짓고 어디로 잡혀갔는지 좀 물어봐주십시오."

비누가 대답했다.

"할아버지의 아들은 무슨 죄를 지어서 잡혀간 게 아니라 대연령으로 만리장성을 보수하는 노역을 하러 간 거예요. 만리장성을 보수하는 일이야말로 세상에서 제일 힘든 일이지요. 청운군의 남자들이야말로 세상에서 제일 부지런하고 용감한 남자들이라 지금 모두 대연령에 가 있는 겁니다."

노인의 얼굴에 안도의 기색이 스쳐갔다. 이어 근심이 가득한 얼굴로 다시 물었다.

"여기 남초간에서 대연령까지 가려면 며칠이나 걸릴

까요?"

"청개구리가 그러는데 두 발로 걸어가려면 겨울이나 되어야 도착할 수 있을 거라고 하네요."

순간 노인이 절망스러운 말투로 말했다.

"그럼 저도 갈 수가 없겠습니다. 수십 리 길이라면 무녀님과 함께 가면 그만이겠지만 조금만 걸어도 이렇게 숨이 차오르는 몸으로는 그 먼 길은 가고 싶어도 갈 수가 없겠습니다. 내가 십 년만 더 젊었더라면 숨을 헐떡이다 죽는 한이 있어도 대연령에 가서 내 아들 대신 일을 해주었을 텐데요…… 이제 죽을 날도 얼마 안 남았으니 여기서 지키고 서서 하루하루를 견디며 기다리는 수밖에 없겠네요. 내 아들이 돌아올 때쯤에는 이미 땅속에 들어가 있지나 않을지…… 내 아들이 내 무덤 옆을 지나가도 난 볼 수 없을 겁니다!"

대연령이라는 세 글자는 마치 부싯돌처럼 사람들의 눈에서 눈물을 반짝이게 했지만, 그 모든 불꽃은 바람을 타고 금세 꺼져버리고 말았다. 대연령에 갈 사람은 아무도 없었다. 청개구리의 신비한 은백색 눈물도 사람들을 대연령으로 가도록 설득하지는 못했다. 그들은 차라리 길가에서 기다리는 쪽을 선택했다. 기다리는 것

외의 다른 모든 것을 이 게으른 사람들은 진작에 포기했다. 그들은 그저 청개구리의 입에서 기다리는 것만이 운명이라는 말이 나오기를 바랐을 뿐이다. 그때 산지 여자가 갑자기 터트린 울음소리는 산 어귀에서 불어오는 바람을 좀더 처량하고 참기 어렵게 만들었다. 비누는 이 절망으로 가득 찬 인간시장에서 희망을 품고 있는 사람은 자신뿐이라는 걸 깨달았다. 자신이 느끼는 외로움과 고독도 다 희망을 간직한 사람의 팔자 속에 들어 있는 것이었다. 자신의 운명을 묻는 잘 차려입은 여직공들 모두 하나같이 고되고 힘겨운 운명들이었다. 걱정과 근심으로 일관되었을 뿐 행복과 평안과는 거리가 멀었다. 비누의 예언은 그녀들을 불쾌하게 만들었고 곧이어 청개구리의 눈물과 비누의 신통력은 의심을 샀다. 수군거리며 인간시장을 떠난 그들의 집은 멀지 않은 산 계곡에 있었다. 살 곳을 잃고 떠도는 산지 여자들은 피곤에 지친 발걸음을 지하 동굴로 옮겼다. 그 동굴들은 그들이 비바람을 피하기 위해 판 것이었다. 그들은 동굴 입구에 놓인 나뭇가지들을 헤치고 들쥐처럼 땅속으로 기어들어가면서 밤을 보내고 가라며 비누에게 손짓했다. 하지만 비누는 그들의 호의를 거절했다. 산지 여자들은 들쥐와 같은 동굴생활에 익숙할지 몰라도 비누는 그렇지 않았다. 그녀는 길을 걷는 데 익숙해져 있었다. 낮에도 하염없이 걸었고, 달과 별이 총총히 뜬 밤에도 그녀는 발걸음을 옮겼다.

바람 속에 그녀가 홀로 서 있었다. 보따리를 머리에 이고 멀리 산 아래로 향하는 길을 내려다보았다. 길은 점점 어둠 속에 그 끝자락을 감추고 있었다. 저 멀리서 들려오는 나귀의 방울 소리와 함께 두 발로 수레를 몰고 있는 낯익은 모습이 눈에 들어왔다. 문객을 마중한 나귀가 어둠을 가르며 달려오고 있었던 것이다. 비누는 매우 단호한 태도로 나귀 앞을 가로막았다. 우장이 화살처럼 빠르게 나귀를 몰며 채찍을 휘둘러 비누를 쫓아보려 했지만, 비누는 꼼짝도 하지 않았다. 우장은 하는 수 없이 나귀를 세웠다.

수레꾼이 말했다.

"아직까지도 팔려가지 못하고 여기 있는 게야? 오늘 팔려가지 못했으면 내일 다시 와보거라. 하지만 내 수레를 이렇게 가로막는 것은 용서하지 않을 테다! 지금 문객님을 모시고 달려가는 게 안 보여? 이미 형명군 나리의 연회에 늦었으니 어서 비켜!"

고집스레 나귀를 가로막고 서 있던 그녀가 한 손을 들어 보따리 속에서 반짝이는 도폐 하나를 꺼내더니 수레꾼에게 내밀었다.

"정말 벙어리라도 된 거야? 왜 말을 안 하는 거야? 도대체 어디를 가려고 그러는 거야?"

"아저씨! 쉬지 않고 걸을 때는 계속 걸을 수 있었는데 한번 쉬고 나니 더는 도저히 못 걷겠어요. 제발 저 좀 태워주세요. 북쪽으로 가는 길이라면 가는 곳이 어디든 아저씨 가시는 데까지만 데려가주세요."

우장이 발을 들어 발가락 두 개를 이용해 잽싸게 도폐를 받아쥔 뒤 다른 한 발을 다시 치켜올리고는 허공에서 휘둘렀다. 비누는 그 의미가 무엇인지를 금방 깨달았다. 잠시 망설이던 비누가 도폐 하나를 더 꺼내 그의 발가락 사이에 끼워주었다. 그녀의 손가락이 바들바들 떨렸다.

"이렇게 많은 돈을 써보기는 처음이에요. 남편이 알았다면 수레를 타는 데 큰돈을 썼다고 혼낼 거예요. 하지만 삼 일 밤낮을 걸었더니 오늘은 더이상 못 걷겠어요."

"흥! 이게 뭐가 비싸다고 난리야? 이 수레가 누구 수레인 줄 알고나 있어?"

우장이 뒤쪽에 앉아 있는 문객을 쳐다보며 말했다.

"이분께서 허락해서 태워주는 줄이나 알아! 어서 인사드리지 않고 뭐 하는 거야? 그깟 도폐 두 개로 형명군나리의 수레를 타는 것만도 영광인 줄 알라고! 다른 사람들이라면 꿈도 못 꾸는 일이야!"

비누는 수레 위의 사람을 보고 허리를 숙여 인사를 했다. 수레에 오르고 나서야 문객이 거대한 돌덩이처럼 큰 그림자를 드리우고 앉아 있는 것을 발견했다. 한 줄기 불빛을 통해 그 남자의 머리카락이 어지럽게 어깨까지 내려와 있고, 검은 복면을 하고 있는 것을 알아차렸다. 그의 몸에서는 차가운 사향 냄새가 은은히 풍겨나왔다.

"나리는 어디서 오시는 길이세요?"

비누가 겁먹은 목소리로 물었지만 문객은 아무 말도 못 들은 사람 같았다. 오히려 우장이 고개를 돌려 그녀에게 소리를 버럭 질렀다.

"함부로 주둥이 놀리면 안 돼! 나도 수레에 탄 손님들이 어디서 오시는지 어디를 가시는지 안 물어보는데, 네가 뭔데 감히 주둥이를 놀리는 거야?"

그 신비스런 남자는 침묵을 지키고 있었다. 비누는

마치 검은 돌덩이와 함께 앉아 있는 것처럼 느껴졌다. 그녀는 그를 방해하지 않으려고 애를 썼다. 가끔 수레가 흔들릴 때마다 비누의 보따리가 그 남자의 옷 끝을 건드렸고, 옷 끝을 건드릴 때마다 보따리가 흔들리며 그 안의 청개구리가 개굴거렸다. 비누가 보따리를 무릎 위에 놓고 내려다보니 그 남자의 옷자락과 신발 끝에 얼룩이 잔뜩 묻어 있는 것이 보였다. 어둠 속에 그 실체를 드러내고 있는 얼룩들은 얼핏 보아서는 진흙인지 핏자국인지 알 수 없었다. 무슨 이유에서인지 그녀의 머릿속에 갑자기 황전 사람이 스쳐갔다. 위험하고 무서운 곳이었다. 비누는 그에게서 가능한 한 멀리 떨어져 앉았다. 당황한 그녀는 함께 앉은 남자에게서 느껴지는 알 수 없는 두려움을 떨쳐낼 수 없었다. 간혹 흘긋흘긋 그를 쳐다볼 때마다 그녀는 복면인의 반짝이는 두 눈을 볼 수 있었다. 하지만 그 눈에서 쏟아지는 광채에 어린 것이 복수심인지, 슬픔인지 아니면 단지 오만함인지는 알 수 없었다.

백춘대

그들은 어둠이 완전히 내리기 전에 백춘대에 도착했다.

달빛 아래 백춘대는 풍요롭고 근심걱정 없는 섬처럼 빛나고 있었다. 가을밤, 처량한 청운군의 대지 위에 만들어진 이 섬은 높은 누대 위에 하늘을 가르듯 치솟은 처마, 춤을 추듯 흔들리는 불빛, 현악기와 관악기 소리에 휩싸인 모습이 마치 미친 듯이 사냥감을 뜯어먹고 있는 한 마리 거대한 야수를 연상시켰다. 수레가 숲 속을 뚫고 물가로 내달렸다. 우장이 고삐를 당겨 수레를 세우고는 고개를 돌려 비누에게 말했다.

"내려! 그만 내리라고! 네가 준 도폐 두 개 값만큼 북쪽으로 한 이십 리는 왔을 거야. 이제 그만 내려!"

비누는 우장이 내리라고 하는 소리를 듣지 못했다.
비누는 달리는 내내 복면인의 눈빛을 피하려 애쓰면서
도 그의 옷자락에서 은은히 풍겨오는 신비한 사향 냄새
와 박하 냄새에 도취해 있었고, 어둠 속에서 등불처럼
사방을 주시하는 그의 눈빛에 길을 잃고 완전히 녹초가
되어버렸다. 그의 냉정한 모습과 옷 속에서 검을 쥐고
있는 모습을 보며 그녀는 어릴 적 북산에서 우연히 마
주친 황전 사람을 떠올렸다. 그 사람은 무엇인가를 품
에 끼고 산 위로 올라가고 있었다. 도촌 아이들이 그 뒤
를 쫓아가며 물었다.

"아저씨, 옷 속에 감춘 게 뭐예요?"

남자가 웃으며 옷을 들어올리자 피범벅이 된 사람 머
리가 드러났다. 그 잘린 머리가 떠올라 비누는 더이상
복면인의 옷을 쳐다볼 수 없었다. 수레가 바람 속을 달
리는 동안 그녀는 자신과 복면인의 검이 어둠 속을 함께
표류하고 있다고 느꼈고, 방향감각까지 잃고 말았다.

우장이 그녀를 사납게 걷어차며 말했다.

"귀를 먹은 게야, 잠을 처자는 게야? 백춘대에 왔으
니 다른 사람들 눈에 띄기 전에 어서 내려!"

허청거리며 수레에서 내린 뒤에도 비누는 몸의 중심을 잡지 못했다. 땅바닥이 울렁이며 움직이는 것만 같았다. 그녀는 꿈속처럼 낯선 곳에 주저앉았다. 물이 백춘대와 숲을 나누고 허리띠처럼 백춘대를 둘러싸고 있었다. 저 건너편에서는 사람들의 그림자가 어른거리고, 쭉 늘어선 표범 휘장 등롱(燈籠)들이 바람에 흔들렸다. 쇠사슬과 도르래가 교차하는 소리가 울려퍼지더니 수로 위에 거대한 그림자를 드리우고 뭔가가 번쩍이며 허공에서 내려오기 시작했다. 다리였다. 허공에서 내려오는 다리를 보고 깜짝 놀란 비누가 허리를 확 숙이고 말았다.

그 바람에 머리에 이고 있던 보따리가 땅바닥에 떨어졌다. 몸을 숙여 보따리를 집어들던 그녀의 눈에 다리 위에 올라서는 수레의 모습이 보였다. 그제야 정신이 든 듯 비누가 얼른 몸을 일으켜 세우며 우장을 향해 외쳤다.

"아저씨! 도폐를 두 개나 받고 겨우 이십 리만 태워주면 어떡해요? 그럴 거면 도폐 한 개는 돌려주세요!"

우장과 복면인이 고개를 돌려 그녀를 바라보았다. 복면인은 여전히 말없이 눈동자를 번쩍이고 있었고 우장은 그녀를 바라보며 욕을 퍼부었다.

"흥! 멍청한 짓은 혼자 다 하더니 이제 와서 똑똑한 척을 하는 건 또 뭐야? 그깟 도폐 두 개로 백춘대에 들어가려고 했던 거야? 눈이 달렸으면 백춘대가 네가 들어갈 만한 곳인지 잘 보라고!"

비누는 강 저편에서 들려오는 소리에 귀를 기울이며 말했다.

"아저씨, 거짓말하지 마세요! 분명히 여자 목소리가 들리는데, 왜 제가 백춘대에 못 들어간다는 거예요?"

우장이 한바탕 웃은 후 화를 내며 말했다.

"저거야 다 웃음을 파는 기생년들이지! 너도 들어가서 기생질 할래? 네 꼴을 보아하니 춤추고 노래하고 악기나 좀 다룰 줄 알면 기생질을 하는 데는 문제가 없겠구나. 그럼 나한테 도폐를 하나 더 내놓든지…… 그럼 네가 기생질을 할 수 있도록 내가 저곳 집사에게 추천해주마."

비누가 뭐라 대꾸를 하기도 전에 보따리 속의 청개구리가 초조한 듯 꿈틀대더니 신발 속에서 뛰어나왔다. 개구리는 잠시 비누의 손등에 앉아 있다가 이상하리만치 뜨거운 흔적을 그녀의 손에 남기고는 폴짝 뛰어 달아나버렸다. 도촌에서 백춘대까지 오는 내내 잔뜩 겁을 먹은 듯 치량의 신발 속에 몸을 숨기고 있던 청개구리가 갑자기 대담하게 뛰쳐나온 것이다. 비누의 놀란 두 눈에 달빛을 타고 수레를 향해 뛰어가고 있는 청개구리가 보였다. 청개구리가 품으로 뛰어들려 하자 복면인이 몸을 피했다.

"안 돼요! 그 사람은 당신 아들이 아니에요!"

순간 비누는 청개구리의 마음을 알아차리고 겁에 질려 고함을 질렀다.

"어서 돌아와요. 그 사람은 당신을 알아보지 못해요. 당신 아들이 아니라고요!"

하지만 물은 이미 엎질러진 뒤였다. 복면인이 청개구리를 잡아 허공에 휙 던지자 자그마한 검은 물체가 포물선을 그리며 물속으로 떨어졌다.

다리에서 짤그락거리는 소리가 났다. 파수꾼이 수레를 향해 얼른 다리를 건너오라고 재촉하는 소리였다. 우장이 발을 들어올려 채찍을 갈기는 소리에 비누는 허겁지겁 수레 뒤를 쫓아갔다. 그러고는 복면인의 허리띠를 얼른 움켜쥐었다. 달빛 아래 그녀는 자신의 손에 허리띠가 쥐여 있는 것을 보고 무의식적으로 손에 힘을 뺐다가 다시 꽉 붙잡고는 다급한 목소리로 외쳤다.

"그건 청개구리가 아니라 당신 어머니의 혼령이에요! 어머니를 물속에 내던졌으니 당신은 천벌을 받게 될 거예요!"

복면인이 일어서는 순간 그의 옷자락 사이에서 섬광이 번뜩였다. 눈 깜짝할 사이에 그는 단도(短刀)로 그녀가 움켜쥔 허리띠를 잘라버렸다. 그러고는 다시 석고상처럼 수레 위에 꼿꼿이 앉아 있었다. 화가 단단히 난 우장의 목소리가 그의 뒤에서 용수철처럼 튀어올랐다.

"어머니는 무슨 개뿔 같은 어머니고 영혼은 무슨 귀신 씨나락 까먹는 소리야? 저분 칼이 네년의 심장을 가르지 않은 걸 다행인 줄 알아! 저분은 형명군 나리가 새로 모신 대검객이란 말이야! 저분의 칼은 사람도, 가족도 몰라본단 말이야! 영혼 따위는 더 말할 것도 없지!"

비누는 땅바닥에 주저앉아 손에 쥔 잘린 허리띠를 살펴보았다. 허리띠에 새겨진 표범 문양에 검은 얼룩이 희미하게 묻어 있었다. 핏자국이 틀림없었다.

수레가 다리를 건너자 건너편의 움직임이 분주해지기 시작했다. 다리가 무겁게 다시 들어 올려지더니 강물 위에서 모습을 감추었다. 수로 주변은 다시 삼엄한 경계에 놓이고, 맞은편 불빛에 어른거리던 사람들의 자취도 사라졌다. 연단로(煉丹爐)만 시뻘건 불꽃을 내뿜고 있었고, 화로를 지키는 사람이 가끔 벽 뒤쪽에서 나와 화로 아궁이에 땔감을 집어넣었다. 비누는 허리띠를 움켜쥔 채 강변에 서서, 달빛 속에 몸을 숨긴 채 거대한 야수처럼 우뚝 서 있는 백춘대를 바라보았다. 연단의 냄새인지 아니면 야수의 숨결인지 모를 신비한 기운이 밤공기를 가득 채우고 있었다.

비누는 강변을 따라 걸으며 청개구리를 찾았다. 달빛 아래 고요히 흐르는 물 위로 낙엽 하나가 떠가는 게 보였다. 자그마한 검은 물체가 올라탄 낙엽은 잔물결을 일으키며 백춘대 쪽으로 흘러가고 있었다. 그 청개구리가 분명했다. 아들을 찾아 떠난 청개구리는 비누가 아무리 소리쳐 불러도 다시 돌아오지 않을 것이다. 강 건너편의 울타리 안에서 남자들의 왁자지껄한 목소리가 들려왔다. 그들 모두가 그 산지 여인의 아들일 수 있었다. 하지만 그 누가 청개구리로 변한 어머니를 알아볼 것인가? 누가 개구리의 아들이라고 나설 것인가? 청개구리가 다시 돌아오지 않을 것을 알았지만 비누는 한참을 강변에 서 있었다. 그 불쌍한 영혼이 아들 냄새를 맡은 순간, 비누는 유일한 동반자를 잃어버린 것이다. 이제 남은 길은 혼자서 가야 했다.

청개구리가 떠난 후 보따리 안은 조용해졌고 치량의 신발도 텅 비었다. 강가에 앉아 치량의 신발을 깨끗이 닦은 후 그녀는 물 위에 자신의 얼굴을 비춰보았다. 달빛 아래 수면은 거울처럼 잔잔했다. 하지만 그녀는 그 큰 거울로도 자신의 얼굴을 볼 수 없었다. 얼굴이 반짝이는 물 아래 묻혀버린 것이다. 그녀는 순간 자신의 얼굴이 기억나지 않았다. 기억해내려 애를 쓰는 순간 오히려 뗏목을 타고 다니던 초췌하고 늙은 산지 여인의 얼굴과 함께 그녀의 얼굴에 흐르던 눈물, 두 눈 가득 서려 있던 불길한 기운이 떠올랐다. 비누는 자신의 눈이 맑고 아름다웠다는 것을 떠올리며 손으로 눈을 쓸어내렸다. 하지만 그녀의 눈은 지금 자신의 손가락을 기억하지 못하고, 손가락이 쓸어내리는 것을 눈썹으로 막고 있었다. 그녀는 자신의 코를 어루만졌다. 도촌 여자들은 모두 비누의 작고 오똑한 코를 부러워했었다. 하지만 그녀의 코 역시 냉담하게 그녀의 손길을 거부하며 악의에 찬 듯 콧물까지 토해내고 있었다. 물을 조금 떠서 갈라터진 입술 위에 문지르던 그녀는 치량이 자신의 입술을 가장 사랑했던 것을 기억했다. 치량은 비누의 입술이 붉고 단내가 난다며 좋아했었다. 하지만 지금 그녀의 입술 역시 죽어라고 입을 다문 채 물이 닿는 것조차 거부하고 있었다. 그것들은 혼연일체가 되어 비누를 책망하고 있었다.

"치량 한 사람을 위해 어떻게 모든 것을 저버릴 수가 있어? 어떻게 자신의 눈과 코와 입술을 저버리고, 또 자신의 아름다움까지 저버릴 수 있냐고?"

그녀는 산발이 된 머리칼을 매만졌다. 머리칼은 담담하게 때 묻은 주인의 손가락을 맞이하며, 지금까지 길을 오는 동안 얼마나 많은 눈물을 흘렸는지 일깨워주고, 그 많은 눈물을 담아낸 머리카락을 이제 좀 감아줄 때도 되지 않았느냐고 말하고 있었다.

비누는 자신이 눈물을 흘렸었는지조차 기억하지 못하고 있다가 그제야 눈물의 감촉을 느꼈고, 도촌을 떠난 이후 한 번도 머리를 감은 적이 없다는 걸 떠올렸다. 비누는 비녀를 빼고 칠흑같이 검고 긴 머리를 물속에 담갔다. 수면 위에 바짝 얼굴을 대고 있는데도 자신의 얼굴은 보이지 않았다. 강물 속의 물고기들이 그녀에게 몰려들었다. 물고기들은 달빛을 받으며 그곳에서 머리

감는 여인을 본 적이 없었기 때문에 물속에 부유하는 것이 새로운 종류의 수초라고 생각하고는 끈질기게 비누의 긴 머리카락을 쫓아다녔다. 비누는 자신의 머리를 간질이는 작은 물고기떼가 보고 싶어 눈을 떴다. 하지만 그 순간 수면에 떠오른 것은 물고기떼가 아닌 치량의 얼굴이었다. 그녀는 곧 치량의 세심한 손길을 느낄 수 있었다. 물속에 숨은 치량의 손가락들이 열심히 자신의 머리카락을 어루만지고 있었다. 비누는 자신의 모습은 잊었지만 치량의 모습은 또렷하게 기억했다. 낮이면 아홉 그루의 뽕나무 아래서 환하게 빛나던 치량의 얼굴을, 하지만 어둠이 내리면 마치 어린아이처럼 수줍어하면서 장래에 대한 막연한 불안으로 우수를 띠던 치량의 얼굴을 기억했다. 그녀는 그의 손을 기억했다. 낮에는 농기구와 뽕나무에 맞는 거칠고 힘센 손이었고, 밤에 집에서 그녀의 몸이 아홉 그루의 뽕나무가 되고 나면 그의 손은 달콤하고 부드럽게 움직였다. 손이 게으름이라도 부리면 비누는 그 손을 톡 쳤고, 그러면 손은 다시 살아나 더욱 열정적이고 바쁘게 움직였다. 그녀는 치량의 손이 그리웠다. 치량의 입술과 치아가 그리웠고, 그의 진흙 묻은 발가락도 그리웠다. 그의 야성

적면서도 온순한 비밀스러운 그곳도 그리웠다. 그곳은
그녀의 두번째 비밀스런 태양이었다. 어두운 밤이면 일
어나 그녀의 몸 구석구석을 비춰주고 깨워주는. 비누는
치량의 몸이 어둠 속에서도 환하게 빛났던 것을 기억했
다. 이 지울 수 없는 기억은 마침내 타향의 어두운 하늘
을 비춰주었고, 북쪽으로 가는 길까지 비춰주었다. 비
누는 일어서서 북쪽 하늘을 바라보았다. 그녀의 눈에
울창한 숲이 보였다. 북쪽으로 가는 유일한 길이 그 숲
속에 감추어져 있었다.

깊은 숲 속에 들어서자, 낡은 초가집들이 죽 이어져
있었다. 제대로 서 있는 집이나 허물어져가는 집이나
칙칙하기는 마찬가지였다. 초가집들이 밤바람 속에 몸
을 떨고 있었다. 분뇨 냄새가 코를 찔렀고, 피곤에 지친
사람의 코고는 소리가 들려왔다. 울타리 끝에 매달려
있는 등잔불만 보고는 이곳이 사람들이 말하는 형명군
의 마구간인지 아닌지 알 수 없었다. 등잔불의 희미한
불빛에 의지해 안을 살펴보니 커다란 마구간 안에 백마
세 마리만이 여물통에 머리를 박고서 여물을 먹고 있었
다. 은백색 말갈기가 어둠 속에서 고귀하게 윤이 났다.
비누가 마구간 문을 살며시 미는 순간 뒤에서 뭔가 번

쩍하는 것 같더니 차가운 물건이 비누의 손에 둔중하게
부딪혔다. 낫이었다. 깜짝 놀란 그녀의 눈에 웃통을 벗
은 늙은 마구간지기가 보였다. 그가 어둠 속에 숨어 있
다가 낫으로 그녀를 저지한 것이었다.

"내가 너희들에게 마구간에 들어오면 절대 안 된다
고 말했었지! 다시 들어오는 날에는 말도둑으로 취급한
다고!"

노인은 낫을 들어 자신의 목에 대고 획 긋는 시늉을
하며 사납게 소리 질렀다.

"백춘대의 말을 훔치려고 했다가는 모가지가 뎅강 날
아갈 줄 알아!"

비누가 설명했다.

"전 말도둑이 아니에요. 전 그냥 길을 가는 중이었다
구요."

"이곳은 형명군 나리의 길이지, 너희들이 다니라고
있는 길이 아니야. 누가 너더러 이곳을 지나가도 좋다
고 그랬어?"

노인이 다시 눈을 부라리며 외쳤다.

"이곳을 지나가는 사람은 십중팔구 자객이 틀림없어.
관부에서 알았다가는 당장 잡아다가 모가지를 베어버

릴 테니 조심하라고!"

"전 자객이 아니에요. 전 도촌에서 왔어요."

비누가 등잔불 불빛을 빌려 마구간지기 노인의 얼굴을 쳐다보려 애쓰며 말했다.

"말씨를 들어보니 노인장은 북산 사람 같은데 혹시 도촌에 살았던 완치량이라는 사람을 아시나요? 저는 그 사람의 안사람입니다."

"북산은 무슨 얼어죽을 북산이고 완치량은 무슨 말라비틀어진 완치량이야? 괜히 아무 데나 갖다 붙여서 친한 척하려고 해도 소용없어! 여기 이 말들은 경성에 백춘단(百春丹)을 가지고 갈 말들이야. 만일 이 말들이 없어지기라도 하는 날에는 나도 살아남지 못한단 말이야!"

그렇게 말하면서도 노인의 눈은 호기심에 차 있었다. 그는 마구간 문밖으로 몸을 내밀며 낫으로 비누가 이고 있는 보따리를 쿡쿡 찔러보았다.

"칼 같은 건 없는 거 같으니 용서해주지. 한밤중에 여자 혼자서 이런 숲 속에는 무슨 일로 온 거야?"

"이 깊은 숲 속에 오고 싶어 온 게 아니에요. 전 북쪽으로 가야 하는데 이 숲을 지나지 않으면 무슨 수로 가겠어요?"

"남들은 다 남쪽으로 가려고 환장하는데 넌 뭐 하러 북쪽으로 가는 게야? 북쪽이라면 사내들도 무서워서 꺼려하는데 여자의 몸으로 거긴 뭘 하러 가려는 게야?"

노인이 횃불을 들어 비누의 얼굴을 비추며 의심쩍은 눈초리로 그녀를 살펴보았다.

"생긴 것도 반반하고, 보따리까지 들고 있으니 어디 사람인지 귀신인지 알 수가 있나…… 이런 캄캄한 밤에 예쁘게 생긴 여자가 혼자 다니면 열에 아홉은 귀신이지, 귀신이야! 늙어서 눈이 어두워 뭘 알 수가 있어야지…… 하긴 귀신이든 사람이든 무서울 것도 없으니 널 사람으로 봐주마. 내가 충고하는데 어서 오늘 밤을 지낼 곳을 찾도록 해. 이 마구간에 손님을 받아줄 수는 없어. 하지만 그렇다고 양이나 돼지 우리에는 갈 생각하지 마! 냄새도 고약하지만 그곳 놈들은 하나같이 저질이라 여자든 귀신이든 치마 두른 것들은 가만두지 않으니 조심하라고! 차라리 사슴 우리로 가봐. 거기 있는 아이들은 부모가 없어서 이미 사슴이나 매한가지지만 여자한테 무슨 해코지를 하진 않을 거야."

비누는 노인이 가리키는 사슴 우리 쪽으로 발걸음을

옮겼다. 자다가 일어난 한 사내아이가 울타리 밖에서 오줌을 누고 있었다. 아이는 눈을 반쯤 감은 채 오줌을 싸며 자신의 배를 긁고 있었다. 어둠 속에 서 있던 비누는 그 사내아이의 목에 작은 조롱박 한 개가 걸려 있는 것과 머리 양쪽에 기괴한 사슴뿔이 달려 있는 것을 보았다. 더욱 놀라운 것은 사내아이의 오줌이 마치 시냇물이 바다를 향해 흘러가듯 정확하게 비누의 발을 향해 쏟아지는 것이었다. 왼쪽으로 피하면 왼쪽으로, 오른쪽으로 피하면 오른쪽으로, 오줌에 무슨 눈이라도 달린 것처럼 정확하게 그녀의 발을 향해 쏟아졌다. 비누는 사내아이를 놀라지 않게 하려고 입을 꼭 막은 채 건초더미 뒤로 물러섰지만 어느새 그녀의 모습을 발견한 아이가 놀라서 소리를 질렀다.

"귀신이다! 건초더미 속에 여자귀신이 숨어 있다!"

몸을 숨긴 비누가 그 아이를 향해 외쳤다.

"난 귀신이 아니야. 난 도촌에서 왔어. 귀신이 아니라 사람이야!"

그녀가 뭐라고 더 말하기도 전에 우리 안에 있던 남자아이들이 우르르 몰려나왔다. 암사슴 두 마리도 놀란 눈을 하고 건초더미 뒤의 동정을 살피고 있었다. 한 아이가 소리를 질렀다.

"횃불을 가져와! 귀신은 불을 제일 무서워한대!"

또다른 아이가 말했다.

"불나면 어쩌려고 그래?! 불이라도 났다간 형명군 나리께서 우릴 가만두지 않을 거야! 가서 몽둥이를 가져와! 모두 힘을 합쳐 몽둥이로 때려잡자!"

궁지에 몰린 비누가 얼른 보따리를 머리에 인 채 건초더미 속에서 뛰쳐나왔다. 비누는 당황스러움이 담긴 어색한 미소를 지었다.

"얘들아, 보따리를 머리에 이고 다니는 귀신 봤니? 난 귀신이 아니야. 난 도촌에서 왔단다. 난 완치량이라는 사람의 아내로 대연령에 가는 중이란다."

한 아이가 다 안다는 듯 말했다.

"흥, 완치량이 누군데? 형명군 나리의 문객이라면 내가 다 아는데 그런 사람은 없어!"

다른 아이가 똑똑한 체를 하며 날카로운 목소리로 물었다.

"귀신이 아니라는 걸 어떻게 증명할 거예요? 아까 걸을 때 보니까 바람 소리가 들리던 걸요!"

"그건 내 옷자락에서 나는 소리야. 제대로 먹지 못하

고 노숙을 하다보니 너무 말라서 옷이 커져서 그래. 내가 한 걸음만 옮겨도 바람이 금세 밀고 들어오지 뭐니."

목에 작은 조롱박을 맨 사내아이가 내내 비누의 머리 위에 놓인 보따리에 호기심을 보이다가 말했다.

"보따리 속에 죽은 사람의 해골을 가득 넣고 이고 다니는 여자귀신도 있다던데요. 귀신이 아니라면 그 보따리 속에 해골이 있는지 없는지 우리가 볼 수 있도록 이리 던져줘봐요."

그 아이의 제안에 다른 아이들이 맞장구를 쳤다. 아이들이 일제히 외쳤다.

"얼른 보따리를 내놔봐요!"

뒷걸음질을 치며 고개를 젓던 비누가 보따리를 품 안에 꼬옥 껴안았다. 그녀의 당황한 모습이 아이들의 호기심을 더욱 자극했다. 한 아이가 외쳤다.

"뒤져! 저 여자의 보따리를 빼앗어서 뒤져보자!"

말이 끝나기 무섭게 몇몇 그림자가 마치 어린 사슴들이 겅중겅중 뛰어오르듯 그녀를 향해 뛰어올랐다. 사슴이 뛰는 모습을 흉내내는 그 동작에는 누가 더 사슴과 비슷하게 뛰느냐에 대한 뚜렷한 경쟁의식이 깔려 있었다. 사슴의 냄새를 맡은 비누는 다급한 나머지 고함을 질렸다.

"이 보따리에는 독두꺼비가 들어 있다!"

휘파람 소리를 듣고 사슴들이 멈춰 서듯 아이들이 주춤한 채 비누와 대치하고 섰다.

아이들 역시 독두꺼비의 무서움을 잘 알고 있는 듯했다.

"거짓말! 무당도 아니면서 독두꺼비는 왜 가지고 다닌다는 거야?"

"난 무당이야!"

"귀신이었다가, 금세 누구네 집 부인이라고 했다가, 또 무슨 무당이라는 거야? 우리를 속이려는 게 분명해!"

다른 사내아이가 여전히 증거를 내놓으라며 외쳤다.

"그래, 어서 독두꺼비를 꺼내봐! 하나도 안 무서우니까!"

"얘들아, 거짓말이 아니야. 내 독두꺼비는 얼마 전에 물속에 뛰어들어 백춘대로 아들을 찾으러 갔어."

비누가 해명을 할수록 상황은 꼬여만 갔다. 간절하게 말을 할 때마다 더욱 당황스러운 마음에 두서를 잃고 말았다. 그녀의 혼란을 간파한 아이들은 갑자기 사슴 울음소리를 일제히 내지르더니 두 손을 머리에 뿔처럼 대고 마치 한 무리의 사슴이 돌진하듯 정확하게 그녀의 보따리를 향해 뛰어들었다. 비쩍 말라 힘없어 보이는 겉모습과는 달리 아이들은 너무나도 쉽게 비누가 품고 있던 보따리를 빼앗았다. 신비로운 위엄을 갖추고 있던 보따리는 작고 더러운 손들에 의해 마구 헤집어져 비천한 것으로 전락했다. 치량의 겨울옷에 꽁꽁 숨겨두었던 도폐가 돌멩이처럼 진흙 위에 떨어지자 아이들은 환호성을 내질렀다. 치량의 겨울옷이 참담하게 허공을 날아다니다 떨어지며 아이들의 손에서 내돌려지는 광경이 비누의 눈에 들어왔다. 소맷자락을 부여잡고 싸우는 아이, 옷자락을 잡고 놓지 않는 아이가 있는가 하면, 한 아이가 치량의 두건을 머리에 쓰자 다른 아이가 얼른 잡아당겨 자신의 머리에 둘렀다. 치량의 허리띠가 어떤 아이의 손에 들린 채 허공에서 춤을 추며 미친 듯이 파닥거리는 소리를 내고 있었다.

비누가 소리를 질렀다. 나뭇가지 사이로 별들이 총총하게 떠 있는 하늘을 올려다보며 비누는 처연하게 소릴 질렀다. 그렇게 소리를 지르는 것밖에 그녀가 할 수 있는 일이 없었다. 그녀의 눈빛이 치량의 겨울옷을 쫓아다녔다. 사내아이들의 손에서 이리저리 옮겨지는 옷을 바라보며, 그녀의 혼백도 그녀의 몸을 떠나 사내아이들의 손에서 손으로 이리저리 내돌려지고 있었다. 그녀는 어느새 진흙투성이 땅에 무릎을 꿇고 앉았다. 아이들을 향해 무릎을 꿇고 애원했지만 소용없었다. 아이들은 아예 그녀의 어깨와 머리 위를 뛰어넘어 다녔다. 무릎에 손을 얹고 일어나보았지만 사슴처럼 뛰어다니는 아이들을 잡을 방법이 없었다. 아이들은 맨발로 숲 속을 누비고 다니며, 남의 것을 빼앗고 빼앗는 경쟁에 심취하여 미칠 듯한 기쁨에 사로잡혀 있었다. 비누가 있는 힘을 다해 한 아이의 다리를 움켜잡으며 외쳤다.

"내 보따리는 안 돼! 너희는 천벌을 받고 말 거야."

하지만 그녀의 말은 순식간에 묻혀버렸다. 잠시 그녀에게 잡혀 있던 아이가 히죽거리더니, 비누를 비웃기라도 하듯 눈 깜짝할 사이에 그녀의 품 안에서 발을 빼내 장애물을 넘어 어둠 속으로 사라지는 사슴처럼 냅다 달렸다. 비누의 시야에서 보따리가 사라지고, 하늘에 총총히 매달려 반짝이던 별들과 숲을 둘러싼 거대한 어둠의 장막 모두가 요동쳤다. 그녀는 그 어둠을 향해 몸을 엎드린 채 기도했다. 하늘을 향한 기도인지 대지를 향한 기도인지, 아이들에게 하는 것인지, 완치량에게 하

는 것인지 그녀는 알지 못했다. 자신이 기도하는 소리
조차 듣지 못했다. 비누는 깃털처럼 가볍게 그 자리에
쓰러졌다.

.

사슴인간

사내아이들은 비누를 양 우리로 끌고 갔다. 떠들썩한 소리에 잠에서 깬 양치기가 나무몽둥이를 들고 나오다가 바닥에 쓰러져 있는 비누를 발견하고는 히죽웃었다.

"난 또 너희들이 야생 사슴을 잡아온 줄 알았지, 사람을 잡아온 줄은 몰랐구나! 그것도 이렇게 반반하게 생긴 계집을 말이야."

양치기는 양떼를 헤치고 나오더니 정신을 잃은 비누를 우리 밖에 쌓아둔 건초더미로 데리고 나갔다. 마음같아서는 사내아이들을 쫓아보내고 싶었지만 사내아이들은 자신들이 사냥한 제물에서 절대 떨어지려 하지 않았다.

"아저씨! 아저씨의 엉큼한 속셈은 우리도 다 알고 있으니 꿈도 꾸지 마세요! 우리가 잡은 이 여자귀신의 정체는 우리도 아직 모른다고요!"

비누의 보따리 속에 있는 물건들을 모두 나눠 가진 뒤였기 때문에 아이들은 좀전과 달리 차분했다. 취미루(樞密鹿)라 불리는 사내아이가 자기 몸에 비해 치량의 겉옷이 너무 크다며 토끼모자와 바꾸려고 하자 토끼모자를 차지한 아이가 선뜻 바꾸어주었다. 취미루는 물건을 바꾸기가 무섭게 뭔가 손해 보는 장사를 한 듯한 후회에 사로잡혔다. 자신이 바꾼 겨울옷을 되찾아오고 싶었지만 토끼모자 역시 돌려주기엔 아까웠다. 취미루가 두안따오루(短刀鹿)와 뒤엉켜 한바탕 싸움판을 벌이기 시작하자, 한 아이가 장쥔루(將軍鹿)를 부르며 누가 옳은지 가려달라고 외쳤다. 그러나 허리띠를 차지한 장쥔루는 벌거벗은 상체에 두른 허리띠를 감상하며 무심히 대꾸했다.

"싸우라고 해! 싸워! 싸워서 이기는 놈이 원하는 걸 갖는 거야!"

한바탕 싸움이 벌어진 틈을 타 양치기는 한쪽에 쭈그

리고 앉아 건초더미 위의 여자를 감상하고 있었다. 양
치기는 여자의 머리카락과 귓불 그리고 맥박을 꼼꼼히
살피더니 의기양양하게 외쳤다.

"이 여자는 사람이다! 맥박도 있고 귓불은 뜨거운 걸
보니 귀신이 아니라 사람이야!"

한 사내아이가 실망한 듯 보따리를 질질 끌고 오더니
아까부터 품고 있던 의혹을 드러내었다.

"청개구리 있어요? 거북이 껍질은 있어요? 뭐야? 닭
뼈다구조차 없잖아! 저 여자가 거짓말을 한 거잖아! 저
여자는 무당이 아니야!"

양치기가 말했다.

"내가 딱 만져보면 아는데, 이 여자는 무당이 아니
야!"

아이들이 딴청을 하는 사이 양치기의 손이 어느새 비
누의 옷 속으로 쑥 들어갔다. 사내아이들이 이내 우르
르 몰려와 그 곁에 서서 양치기가 하는 짓을 한심하다
는 듯 바라보았다.

"이게 뭐 어떻다고 그러느냐? 형명군 나리도 여자 몸
을 검사할 때는 이렇게 하시지 않더냐?"

양치기는 사뭇 엄숙한 표정을 지으며 비누의 가을옷

속을 더듬었다.

"너희들은 어려서 아무것도 모른단다. 지금 바깥세상에서는 노역을 피해 남자들이 여장을 하고 다닌다더라. 이자의 정체도 확실하지 않으니 내가 여자인지 남자인지 자세히 좀 살펴봐야겠다."

의식을 잃은 비누는 마치 깊은 잠에 빠진 사람처럼 가느다랗게 코까지 골고 있었다. 양치기가 단단히 여며져 있던 비누의 옷을 풀어헤치자, 창백하고 피곤에 전듯한 유방이 드러났다. 양치기가 두 손으로 비누의 유방을 움켜쥐고는 아이들에게 설명했다.

"얼마나 탐스런 유방이냐? 꼭 사발같이 생긴 게 정말 탐스럽잖아! 형명군 나리께서 젖을 먹여본 적이 없는 여자의 유방은 이렇게 사발처럼 생겼다고 하시더구나. 너희들도 와서 좀 보거라. 사발 같지 않으냐?"

사내아이들이 머뭇거리며 건초더미로 다가왔다. 그중 한 아이가 입을 삐죽이며 대꾸했다.

"사발 같기는커녕 만두 같은데 뭘!"

그 아이의 말에 무슨 흑심이 떠올랐는지 양치기가 갑자기 두 눈을 반짝이며 물었다.

"너 이리 와서 한번 빨아보지 않을래? 이리 와봐! 어서! 한번 빨아보라니까!"

양치기 때문에 얼굴을 비누의 몸에 억지로 갖다댄 아이가 비누의 유방에 귀를 붙인 채 몸부림을 쳤다. 아이의 한쪽 얼굴이 순식간에 쓰디쓴 물에 젖어들면서 아이는 눈에 따가운 통증을 느꼈다. 이어 아이의 귀에 무슨 소리가 들려왔다. 고개를 들고 자신의 귀를 잡은 채 두리번거리던 아이가 다시 비누의 유방으로 몸을 숙였다. 아이가 너무 놀란 나머지 소리를 질렀다.

"얘들아! 어서 와봐! 젖이 울고 있어! 눈물을 흘리고 있어!"

아이들의 눈에 보이는 것은 정신을 잃은 여자였다. 여자는 항상 울기 마련이었지만 정신을 잃은 여자가 유방으로 눈물을 흘리는 장면을 눈앞에 보면서도 아이들은 믿을 수가 없었다. 처음에는 그저 유방에서 흘러나온 젖이려니 생각했다. 하지만 어릴 때 본 어머니의 가슴에서 나온 젖을 생각하면, 젖은 분명 백색의 끈끈한 액체였지 이렇듯 투명한 이슬 같은 것이 아니었다. 그럼 당연히 땀이겠지! 하지만 서늘한 가을밤, 옷을 입고 있는 사람도 한기를 느끼는 마당에 상반신을 드러내놓고 있는 여자가 어떻게 이토록 많은 땀을 흘릴 수 있단 말인가? 호기심이 인 양치기가 손가락으로 비누의 유방에 맺힌 액체를 찍어 입속에 넣었다가 곧바로 내뱉으며 외쳤다.

"쓰다 써! 나무껍질보다 더 써!"

그가 다시 말했다.

"너희들 중 다른 사람 눈물맛이 어떤지 맛본 사람 있으면 맛 좀 봐라! 눈물인지 아닌지 말야!"

사내아이들은 모두 넋을 놓고 한쪽에 멍하니 서 있었다. 다른 사람의 눈물을 맛본 아이는 아무도 없었다. 양치기는 평소에 걸핏하면 우는 통에 울보대왕이라고 불리는 아이를 억지로 비누 곁에 세웠다. 아이는 자기가 흘린 눈물 맛이야 당연히 알고 있었지만 다른 사람의 눈물맛이 어떤지는 장담할 수 없었다. 손가락으로 비누의 유방을 찍기는 했지만 입속에 집어넣기를 꺼려하는 아이를 보고 결국 누군가가 그 아이의 손을 억지로 입속에 밀어넣었다. 몇 번 재채기를 한 후 겨우 진정한 울보대왕이 긴장한 모습으로 혓바닥을 움직이며 맛을 구별해내려 애쓰다가 말했다.

"이건 쓴 것만이 아니라 떫기도 하고 시기도 한 게 꼭 산대추맛이잖아."

곁에 서 있던 아이가 말했다.

"먹는 것만 밝히지 말고 눈물인지 아닌지나 말해봐!"

친구들한테 몸을 떠밀린 아이가 다급한 마음에, 갑자기 무슨 묘안이라도 생각난 것처럼 입을 쩍 벌리고 울기 시작했다. 울면서 자기 두 뺨을 가리키며 말했다.

"난 무슨 맛인지 모르겠으니까 너희들이 내 눈물을 먹어보고 저 여자가 흘리는 게 눈물인지 아닌지 알아맞혀봐!"

그들은 모두 곤경에 빠져버렸다. 울보대왕은 평상시에 너무 자주 울어서 자신의 눈물맛이 조금 짠 것 외에 아무 맛도 없는 게 아닌가 하는 생각을 했다. 이런 흔해빠진 눈물로는 아무 결론도 내릴 수 없었다. 아이들은 울보대왕을 울지 못하게 윽박지른 후 한쪽에 세워두었다. 목에 작은 조롱박을 걸고 다니는 아이가 용감하게 건초더미 위에 엎드려 비누의 유방을 핥아보더니 고개를 끄덕이며 자신 있게 말했다.

"눈물이야! 여자의 눈물이 맞아!"

다른 아이들이 보내는 의혹의 눈초리에도 개의치 않고 아이는 태연자약하게 맹세까지 하며 말했다.

"이건 여자의 특별한 눈물이 맞아!"

그 아이가 양치기에게 말했다.

"집을 떠나기 전날 우리 엄마가 날 껴안고 울 때 엄마 눈물이 내 입속으로 들어간 적이 있어요. 그때도 지금처럼 눈물맛이 쓰고 떫고 그랬어요!"

신이 나 있던 양치기의 음흉한 미소가 갑자기 사라지면서 그는 얼른 비누에게서 손을 뗐다. 이 여자가 남쪽의 눈물인간일까봐 더럭 겁이 났던 것이다. 눈물인간을 만지면 평생 기쁜 일이라고는 한 가지도 생기지 않는다고들 했다. 손을 탁탁 털어내는 그의 눈에 알 수 없는 공포가 서렸다. 이어 양치기는 사내아이들에게 소리를 버럭 지르며 말했다.

"이놈들이 간이 배 밖으로 튀어나왔나, 왜 한밤중에 낯선 여자를 끌고 오고 지랄들이야? 당장 밖으로 끌고 나가지 못해?"

아이들은 힘을 모아 비누를 들고 나왔다. 비누의 몸은 이미 흠뻑 젖어 있었다. 이제 아이들은 비누의 몸에서 샘솟듯 흘러나오고 있는 것이 눈물이라는 것을 분명히 알고 있었다. 꼭 맛을 봐서가 아니라 눈과 귀를 통해서도 알 수 있었다. 비누의 유방이 부들부들 떨며 우는 모양을 하고 있는 것이 뚜렷하게 보였다. 분노에 찬 울음을 토해내고 있었던 것이다. 놀란 얼굴로 그 신성하기 그지없는 유방을 몰래 훔쳐보던 아이들의 눈빛에는 경외심이 서려 있었다. 그리고 눈물 흘리는 유방은 아이들에게 경외감보다 더 큰 곤혹스러움을 느끼게 했다. 이제 아이들은 광폭한 남정네들이 마을 밖 전답 주변에서 자신들 모친의 옷을 벗기고 누이들의 속옷을 벗길 때 그들의 유방은 왜 그토록 순종적이었는가, 왜 지금 이 유방처럼 눈물을 흘릴 수 없었는가를 놓고 논쟁하기 시작했다. 한 아이가 말했다.

"이 여자는 달라! 괴롭히는 사람이 너무 많아서 눈에서 흐르는 눈물은 다 말라버리고 눈물이 아예 젖으로 흘러가버렸나봐."

"그럼 손과 발도 눈물을 흘릴까?"

취미루의 제안에 따라 아이들은 닭장 위에 여자를 눕히고는 좀더 자세한 검사에 들어갔다. 비누의 다 떨어진 짚신을 벗긴 후 한 아이가 말했다.

"너무 많이 걸어서 발가락이 다 문드러진 것 같아. 피맺힌 물집 외에는 물이 없어."

어떤 아이가 다가가 비누의 손을 쥐고 손등과 손바닥을 자세히 살펴보고 말했다.

"이 여자 손은 꼭 죽은 사람처럼 차가워!"

취미루는 아이들의 대답이 만족스럽지 않은지 다시 외쳤다.

"다시 손과 발을 잘 흔들어보고 눈물을 흘리는지 살펴봐!"

두 아이가 명령에 따라 다시 비누의 손발을 흔들었다. 손을 흔들고 발을 허공에서 돌려보던 아이들의 표정에 경악스러움이 번져갔다. 닭장 안의 수탉도 믿지 못하겠다는 듯 꼬꼬댁거렸다. 눈물의 기적이 닭장 주변의 모든 사내아이들을 놀라게 하고 잠자고 있던 수탉까지 놀라게 했다. 발가락의 피 맺힌 물집 사이로 계곡물이 흐르듯 눈물이 흐르고 있었고 그녀의 손바닥도 순식간에 눈물바다가 되어 있었던 것이다.

이런 놀라운 기적에 사내아이들은 환호성을 내질렀다. 흥분이 가라앉자 아이들은 왜 그렇게 기뻐했는지를 깨달았다. 그들은 자신들의 사슴 우리를 지나던 여자의 몸에서 숨겨진 황금을 발견한 것이었다. 사내아이들은 각기 나름대로의 생각에 빠져 어느 누구도 비누의 곁을 떠나 우리로 돌아가 자려 하지 않았다. 목에 조롱박을 걸고 있는 아이는 자신이 이 신기한 여자를 제일 먼저 발견했음을 다시 강조했다. 수탉들이 어지럽게 우는 가운데 아이들은 이 황금을 어떻게 채굴할 것인지에 대해 논의했다. 누군가가 비누를 희극단에 팔자는 의견을 냈다. 하지만 장쥔루와 취미루가 퇴짜를 놓았다. 장쥔루가 그 아이에게 욕을 퍼부었다.

"이런 멍청이 같으니라고! 희극단에는 기분 좋게 즐기자고 구경 가는 건데, 너 같으면 돈 내고 사람 우는 꼬라지를 보고 싶겠냐?"

취미루는 눈앞의 돈에 현혹될 것이 아니라 장사를 하려면 크게 해야 한다고 생각한 후 아이들에게 말했다.

"형명군 나리는 천하의 기인과 보물을 백춘대에 헌납하는 사람에게 큰 상을 내리신다고 약속하셨잖아. 나리 휘하의 삼백 명이 넘는 문객 중에는 닭과 개보다 잘 우는 사람, 시화서예에 뛰어난 사람, 살인이나 고문에 뛰어난 사람 등등 별별 사람들이 많잖아. 거기에 가슴과 손, 발가락으로까지 눈물을 흘리는 문객이 생긴다면 나리께서 분명 좋아하실 거야."

취미루의 그럴듯한 제안에 아이들이 만장일치로 찬성했다. 한 가지 걱정이라면 비누가 여자라는 것이었다. 백춘대에 살고 있는 수많은 여자들은 모두 형명군의 가족 아니면 웃음을 파는 창녀들뿐이었다. 아이들은 형명군이 여자를 문객으로 받아줄지 걱정스러웠다.

아이들은 비누가 아직 정신을 차리지 못한 틈을 타, 어떻게 하면 형명군이 내일 새벽 사냥을 떠나기 전에 조금이라도 빨리 백춘대에 헌납할 수 있을지 의논했다. 형명군이 이 여자를 받아주기만 한다면 큰 상은 따놓은 거나 마찬가지였다. 아이들은 고기나 도폐 같은 것에는 관심이 없었다. 그저 형명군 휘하에 들어가서 말보다 잘 뛴다는 말인간이 되고 싶었다. 운이 좋았던 사슴인간들 몇몇이 이미 백춘대에 말인간으로 뽑혀 들어갔다. 설사 문객 중 가장 비천한 신분이어서 형명군과 함께 먹고 함께 다닐 수는 없다 하더라도 최소한 먹고사는 것을 걱정할 필요는 없었다. 아이들은 이런 생활을 꿈꾸고 있었다. 정신을 잃은 이 여자가 자신들에게 행운을 가져다줄지도 몰랐다. 행운이 금방이라도 머리 위에 떨어질 것만 같았다.

동쪽 하늘이 서서히 밝아오고 있었다. 곧 해가 떠오를 것이다. 사내아이들은 비누를 긴 막대기에 묶은 후 힘을 합쳐 그녀를 둘러메고 길을 떠났다. 마구간을 지나칠 때 마구간지기가 문 뒤에서 아이들에게 욕을 해댔다.

"도대체 뭘 지고 나가는 게야? 밤새 얼마나 떠들어댔는지 말들이 도통 여물을 먹으려 들지 않으니 이거야 원…… 백춘대에 일러바쳐서 당장 네 녀석들을 끌어가라고 해야겠다!"

말대꾸하려는 한 아이를 잽싸게 제지하며 다른 아이가 과장되게 무거운 음색으로 마구간을 향해 외쳤다.

"우리는 눈물인간을 잡아서 백춘대로 끌고 가는 중이에요!"

눈물인간

"눈물인간이에요! 눈물인간을 잡아왔어요!"

아이들의 외침에도 강 건너편의 가동교(可動橋)는 반응이 없었다. 아이들이 입을 모아 사슴처럼 날카로운 울음소리를 내지르자, 마침내 두 명의 다리지기가 욕지거리를 늘어놓으며 나타났다. 아이들이 몸 곳곳에서 눈물이 흘러나오는 비누의 신비한 몸에 대해 아무리 설명해도 다리지기들은 여전히 다리를 내리지 않았다. 다리지기들은 아이들에게 사슴보다 더 우둔하고 바보 같은 놈들이라며 욕을 퍼부었다.

"이놈들아! 그깟 찔찔 울어대는 사람이 뭐가 대수라고 호들갑이냐?"

말처럼 잘 뛰는 사람들을 위해 다리를 내리고, 새처럼 노래를 잘하는 사람을 위해 다리를 내리고, 일 년 내내 웃는 얼굴의 사람을 위해 다리를 내린 그들이 눈물을 흘리는 사람에게는 다리를 내리지 않았다. 한 늙은 다리지기가 좋은 말로 아이들을 타일렀다.

"형명군 나리께서 천하의 인재들과 재주꾼들을 다 끌어모으신다고는 해도 질질 울고 짜는 사람을 문객으로 맞이하실 리는 없을 게다. 여자의 눈물이 백춘대의 운세를 해칠지도 모르는 일이잖느냐."

노인은 정신을 잃은 눈물여인 비누를 창끝으로 가리키며 세상인심에 대해 불평을 늘어놓았다.

"어째 개나 소나 백춘대에 와서 남의 밥을 편히 얻어먹을 생각만 하는지 모르겠단 말이야. 이제는 아예 아무 재주도 없는 여자가 우는 게 무슨 재주라고 공밥을 먹으려 드네그려!"

아이들은 그의 힐난 섞인 말에도 자리를 뜨려 하지 않았다. 그들은 백춘대에 많은 여자들이 있다는 사실을 꼬집으며 말했다.

"까짓 춤이나 추고 노래나 할 줄 아는 여자들도 들어가는 곳을, 손바닥과 발가락으로 눈물을 흘리는 여자가 왜 못 들어간다는 거예요?"

다리지기가 강 건너편에서 웃으며 대답했다.

"너희 같은 아이들이 뭘 알겠느냐? 백춘대에 있는 여자들은 잘 웃어서 들어온 것이지 잘 울어서 들어온 게 아니다! 나리를 기쁘게 하기 위해 노래와 춤 말고도 아주 많은 일을 잘해야 해. 무슨 일을 하는지는 너희 같은 아이들은 알 것 없고!"

어찌해야 할지 종잡을 수 없게 된 아이들이 잠시 머리를 맞대고 의논하더니 앞다투어 비누의 얼굴과 팔 그리고 다리를 번갈아 흔들어 보였다.

"이것 좀 보세요! 머리카락에서도 눈물이 나와요! 발가락과 손가락 사이에서도 눈물이 흐른다니까요!"

한 아이가 대담하게도 비누의 옷 속으로 손을 쓰윽 집어넣더니 그녀의 가슴을 움켜쥐고는 다리지기들을 향해 흔들어 보였다.

"이것 봐요! 이 여자의 가슴 좀 봐요! 여기서도 눈물이 흐른다니까요!"

조급해진 아이들이 몸을 마구 흔들어대자 그제야 비누는 정신을 차렸다. 오랫동안 꽁꽁 감춰둔 육체가 풀어헤쳐진 가을옷 사이로 드러나 있었다. 사슴의 몸짓을 흉내 낸 아이들의 손놀림은 매우 거칠었다. 그녀는 은밀한 곳에서 은근한 통증을 느꼈다. 반쯤 풀어헤쳐진 가슴은 수치심에 눈물을 반짝이고, 온몸이 어느새 눈물로 젖었다. 액운은 한 발 먼저 찾아온다고 했던가…… 어젯밤 강가에서 자신의 눈과 코와 입이 쏟아내던 푸념들이 다시 들려왔다. 한마디 한마디에 그녀에 대한 원망이 절절하게 실려 있었다. 보따리가 그녀에게 원망을 토로했다. 그렇게 민첩한 손을 가지고도 어째 보따리 하나 제대로 지키지 못했어? 그녀의 유방이 그녀를 원망했다. 그렇게 많이 껴입고, 옷을 그렇게 단단히 여미고도 어떻게 사내아이들의 더러운 손이 들어오게 할 수 있어? 그녀는 사내아이들이 말끝마다 자신을 눈물인간이라고 부르는 소리를 들으며, 의식을 잃은 상태에서 자신이 갖고 있는 눈물을 다 흘려버린 게 아닐까 하고 생각했다. 밧줄에 묶인 채 나무에 매달린 그녀의 가벼운 육체는 크나큰 수치심에 차라리 그대로 그녀에게서 벗어나기를 바라는 듯했다. 비누는 어서 북쪽을 향해 가야 한다고 생각했지만, 피곤에 지친 두 다리는 그녀의 뜻을 배신하고 오히려 나무와 밧줄이 주는 속박 속에 그대로 있기를 꿈꾸고 있었다. 며칠 동안 계속되던

행군이 중단되고, 보따리는 사라지고, 그녀는 정신을 잃은 상태에서 오히려 평안함을 맛보았다. 평범하지 않은 이 편안함 속에서 비누는 처음으로 저승사자가 다가오는 것을 보았다. 조롱박 한 개가 어둠 속에서 떨어지며 눈물을 튕겨냈다. 그녀는 죽은 자신의 모습을 보았다. 조롱박을 안고 있는 사람의 그림자가 여명의 하늘 아래 서 있었다. 조롱박이 사람의 그림자를 데리고 떠나는 것인지, 사람의 그림자가 조롱박을 데리고 떠나는 것인지 분간할 수 없었다. 자세히 보지는 못했지만 그녀는 그것이 바로 저승사자의 그림자라는 것을, 저승사자가 자신을 기다리고 있다는 것을 직감적으로 알 수 있었다.

청운군도 채 벗어나지 못했는데 벌써 죽는구나! 그녀는 무당의 예언을 떠올렸다. 그들은 그녀가 길에서 죽게 될 거라고 말했다. 그녀는 이미 마음의 준비가 되어 있었다. 길에서 죽게 되면 죽는 거지 뭐! 길에서 마음 좋은 사람을 만나 보따리를 치량에게 전해달라고 부탁만 할 수 있다면 죽어도 여한이 없었다. 비누는 이렇게 빨리 죽음의 그림자를 보게 될 줄은 꿈에도 생각지 못했다. 이렇게 빨리, 그것도 어린아이들의 손에 죽게 되다니…… 비누는 눈을 뜨고 하늘에 떠 있는 별들을 바라보며 북두칠성을 찾으려 애를 썼다. 몇몇 아이들의 머리가 자신의 얼굴 쪽으로 내려오며 하늘을 반쯤 가렸다. 그녀는 얼굴에 쏟아지는 아이들의 뜨거운 숨결을 느꼈다. 아이들의 환호성이 들렸다.

"깼다! 깼어! 눈물인간이 정신을 차렸어!"

아이들의 몸에서 누린내가 풍겨나오고 있었다. 저승사자는 바로 그 아이들 가운데 서 있었지만 아직도 꿈이라는 벽이 가로막고 있어 그게 누군지 제대로 알아볼 수가 없었다. 자신의 꿈속에서 조롱박을 품에 안고 있던 아이는 누구일까? 수많은 아이들의 얼굴에서 반짝이는 별빛을 보며 누가 자신의 저승사자인지 알 수 없었다.

"얘들아, 난 곧 죽게 될 테니 어서 날 좀 풀어줘. 그리고 양지바른 곳에 날 좀 묻어주렴. 그럼 그토록 고생스러운 먼 길을 더는 걷지 않아도 될 테니 말이야."

"흥! 누가 아줌마를 묻어준대? 꿈도 야무지시네!"

아이들이 소리쳤다.

"아줌마는 눈물인간이야. 저 아저씨들이 다리를 내려줄 때까지 절대로 죽어서는 안 돼!"

"죽는 게 안 된다면 날 둘러메고 북쪽으로 가다오. 북쪽으로 가다 보면 대연령이 나올 거야. 거기서 완치량이란 사람을 만나면 날 좀 넘겨주겠니. 날 몰라보거든 도촌의 비누가, 당신의 아내가 찾아왔다고 전해줘."

"우리가 무슨 아줌마 짐꾼인 줄 알아? 완치량이니 뭐니 우리와는 아무 상관없는 사람이라고! 아줌마는 눈물인간이야. 우리는 아줌마를 형명군 나리께 바칠 거야!"

"난 완치량의 아내니까 당연히 완치량에게 보내줘야지 무슨 소리야? 날 둘러메고 북쪽으로 가줘. 가다 죽으면 날 길가에 묻어주고 비석에 '완치량의 아내'라고 새겨다오. 길가에 비석이 놓여 있으면 서방님이 집으로 돌아오시는 길에 날 알아보실 거야."

"흥, 우리는 글씨도 쓸 줄 모르는데 비석은 무슨 얼어죽을 비석이야? 게다가 비석이라면 부자나 큰 인물들의 무덤에나 세우는 거지, 아줌마처럼 가난한 사람 무덤에는 비석은커녕 잡초만 무성하게 자랄걸!"

"그럼 비석은 없어도 괜찮아. 대신 내 무덤에 조롱박을 하나 심어다오. 언젠가 서방님이 그 길을 걷다 조롱박이 눈에 띄면 그게 나라는 걸 알아보실 거야. 혹시 서방님이 보지 못한다 해도 괜찮아. 내 조롱박 넝쿨이 길까지 이어져서 서방님의 발길을 잡아매면 그땐 그게 나인 걸 알아보실 거야."

사슴아이들은 묶여 있는 비누를 바라보았다. 죽는 것에 대해 이렇게 열성적으로 이야기하는 비누를 보며 아이들은 그녀가 혹시 미친 게 아닌가 하는 의심이 들었다. 취미루가 갑자기 강 건너편을 향해 소리를 질렀다.

"눈물인간이 이제 죽으려나봐요. 지금 당장 다리를 내리지 않으면 이 여자의 눈물을 다시는 볼 수 없을지도 몰라요!"

강 건너편에서는 아무런 대답도 들려오지 않았다. 다리만 뚫어져라 쳐다보며 자리를 지키던 아이들의 인내심도 마침내 바닥을 드러냈다. 졸음을 이기지 못한 아이들이 하나둘씩 사슴 우리로 돌아갔고, 네 명의 아이만 그곳에 남았다. 아이들은 작대기에 매달린 비누를 들어 올렸지만 어디로 데려갈지 의견이 분분했다. 비누를 인간시장에 내다팔아야 한다는 의견이 있었지만 비누가 정신이 나간 걸 생각하면 팔아도 좋은 가격은 받지 못할 것 같았다. 비누가 흘리는 신비한 눈물을 이용해 돈을 벌자는 의견이 나왔다. 그 아이는 시장의 약방에서는 사내아이의 오줌도 약으로 쓰여 돈을 받고 팔 수 있으니 눈물도 분명 돈을 받고 팔 수 있을 거라고 했다. 이 여자한테 흘러나오는 그 많은 눈물을 내다팔면 큰돈을 벌 수 있을지도 모르겠다고 떠들었다.

"얘들아, 너희들 제정신이니? 다른 건 팔면 돈이 되겠지만 눈물은 팔아도 돈이 안 될 거야. 사람들이 나보고 멍청하다고들 했는데 너희들은 나보다 더한 것 같구나! 날 이렇게 메고 가서 뭘 하겠니? 차라리 날 이곳에 묻어다오. 날 어디에 묻든 그곳에는 조롱박이 생겨날 거야. 조롱박이 탐스럽게 자라거든 너희들이 따다가 속을 파내서 바가지로 쓰려무나."

"흥, 그깟 바가지를 뭐에 쓰려고 가져가?"

장쿼루가 비누에게 소리를 버럭 질렀다.

"아줌마도 눈이 있으면 여기가 어딘지 잘 봐! 여기는 백춘대야! 아무 데나 사람을 묻을 수도 없는 곳이라고. 형명군 나리가 매일 지나다니는 길이란 말이야!"

"그럼 날 강가로 데려가려무나. 형명군 나리는 길로 다닐 테니 물속은 괜찮지 않겠니? 날 물속에 내버리면 곧 가라앉을 것이고, 그 위로 조롱박이 떠오르면 내가 죽었다고 생각하려무나. 내가 죽으면 너희들이나 나나 서로 고생할 필요가 없잖니."

"감히 물속에 빠져 죽게 해달라고? 강물도 모두 나리 소유라는 걸 몰라? 강물 속에 죽은 사람이 있어서는 안 돼! 나리는 깨끗한 걸 좋아하셔서 새나 생쥐 한 마리도 물속에서 못 죽어. 그런데 무슨 사람이 빠져 죽겠다는 거야?"

"그럼 날 큰길로 데려가 땅이 무른 곳에 내려주렴. 내가 알아서 날 묻도록 하마."

"아줌마가 무슨 지렁이야, 아무 데나 파고 들어가게? 자기가 자기를 어떻게 묻어?"

"살리지도 죽이지도 못하겠다면 도대체 나더러 어쩌라는 말이니?"

아이들은 순간 자신들의 포획물을 어떻게 처리해야 할지 몰라 고민했다. 머리를 한데 맞대고 잠시 의논을 한 후 장췬루가 비누에게 그녀가 새로 갈 곳에 대해 점잖게 이야기했다.

"나리께서 아줌마를 받아들이지 않겠다고 하니 우리들의 왕이 있는 곳으로 데려가야겠어. 백춘대는 아줌마를 싫다고 했지만 사슴왕은 분명히 좋아하실 거야!"

사슴왕의 무덤

아이들은 비누를 매달고 숲 속 깊이 들어갔다. 사슴왕은 숲 속 깊은 곳에 살고 있는 모양이었다.

비누는 나무막대기에서 풀어달라고 애원했다.

"도망가지도 않고 소란도 피우지 않을 테니 이제 그만 풀어다오. 어차피 죽을 목숨이면 너희 같은 아이들 손에 죽는 것도 나쁘지 않아. 가축들이나 이렇게 나무에 매달려 도살장에 가지. 내가 알아서 걸어갈 테니 어서 좀 풀어다오."

아이들은 침묵을 지키다 잠시 후 입을 모아 말했다.

"안 돼. 아줌마는 제물이란 말이야. 제물은 원래 이렇게 나무에 매달아 가져가는 거야."

숲 속 깊은 곳으로 들어가면서 아이들은 비누가 말을 고분고분 들어서 그랬는지 태도가 많이 누그러져 있었다. 가는 내내 아이들은 그녀에게 사슴왕에 대한 자랑을 늘어놓기 바빴다.

"사슴왕은 말보다도 더 빨리 달려! 형명군 나리가 백춘대의 말인간으로 뽑아줬는데도 숲 속에서 우리들이랑 같이 살겠다고 했다니까. 사슴 우리에 사슴인간들이 그렇게 많았어도 말인간이 될 기회를 포기한 건 사슴왕밖에 없었어. 그분은 우리 손으로 뽑은 왕으로 청운군 전체의 사슴왕이야."

아이들은 비누에게 사슴왕 앞에서는 예의를 갖춰야 한다고 주의를 주고 나서 사슴인간으로서의 자기 신분에 대해서 소개했다. 장쿼루가 거만하게 자신의 가슴을 탁탁 두드리며 말했다.

"내가 왜 장쿼루인지 알아? 내가 제일 빨리 뛰고 힘도 제일 세서, 사슴왕이 없을 때는 내가 아이들을 보살피거든."

얌전해 보이는 아이의 이름은 취미루였다. 아이 얼굴에는 노인과 같은 그늘과 어두움이 깔려 있었다. 그 아이는 죽음 앞에서도 침착한 비누의 태도에 감명을 받은 것 같았다. 취미루가 말했다.

"우리 사슴인간들은 모두 숲에서 세를 받아서 먹고 살아. 숲 위를 날아가는 기러기도 공짜로는 지나갈 수 없어! 최소한 깃털 한 개는 내고 날아가야 돼. 허니 여자라고 해도 봐줄 수는 없어."

어눌해 보이는 남자아이가 우물쭈물하자, 장쥔루가 그 아이를 쑥 떠밀며 말했다.

"이애 이름이 뭔지 알아? 바로 멘빙루(面餠鹿)야."

아이들은 멘빙루의 몸을 억지로 큰대 자 모양으로 만들더니 손가락으로 그의 팔뚝과 다리 위에 있는 동그란 모양의 흉터를 가리키며 비누에게 세어보라고 했다.

"이애 몸에 흉터가 몇 개나 있는지 한번 세어봐! 이애가 도대체 화살을 몇 대나 맞았는지 세어보라구! 빨리 달리지도 못하면서 사슴인간이 되겠다고 우기다가 화살에 맞은 거야. 화살에 맞고 하도 울어대서 형명군 나리가 면병(面餠)*을 활에 끼워 쏴주셨지. 그날 하루에 큰 면병을 세 개나 먹어서 그런지 배가 저렇게 불룩 튀어나왔다니까. 자, 한번 봐봐!"

---

* 호떡 모양의 납작한 빵.

비누는 멘빙루의 작고 더러운 얼굴과 둥그런 배가 낯설지 않았다. 도촌에 살고 있는 먼 조카 샤오쭈오가 생각났다. 그 아이의 배도 이렇게 둥그렇고 불룩했다. 아무리 먹어도 성에 차지 않아하던 아이였다. 시촌의 무당은 아이의 배에 흡혈충(吸血蟲)이 살고 있다고 했다. 비누가 손을 들어 멘빙루의 배를 쓰다듬으며 말했다.

"가엾기도 해라…… 네 뱃속에는 흡혈충이 있는 게 분명해. 여기서 이렇게 떠돌아다니지 말고 어서 집에 가서 무당에게 네 뱃속에 있는 흡혈충을 없애달라고 해!"

그녀가 다시 손을 뻗어 흉터투성이의 다리를 어루만지자 아이는 다리를 쭉 뻗어 비누를 걷어차며 사납게 외쳤다.

"지금 누가 누굴 가엾다는 거야? 사슴왕 무덤에 가면 우리가 아줌마를 나무에 묶어두고 매일같이 사슴왕을 위해 향을 피우고 묘지를 지키라고 할 텐데 아줌마 걱정이나 하라구!"

아이들은 흙이 불룩 솟아 있는 작은 묘지 앞에 다다랐다. 사슴왕의 무덤이 분명했다. 무덤 앞에는 제물이 잔뜩 쌓여 있었다. 한눈에도 아이들이 가져다놓은 것임을 알 수 있었다. 소뼈, 조개껍질, 나무 새총, 죽은 새들의 뼈다귀 등이 놓여 있었다. 커다란 허수아비가 다 떨어진 옷을 입고 비스듬히 서서 묘지 곁을 지키고 있었다. 손에 화살까지 들고 있는 것이 무덤지기로 보였다. 아이들이 허수아비를 무정하게 땅바닥에 내팽개쳤다. 장쥔루가 허수아비를 마구 짓밟으며 외쳤다.

"묘지를 제대로 지키라고 했더니 이게 뭐야? 무덤 위의 풀을 새들이 다 쪼아먹게 내버려뒀잖아!"

장쥔루는 어디서 가져왔는지 쇠사슬을 흔들며 아이들에게 비누를 나무막대기에서 풀어주라고 명령했다. 비누가 채 일어서기도 전에 멘빙루가 달려와 거칠게 그녀를 나무에 묶어버렸다. 비누가 외마디 비명을 지르자 장쥔루는 비누 곁으로 다가와 안심시키듯 말했다.

"사슬에 묶여 있긴 해도 열 발자국은 움직일 수 있으니 숲 속에서 과일들을 따먹을 수 있어. 단, 사슴왕 무덤 옆에 똥오줌을 싸면 안 돼. 볼일은 저기 숲 속에 들어가서 봐야 해."

취미루가 옆에서 덧붙였다.

"숲 속에 사는 야생 멧돼지가 무덤을 파헤치도록 내버려두면 안 돼. 숲에서 따온 열매도 혼자만 먹지 말고 꼭 사슴왕 무덤 앞에서 제부터 올리고 먹고!"

이렇게 아이들은 비누가 묵을 곳을 결정했다. 비누는 두려웠다. 죽는 것이 두려운 게 아니라 자신이 머무르게 될 이 괴상한 곳이 두려웠다. 그녀는 처절한 비명을 지르며 쇠사슬에서 벗어나기 위해 몸부림쳤지만 그녀는 곧 사슴인간들에게 에워싸였다. 아이들은 앙상하지만 단단한 발을 들어 반항하는 비누의 몸 위에 올려놓았다. 누구의 손인지, 비명을 지르는 걸 막으려고 비누의 겨드랑이 사이를 간지럼 태우기까지 했다.

그들은 아이들이 아니라 사슴 무리 같았다. 아니, 진짜 사슴은 아닐지 몰라도 사슴의 마음을 가진 것 같았다. 비누는 마침내 그들의 몸에서 왜 사슴의 비릿한 누린내가 풍겨나오는지 알 수 있었다. 왜 사람처럼 걷지 않고 사슴처럼 껑충껑충 뛰어다니는지도 알 수 있었다. 머리에 왜 사슴뿔을 붙이고 다니는지도, 왜 사슴처럼 울어대는지도 알았다. 그녀는 너무나 두려웠다. 사슴이 두려운 게 아니라 그들이 갖고 있는 사슴의 마음이 두려웠다. 사람은 마음으로 서로를 감동시킬 수 있었지만 사슴이라면 그녀가 무슨 말을 해도 움직이지 않을 게 분명했다. 그녀는 나무 밑에서 치량의 이름을 부르며 구슬피 울었다. 애절한 울음소리에 나무 위의 밤이슬이 떨어지고, 나뭇잎이 떨어졌지만 아이들의 차가워질 대로 차가워진 마음은 꿈쩍도 하지 않았다. 장쥔루가 거들먹거리며 말했다.

"치량이라는 아저씨가 아줌마 남편이야? 이제 와서 이름을 불러봤자 무슨 소용이야? 혹시 지금이라도 달려오면 아줌마랑 같이 나무에 묶어놓을 거야!"

비누는 고집을 꺾지 않고 계속 치량의 이름을 불러댔다. 그러다가 그녀는 자신을 묶고 있는 느릅나무도 치량, 치량, 치량 하며 소리 지르는 것을 들었다. 이어 공중에서 우지끈하며 가지가 부러지는 소리가 들렸다. 가지는 신기하게도 장쥔루의 몸에 정확히 떨어져 내렸다.

장쥔루가 온몸을 부르르 떨더니 가지를 주워들고 아이들에게 물었다.

"이 아줌마가 어떻게 비명을 질렀길래 나뭇가지까지 부러진 거지?"

장쥔루에게 나뭇가지를 받아든 취미루가 나뭇가지 위의 이슬을 자세히 들여다보다가 말했다.

"소리를 질러서 부러진 게 아니라 울어서 부러진 거야. 이 가지 위에 있는 눈물 좀 봐! 다 저 아줌마가 흘린 거야!"

그 순간 아이들은 알 수 없는 공포에 휩싸였다. 아이들은 비누가 계속 소리치도록 놔두면 안 되겠다고 생각했다. 날카롭게 퍼져나가는 비명 소리가 어린 시절 자신들이 병에 걸렸을 때 어머니들이 산 위로 올라가 영혼에게 돌아오라며 외치던 목소리처럼 온 숲을 뒤덮고 있었다. 그 외침은 그들이 잊고 있던 기억의 문을 열었다. 먼 곳에 있는 어머니를 떠오르게 하고 고향을 떠올리게 했다. 고향을 떠올리자, 어린아이들이 싫어하는 얽매임과 양심, 효도와 덕행 등이 함께 떠올랐다. 그런 것들은 사슴인간들에게 아무런 쓸모가 없는 것들이었다. 사슴인간에서 말인간이 되어 달리고 달리는 인생에 이득이 될 게 아무것도 없었다. 기억의 문을 닫기 위해 아이들은 비누가 소리를 지르지 못하게 하기로 했다.

취미루가 무덤 옆에서 마사(麻絲) 뭉치를 주워 비누의 입을 틀어막으며 말했다.

"마음껏 소리 질러봐. 이것은 마사라서 소리를 지르면 지를수록 입 안이 더 꽉 차버릴 테니까."

나뭇가지 위에는 비처럼 많은 이슬이 매달려 있었다. 취미루는 느릅나무 가지에 매달린 이슬이 머리 위에 떨어진다며 불평을 늘어놓았다. 그가 통증을 느끼는 사이 머리 양 끝에 매달았던 사슴뿔이 머리에서 떨어졌다. 장췬루도 얼른 나무에서 몸을 피했다. 떨어진 낙엽을 밟을 때마다 그는 다리에 참기 어려운 통증을 느꼈다. 수개월 동안 연습해온 사슴뛰기 실력이 하루아침에 다 사라진 것 같았다. 다른 사슴인간 아이들도 온갖 이상한 생리현상에 시달리고 있었다. 그중 한 아이는 자신의 가슴을 계속 쓰다듬으며 심장의 위치를 확인하고 있었고, 멘빙루는 자기 눈가에 맺힌 눈물이 불룩 튀어나온 자기 배 위에 떨어지자 누가 볼까 무서워 얼른 눈물을 훔쳐냈다.

아이들은 비누의 입을 틀어막은 후 그녀에게서 멀찌 감치 떨어져 섰다. 아이들은 불안한 기색을 감추지 못한 채, 뭔가를 기다리는 것처럼 그녀의 얼굴을 살펴보고 있었다. 비명은 잠잠해졌지만 눈물은 그들에게 언제든지 해를 끼칠 수 있었다. 비누의 눈이 커졌다. 눈동자에 비친 어둠에 서서히 밝아오는 여명의 하늘이 반사되었다. 비누의 눈에서 증오나 분노를 찾아볼 수는 없었다. 하지만 그녀의 눈은 사내아이들에게 엄마를 떠올리게 했다. 눈물이 가득 고인 두 눈…… 그 두 눈에서 금세 눈물이 흘러내릴 것은 너무나도 자명했다. 눈물을

흘리는 유방, 눈물을 흘리는 손과 발은 사내아이들을
커다란 기쁨 속에 몰아넣었지만 눈물을 흘리는 두 눈은
아이들을 당황하게 만들었다. 순간 아이들이 동요하기
시작했다.

"운다! 울어! 아줌마 눈에서 눈물이 흘러! 아줌마가
우리를 못 쳐다보게 얼른 눈도 가리자!"

아이들은 비누의 허리띠를 풀러 그녀의 두 눈을 가렸
다. 하지만 흘러내리는 비누의 눈물을 막을 수는 없었
다. 그녀의 두 뺨을 타고 밀물처럼 흘러내리는 눈물은
맑은 수정알처럼 아이들에게 튀었다. 미처 피할 새도
없었다. 아이들은 비누의 눈물에 마법이 가득하다는 것
을 알고 있었다. 놀란 아이들이 소리를 지르며 몸에 묻
은 눈물방울을 털어내려 했지만 이미 때가 늦었다. 아
이들은 거의 동시에, 전에는 느껴보지 못한 슬픔이라는
감정에 공격받고 있었다. 기억 저편에서 마을과 개와
양, 돼지와 추수된 곡식들이 떠올랐다. 어머니와 아버
지 그리고 형제자매의 얼굴까지 희미하게 떠오르자 아
이들은 머리에 달고 있던 사슴뿔을 얼른 내던지며 자신
의 코를 비틀고 눈을 가렸다. 하지만 이미 폭포수처럼
흘러내리는 눈물을 참기에는 역부족이었다. 아이들은

모두 함께 소리 높여 통곡하기 시작했다.

장쥔루는 허리를 숙이고 건너편 강가를 향해 울기 시작했다. 꺼이꺼이 우는 그는 이미 다른 강가를 떠올리고 있었다. 그의 초가집은 강가에 있었다. 아버지는 강에 나가 고기를 잡는 어부였고, 어머니는 강가에서 실을 씻었다. 그의 귓가에 누나의 목소리도 들려왔다. 초가집에서 고개를 쏙 내민 누나가 그를 소리쳐 불렀다.

"감자가 다 익었어. 어서 들어와서 먹어!"

취미루는 들국화를 바라보며 울었다. 눈물이 흐르는 그의 눈에 들국화는 어느새 반죽(斑竹)*으로 변해 있었다. 반죽 속에서 산비둘기가 날아오르자, 취미루는 산비둘기를 잡으려 손을 내밀었다. 하지만 그의 손이 잡고 있는 것은 들국화 꽃잎이었다. 취미루가 손바닥을 펴고 소리를 질렀다.

"산비둘기? 내 산비둘기는 어디 갔지?"

멘빙루는 나무를 쳐다보며 울고 있었다. 그는 자신이 대장간에서 일하던 도제였음을 기억해냈다. 스승이 농기구를 만든 후 거기에 맞는 크고 작은 나무손잡이를

---

* 얼룩무늬가 있는 대나무.

만들어주면, 그 손잡이들을 낫이나 호미, 써레 자루에
끼워 넣는 일을 했었다. 그때도 배부르게 먹었지만 지
금처럼 이렇게 배가 불룩 튀어나오지는 않았다.

네번째 아이는 목에 조롱박을 걸고 있었다. 그 아이의
이름은 후루루(葫蘆鹿)였다. 후루루는 나무에 묶인 비
누를 보며 울었다. 옷매무새가 흐트러져 있는 비누를 보
며 그는 엄마를 떠올렸고, 할머니와 누나까지 떠올렸다.
그 아이는 어느새 울며 비누를 향해 소리치고 있었다.

"엄마! 할머니! 누나!"

입에 재갈이 물려 있는 탓에 비누가 대답하지 못하
자, 곁에서 초조해진 멘빙루가 비누의 입에서 마사 뭉
치를 빼내며 그녀를 보고 외쳤다.

"엄마!"

네 아이들 가운데 세 아이들이 집으로 가는 길을 기
억해냈다. 한 아이가 집에 돌아가 감자를 먹어야겠다고
말했다. 한 아이는 청운관을 넘어 산 위의 초가집으로
돌아가겠다고 했다. 세번째 아이는 시장에 있는 대장간
으로 달려가 호미 자루를 박아야겠다고 했다. 태양이
떠오르기 전에 집으로 가는 길을 기억해낸 아이들은 총
총히 숲을 떠나갔다. 후루루만이 비누를 지키고 있었

다. 나이가 너무 어린 탓에 엄마를 떠올리긴 했지만 집으로 가는 길은 기억하지 못했던 것이다. 잠시 후 후루루는 비누의 눈을 가린 끈을 풀고 돌로 사슬을 부수어 풀어주고는 말했다.

"일어나요! 아줌마, 어서 일어나요! 아줌마도 어서 집으로 가요!"

눈물로 뒤범벅이 된 비누의 얼굴에 햇살이 쏟아져 내렸다. 두 눈이 시려왔다. 비누는 고개를 들어 느릅나무 가지를 쳐다보며 아이에게 물었다.

"내 얼굴에 있는 게 뭐니? 나뭇가지에서 떨어진 이슬방울이니?"

"이슬은 무슨 이슬이에요? 눈물, 아줌마의 눈에서 흘러내린 눈물이에요!"

"아니, 너희들이 도대체 내게 무슨 해코지를 했길래 내 눈에서 눈물까지 흘러내렸다는 말이니? 도촌 사람들은 눈에서 눈물이 흘러내리면 죽을 날이 멀지 않았다고 이야기한단다. 얘야, 내가 죽을 날이 정말 멀지 않았나보구나……"

그 순간 비누의 눈에 아이의 목에 걸린 작은 조롱박이 들어왔다. 비누는 두 눈을 잠시 반짝였지만 이내 얼굴이 어두워졌다. 비누가 손을 뻗어 아이의 더러운 얼굴을 살짝 꼬집자 아이가 비누의 손을 확 뿌리쳤다. 아이의 얼굴을 응시하는 비누의 입가에 쓸쓸한 미소가 번져갔다.

"바로 너였구나! 그래서 네가 혼자 남아 내 곁을 지키고 있는 것이고, 그래서 네 목에 그 조롱박이 걸려 있던 게로구나. 얘야! 난 꿈에서 널 보았단다. 네가 바로 내 무덤을 파고 또 내 무덤을 덮어줄 그 사람이로구나."

"누가 아줌마 무덤을 파고 또 덮어준다고 그래요?"

아이가 멍하니 서서 다시 물었다.

"아직 멀쩡히 살아 있으면서 왜 그래요? 산 사람을 어떻게 묻는다고…… 아줌마는 자신을 직접 생매장할 작정이에요?"

"저승사자가 널 내 곁에 보내준 거란다. 날 데려갈 저승사자가 이 숲에 있었던 거야. 이 숲 안으로 들어온 이상 난 대연령에는 가지 못할 거야. 또 가면 뭐 하겠니? 이미 보따리도 다 잃어버리고, 내 마음도 상할 대로 상해버렸는걸…… 치량을 만난다 한들 뭘 건네줄 수 있겠어? 얘야! 네가 바로 내 무덤을 만들어줄 아이니 얼른 헛간에 가서 곡괭이와 삽을 가져오너라!"

나무 아래서

비누는 나무 아래에 앉아 저승사자를 기다렸다.

동이 트면서 햇살에 오래된 숲의 윤곽이 어슴푸레 드러나기 시작했고, 대기는 이끼의 옅은 비린내로 가득 차 있었다. 나뭇가지 사이로 하늘이 드문드문 보였고, 햇살이 비춰 어떤 곳은 환하게 보이는가 하면 어떤 곳은 아직도 어둠 속에 침잠해 있었다. 비누의 마음도 그랬다. 밝은 곳과 어두운 곳이 공존했다. 어두운 면은 끝없는 후회와 죄책감으로 가득 차 있었다. 어머니의 영혼에 대해 죄송스러운 마음이 일었다. 어릴 때부터 어머니가 가르쳐주신 눈물을 숨기는 방법이 도대체 몇 가지였던가? 하지만 그녀는 머리카락으로 우는 방법 외에는 제대로 할 수 있는 게 없었다. 어머니는 살아계실 때 늘 그녀를 나무라곤 했다.

"총명하고 똑똑하게 생기면 뭐 하니? 아무리 가르쳐도 머리카락으로 우는 것밖에는 달리 울 줄을 모르니 어떻게 하면 좋아? 그렇게 머리카락으로만 울어대니 냄새나는 머리카락을 누가 좋아하겠어?"

그토록 오랜 세월을 머리카락으로만 울다 정말 어렵게 손바닥과 발가락으로 우는 비법을 배웠건만 집을 떠나기 무섭게 어떻게 다 잊어버릴 수 있단 말인가? 아무리 달리 우는 방법을 모른다 해도, 하늘이 무너져내린다 해도, 눈으로 눈물을 흘리는 것만큼은 있을 수 없었다. 도촌의 여자아이들이 지켜야 할 규칙을 잊었단 말인가? 하필이면 왜 이 규칙을 어긴 것일까? 어떤 이유에서든 눈에서 눈물을 흘렸다는 걸 도촌 사람들이 안다면 아무도 동정하지 않을 것이다. 그들은 이렇게 말할 것이다.

"그깟 애녀석들 몇이서 괴롭혔다고 질질 짜놓고서 무슨 할 말이 있다는 게야? 그 정도를 참지 못하고 흘린 눈물이라면 그 눈물이 무슨 가치가 있겠고, 사는 것은 또 무슨 가치가 있겠어? 차라리 죽는 게 나아! 암, 낮고

186

말고!"

비누는 나무 아래 앉아 원망을 하다가 시촌의 무당이 했던 예언을 떠올렸다. 죽음을 예언하기는 쉽다. 하지만 그들은 저승사자가 이렇게 빨리 비누 앞에 나타날 거라고는 이야기해주지 않았다. 아직 청운관도 넘지 못했는데, 치량의 그림자는 물론 대연령의 그림자도 보지 못했는데. 비누는 길을 걸어오는 동안 숱하게 만난 마음씨 좋은 사람들을 떠올렸다. 그들은 하나같이 늑대와 독사 그리고 짐승 같은 남자들을 조심하라고만 이야기했지, 아이들을 조심해야 한다는 말은 해주지 않았다. 무서운 아이들…… 반은 사람이고 반은 사슴인 아이들…… 아이들은 마치 천진난만한 악마들처럼 그녀의 눈물을 불러내고 비누의 별자리를 떨어뜨렸다. 도촌 사람들은 모두 알고 있었다. 눈에서 눈물이 흘러내리면 그 두 눈을 영원히 감고 있어야 한다는 것을.

여명이 밝아왔다. 비누는 계속 나무 아래에 앉아 저승사자를 기다렸다.

숲 속에서 뛰어나온 사슴 무리가 경계심을 풀지 않은 채 사슴왕 무덤 주변을 맴돌며 나무 밑의 여인과 그 발에 채워진 사슬을 주의 깊게 살펴보았다. 우두머리로

보이는 사슴 한 마리가 비누 옆으로 다가와 바닥에 놓
인 사슬을 살펴보다 이내 사슬이 무기가 아니라는 걸
눈치 채고 자신의 뿔로 비누의 몸을 쿡쿡 찔러댔다. 그
몸짓으로 보아 사슴들이 비누를 침입자로 생각하고 서
둘러 자신들의 영역 밖으로 몰아내려고 한다는 걸 알
수 있었다.

비누가 그 사슴을 돌아보며 말했다.

"사슴아! 왜 날 그렇게 쫓아내려고 하는 거니? 난 그
저 나무 아래에 앉아 좀 쉬었다 가려는 거야. 조금만
있으면 저승사자가 곧 날 데리러 올 테니 걱정 말고 저
리 가!"

다른 사슴이 대담하게 비누 옆으로 다가와 발굽으로
사슬을 툭툭 건드려보더니 비누의 몸을 툭 쳤다.

비누가 다시 사슴을 향해 말했다.

"그러지 마…… 이 숲에 머물고 싶어 있는 게 아니라
니까. 아이들이 날 묶어놓고 가서 그런 거야…… 그리
고 지금은 죽을 때를 기다리고 있어. 너희들이 먹을 풀
을 먹을 것도 아니고 너희들이 먹을 버섯과 솔방울을
먹을 것도 아니야. 방해하지 않을 테니 걱정하지 마."

사슴들이 자리를 떠난 후 나무 위로 자조새 한 쌍이

날아들었다. 어깨와 어깨를 맞대고 나무 위에 나란히 앉아 있던 새들은 처음에는 조용하니 무슨 생각을 하는 것 같기도 하고 서로의 사랑을 다짐하는 듯하기도 했다. 하지만 이내 나무 밑에 낯선 누군가가 앉아 있는 것을 발견하고 불안한 듯 울어대기 시작했다. 그러더니 노기가 서린 똥을 정확하게 비누의 머리 위에 싸버렸다.

비누가 머리를 들어 나무 위의 새들을 쳐다보고 말했다.

"너희들조차 내 머리에 똥을 싸며 날 내쫓으려 하는구나…… 너희들은 나뭇가지 위에 있고 나는 이 밑에 앉아 너희들을 방해하지 않는데 왜 그러는 거니?"

새들은 시끄럽게 지저귀며 날아올랐다. 나뭇잎 사이로 어두운 하늘이 눈에 들어왔다. 곧 날이 밝겠구나…… 숲 속 한쪽에서 왁자지껄한 소리가 들려왔다. 날이 곧 밝으면 백춘대 사람들도 모두 일어나겠지…… 하지만 비누는 피곤한 듯 오히려 눈을 감았다. 자기 전에 항상 보따리를 꼬옥 품에 안던 것이 버릇이 되어 있었는데, 지금은 품이 텅 비어 있었다. 비누의 손이 뭔가를 잡으려는 듯 무의식적으로 움직였다. 그런 그녀의 손에 널브러져 있던 사슬이 잡혔고, 사슬을 천천히 끌어올리자 그 소리에 놀란 듯 사슴왕 무덤 위의 풀들이 춤을 추듯 움직이기 시작했다. 얼룩 꽃무늬가 잔뜩 박힌 뱀이 수풀을 헤치고 나오며 비누에게 달려들었다. 어디서 나타난 뱀인지 생각할 겨를도 없이 황급히 일어나 나무 뒤로 몸을 숨기는 순간, 거대한 분노의 물결이 그녀를 휘감았다. 비누가 사슬을 잡아 머리 위로 쳐들고 뱀을 겨누며 소리쳤다.

"도대체 나한테 왜 이러는 거야? 내가 너희들한테 뭘 잘못했다고 날 괴롭히는 거야? 이렇게 넓은 숲 속에 나 한 사람 있을 곳이 없는 거야? 사슴도, 새도, 그리고 너도 모두 날 쫓아내려고 드니 도대체 나더러 어디로 가라는 거야?"

허리를 꼿꼿이 세운 채 차가운 시선으로 느릅나무 주위를 맴돌고 있는 뱀의 임무는 그녀를 이곳에서 몰아내는 것이지 그녀의 넋두리를 들어주는 게 아닌 것이 분명했다. 비누는 뱀을 향해 사슬을 높이 치켜들었다. 어깨 위로 들린 사슬이 이내 손에서 미끄러졌다. 그녀는 사슴왕 무덤 위에 자란 풀들이 미친 듯이 펄럭이는 소리를 들었다. 그 소리를 들으며 비누는 풀 밑에 낯선 영혼이 숨어 있는 것은 아닐까 하고 의심했다. 흔들리는 풀들을 자세히 보고 있노라니 푸른 연기가 피어오르며 무덤에서 뿔을 단 소년이 올라오고 있었다. 사슴처럼 생긴 큰 눈과 사슴처럼 부드러운 솜털이 난 소년이 손가락으로 무덤을 가리키며 비누에게 말했다.

"괜한 원망 늘어놓지 말고 이리로 오세요. 내 무덤으로 와요."

그녀가 받은 유일하면서도 정감 어린 초대가 하필이면 무덤 속 혼령에게서 받는 거라니. 혼비백산한 비누가 사슴 우리가 있는 곳을 향해 죽어라고 뛰기 시작했다. 사슴 우리 쪽에서 '우우' 하는 사슴 울음소리가 들려오더니 숲 속에는 이미 뛰어다니는 사내아이들의 발소리가 울려퍼지고 있었다. 그녀는 후루루가 곡괭이와 삽을 가지고 오는 걸 잊어버렸을까봐 걱정이 됐다. 그 아이는 자신의 묘를 파고 묻어줄 사람이었기에 반드시 찾아내야 했다. 비누는 나뭇가지 사이로 비쳐오는 첫 햇살을 맞으며 숲 속을 달렸다. 달리는 내내 얼굴을 가리고 울었다. 그녀의 치맛자락이 닿은 곳은 온통 눈물 천지가 되어버렸다. 낙엽과 나무 덩굴, 야생 버섯들은 모두 남방 여자의 슬픔에 감염되어 있었다. 숲 속에 눈물의 폭풍우가 휘몰아쳤다.

말인간

동틀 무렵, 마구간에서 나온 백춘대의 말인간들은 강가에서 삼삼오오 짝을 지어 자신들의 말갈기를 씻다가 이상한 청개구리를 보았다. 무슨 미련이라도 있는지 청개구리는 강변을 따라 폴짝폴짝 뛰며 사람 주위를 배회하고 있었는데, 풀숲으로 뛰어들었다가 다시 물속으로 텀벙 뛰어들기를 반복하고 있었다. 사람들이 아무리 내쫓아도 청개구리는 여간해서 그들 곁을 떠나려 하지 않았다. 청개구리의 눈을 유심히 살펴보던 말인간 중 한 명이 갑자기 웃음을 터트리며 외쳤다.

"이봐! 저 개구리를 좀 봐! 장님 개구리야! 장님 개구리인데도 저렇게 뛰어다니길 좋아하네, 원 참!"

건장한 체구의 말인간들의 등과 둔부, 목, 그리고 맨 살을 드러낸 허벅지를 하나하나 살펴보면 대부분이 신기할 정도로 말의 모습을 하고 있었다. 다 함께 허리를 숙여 말갈기를 씻는 모습을 얼핏 보면 마치 말의 무리가 한데 모여 물을 마시고 있는 것처럼 보였고, 몸을 쭈욱 펴고 강 건너편을 바라보는 그들의 눈 속에는 젊은이 특유의 알 수 없는 열정이 가득 담겨 있었다. 그들의 눈에 한 여자의 모습이 들어왔다. 하지만 엷은 안개에 가려져 보일 듯 말 듯하던 여인의 모습은 어느새 그들의 시야에서 완전히 사라졌다. 그후 이 청개구리가 눈에 띈 것이다.

청개구리를 보고도 처음에는 아무도 관심을 갖지 않았다. 하지만 청개구리가 차츰차츰 쉬에충(雪驄)에게 다가가는 것을 보고 말인간들은 청개구리의 태도가 뭔가 이상하다고 생각하게 되었다. 그 청개구리는 미친 듯이 쉬에충만 따라다녔다.

얼마 전 베짱이 한 마리가 칭피(靑皮)의 이불 속에 뛰어든 이후 몇날 며칠 꿈속에서 고향집의 아내를 만난 칭피는 밤마다 몽정까지 했다. 쯔쥐(紫駒)는 밥그릇 속에서 아주 큰 메뚜기를 발견했다. 밥그릇 속에서 아침

저녁 때를 맞춰 울어대는 메뚜기의 울음소리가 늙은 아버지의 기침 소리임을 확신한 쯔쥐는 다른 사람들의 조롱하는 표정에도 불구하고 안절부절못하다가 마침내 도끼를 찾아 산으로 땔감을 하러 간다며 나갔었다. 신비한 곤충들이 고향에 대한 향수를 불러일으켰기 때문에 말인간들은 물가를 오가는 눈먼 개구리에게도 세심하게 관심을 보였던 것이다. 누군가 대담하게 개구리의 내력을 추측했다.

"아마 혈육을 찾으러 왔을 거야. 쉬에총을 찾아온 것이 분명해!"

쉬에총은 아침 사냥을 위해 모든 준비를 마친 상태였다. 어깨에 말안장을 올리고, 발가락에는 말발굽을 찼다. 이미 깨끗하게 씻어놓은 말갈기를 머리 위에 쓰고 갈기 위에 남아 있는 물방울을 깨끗이 털어냈다. 하지만 곧 그는 멈춰 서서 자신의 발을 들여다보았다. 청개구리가 발등에 엎드려 있었다.

쉬에총이 발등 위의 청개구리를 내려다보며 짜증스레 외쳤다.

"뭐 하는 짓이야? 왜 또 내 발등 위에 올라온 거야?"

그는 다른 말인간들에게 밤에 마구간에 들어온 청개

구리가 자기 배 위에 한참 동안이나 올라앉아 있었던 이야기를 해주고는 쯔쥐에게 물었다.

"자네가 내 옆에서 잤지? 저 개구리가 자네에게도 올라갔었나?"

"날 알 턱이 없는 저 개구리가 나한테 왔을 리가 있어? 자네를 알아보니까 자네 배 위에 올라간 거지! 지금도 자네를 아니까 자네 발등에 올라타고 있는 게 아니겠어?"

발등에 올라앉아 있는 개구리를 여전히 못마땅하게 쳐다보는 쉬에총의 얼굴에 노기가 서리기 시작했다.

"개구리 주제에 곤충이나 알아보고 잡아먹으면 그만이지, 지가 날 알 게 뭐야? 게다가 저 개구리가 앞도 못 보는 거 안 보여? 눈먼 개구리가 내가 누구인지 어떻게 알아보겠냐고?"

쉬에총의 말에도 일리가 있다고 생각한 말인간들은 잠시 멍하니 쉬에총 발등에 있는 개구리를 쳐다보았다. 쉬에총의 갈라터지고 거친 발등에 앉아 있던 청개구리의 뿌연 눈에서 수정 같은 물방울이 흘러내렸다. 누군가 외쳤다.

"개구리가 울고 있어! 저 개구리가 울고 있다고!"

평상시의 말인간들은 용맹무쌍하여 귀신 따위도 겁내지 않는 것은 물론 개구리의 눈물 따위는 안중에도 없는 사람들이었다. 사람이 우는 모습을 본 지도 오래된 그들은 개구리의 눈물에 호기심을 드러내며 쉬에총의 다리를 들어올렸다. 청개구리의 눈물을 자세히 들여다보며 관찰하던 누군가 말했다.

"청개구리 눈물이나 사람이 흘리는 눈물이나 별반 다를 것도 없네!"

누군가 청개구리의 눈물이 사람이 흘린 눈물보다 더 반짝이고 더 둥그스름한 것이 꼭 진주 같다고 말했다. 진주 같은 눈물방울에서 무슨 영감이라도 받은 사람처럼 자오류(棗騮)가 쉬에총에게 물었다.

"쉬에총! 혹시 어머니가 앞을 못 보시지 않았어? 어머니가 돌아가신 후 개구리로 환생하셔서 혈육을 찾으러 온 것이 아닐까? 네 어머닌지도 몰라!"

"우리 어머니는 앞을 못 보신 게 아니라 너무 울어서 앞을 보기가 그냥 불편하셨을 뿐이야! 앞을 못 본다고 하려거든 네 어머니나 못 본다고 해라! 네 어머니나 죽어서 개구리로 변했다고 하라고!"

불같이 화를 내던 쉬에총은 발등을 오므리며 개구리

에게 외쳤다.

"저리 가! 네 아들이 저기 있으니 어서 저리 가!"

쉬에총은 개구리를 자오류에게 집어던졌지만 개구리
는 자오류를 알아보지 못해서인지, 아니면 자오류가 아
들이 아니어서인지 자오류의 몸에서 떨어져서는 고집
스레 쉬에총의 발을 향해 뛰어갔다. 쉬에총이 왜 그렇
게 화를 내는지 아무도 몰랐다. 그는 물가에서 깨어진
사발을 가져와 '꽉' 소리를 내며 개구리를 사발 안에 가
두고는 소리 높여 경고했다.

"꼼짝 말고 거기 있어! 또 나를 쫓아왔다간 내 발에
밟혀 죽을 수도 있으니 조심해!"

쉬에총이 살기등등하게 강가를 떠나는 것을 본 말인
간들 가운데 어느 누구도 청개구리의 마음을 알지 못한
것처럼 쉬에총이 마음속에 숨기고 있는 비밀을 아는 사
람도 없었다. 강가에 웅크리고 앉은 말인간들은 깨어진
그릇 안에 갇힌 개구리를 내려다보며 물었다.

"누가 네 아들이야? 네 아들이 누구냐고?"

그들이 재미 삼아 던지는 장난기 섞인 목소리가 강가
주변을 맴도는 동안 청개구리는 아무 말도 하지 못했
다. 마음씨 착한 말인간 위투(玉兔)는 사발 속에 갇힌

청개구리가 흘리는 눈물이 어둠 속에서 반짝이는 것을 보고 사발을 들어 청개구리를 놓아주었다.

청개구리가 흘리는 눈물 한 방울이 사라지기 무섭게 다른 한 방울이 흘러내렸다. 청개구리는 말인간들의 발에서 아들의 냄새를 찾는 듯했다. 감사의 뜻에서인지 아니면 남달리 발달한 후각을 통해 다른 아들의 냄새를 느꼈는지 슬픔에 젖은 청개구리가 위투를 보자 이내 눈물을 반짝이더니 위투의 무릎으로 펄쩍 뛰어 올라갔다.

위투는 말처럼 잘 달리면서도 별로 말이 없는 과묵한 말인간이었다. 그는 얼굴이 새빨개진 채 그곳에 웅크리고 앉아 자신의 무릎에 올라앉은 청개구리를 내려다보았다. 그런 그의 모습이 편안해 보이지는 않았지만 혈육을 찾아나선 이 청개구리를 어찌해야 할지 알 수 없는 표정이었다.

"위투! 꼼짝 말고 가만있어!"

말인간들이 소란을 떨며 외쳤다.

"위투! 네 어머니가 분명해! 어머니가 떨어지지 않도록 조심해!"

"우리 어머니가 아니야. 우리 어머니는 나무가 변한 사람이고, 우리 아버지는 돌멩이가 변한 분이야. 그분들의 영혼은 갈대산을 지키면서 절대 문밖으로 나오시지 않는단 말이야."

말인간들은 위투가 농담을 하는 줄 알고 모두 한바탕 웃음을 터뜨렸다. 하지만 농담이 아니었던 위투는 멀리 떨어져 지내시는 부모님 생각에 잠시 우울해졌다. 얘야, 넌 도대체 어디서 온 거니? 그가 말했다.

"우리 동네에는 돌개구리가 많았어. 우리 셋째 이모도 돌아가신 뒤 돌개구리로 변했는데…… 그럼 돌개구리하고 청개구리하고 무슨 친척관계라도 되는 걸까? 이 개구리는 지금 사람을 잘못 본 것 같아. 친척을 아들로 잘못 안 건 아닐까?"

위투는 개구리를 들어올린 다음 한 발을 물가에 내딛었다. 그는 말인간 가운데 가장 착하고 똑똑한 사람이었다. 그는 개구리를 부평초 위에 놓아주며 말했다.

"거기 앉아서 사방을 잘 찾아보도록 해. 저쪽에도 가봐! 혹시 저쪽에 아들이 있는지도 모르잖니."

강 맞은편에서는 사슴아이들이 하나둘씩 잠에서 깨어나고 있었다. 밤사이에 장췬루가 떠났고, 이제 사슴인간 무리에는 자유와 무질서가 함께 뒤섞인 신선함이 맴돌고 있었다. 소리를 지르며 숲 속에서 뛰어나온 아이들은 손에 사슴뿔을 쥔 채 마치 사슴처럼 우뚝 서서 공중에 떠 있는 가동교를 올려다보며 백춘대에서 사냥을 알리는 호각 소리가 들려오길 기다리고 있었다. 사냥을 알리는 호각 소리가 울려퍼지면 강물 위의 다리가 곧 내려올 것이다.

무덤 만들기

비누는 곡괭이를 들고 후루루는 삽을 들고 숲 속을 걸었다.

"이제 날이 밝았으니 더이상 걸을 필요 없어요."

후루루가 비누의 뒤를 따르며 말했다.

"죽으려면 어두웠을 때 죽었어야지 이렇게 훤한 아침에 죽을 자리를 파면 뭐 해요? 사람들이 다 깨어난 지금 어디를 파도 다 눈에 띌 게 뻔한데!"

질퍽거리는 땅 위에는 사람과 아이들의 발자국이 어지럽게 뒤엉켜 있었다. 낙엽이 떨어진 자리 옆으로 땅을 팠던 흔적이 보이자, 비누는 멈춰 서서 곡괭이로 구덩이를 파기 시작했다. 사슴아이들이 뭐든지 땅에 묻어

둔다는 것을 알고 있었기에 치량의 의복이든 아니면 최소한 짚신 한 짝이라도 건질 수 있지 않을까 하는 마음에서였다.

"금방 죽겠다더니 이게 뭐 하는 짓이에요? 죽을 자리를 파달라고 할 때는 언제고 이제 와서 뭘 찾겠다고 땅을 파헤치느냔 말예요. 내가 보기엔 아줌마는 전혀 죽을 마음이 없어요. 눈에서 눈물이 나면 죽는다고 호들갑을 떨더니 다 새빨간 거짓말이었죠? 아줌마 물건이나 찾으려고 나한테 곡괭이랑 삽을 가져오라고 시킨 거 아니에요?"

"아니야, 난 거짓말을 한 게 아니야. 서방님의 물건을 한 번이라도 다시 보고 죽으려고 그랬던 거야. 얘야! 여지껏 강도도 도둑도 피해 내가 그토록 소중하게 품에 안고 오던 보따리를 너희들한테 빼앗긴 게 너무 안타까워서 그래."

"괜히 우리 탓 하지 말아요. 누가 아줌마더러 숲 속에 들어오래요?"

아이가 자신은 아무 죄가 없다는 듯 비누를 빤히 쳐다보았다.

"아줌마는 아무것도 찾지 못할 거예요. 보따리 속 물

건은 우리끼리 다 나누어 가졌다구요! 애들이 자기 몫은 이미 다 감춰버렸다구요."

"얘야, 도폐를 가져간 것은 상관없다만 서방님의 겨울옷을 가져다 뭐 하려고 그러는지 모르겠구나. 서방님은 어른이라 그 옷을 너희들이 입을 수도 없을 텐데 말이야. 게다가 모자도 크고 신발도 커서 신을 수도 없지 않니?"

"아줌마는 진짜 바보 같아요! 시장에 내다팔면 돈이 생기는데 못 입으면 어때요?"

비누의 일거일동을 관찰하던 후루루가 갑자기 달려들어 곡괭이를 빼앗았다.

"아줌마 보따리를 파내려거든 내 곡괭이 말고 저 나뭇가지를 써요! 아줌마가 거짓말쟁이라는 걸 진작에 알아봤다니까요! 사람들은 모두 죽을까봐 벌벌 떠는데 아줌마는 왜 안 무섭다는 거예요? 다른 사람은 무덤에 파묻혀도 살아나오려고 안달복달하는데 이렇게 멀쩡히 살아 있는 사람이 갑자기 무덤자리는 판다고 난리를 피우냐고요? 그러니까 무덤을 파려는 게 아니고 땅을 파서 보따리를 찾아내려는 거죠?"

비누가 슬픈 눈으로 후루루를 쳐다보며 긴 한숨을 내

쉬었다.

"알았어…… 다시는 보따리를 찾지 않을 테니 무덤
이나 파러 가자. 내가 죽어야 포기를 하지, 살아서는 포
기가 안 되는구나. 아예 땅속에 묻히면 내 마음도 편해
지겠지. 얘야, 어서 가자! 양지바른 곳을 찾아서 무덤을
만들자꾸나."

후루루가 비누에게 있는 대로 짜증을 부리며 삽을 들
어 땅바닥을 세게 두들겨댔다. 그가 백춘대 쪽으로 고
개를 돌리며 말했다.

"양지바른 곳은 무슨 얼어죽을 양지바른 곳이에요?
양지는 발라서 뭐 할 건데요? 내 말 잘 들어요! 여기는
사냥을 알리는 호각 소리가 났다 하면 형명군 나리의
말들이 튀어나오고 갓 만든 따끈따끈한 면병도 사방에
떨어지는 곳이라고요."

그가 다시 말을 이었다.

"내가 속은 게 틀림없다니까! 살아서도 제대로 살지
못하더니 죽는 것도 화끈하게 죽지 않으려고 한다니까!
도대체 뭘 기다리는 거예요? 게다가 나더러 무덤을 파
라면서, 무덤을 파면 뭘 해줄지는 왜 이야기하지 않는
거예요? 이제 보따리도 없는데 무덤을 파면 나한테 뭘

줄 거냐구요?"

"얘야, 난 조롱박이 변해 사람이 된 거라, 죽은 다음에 조롱박이 될 거야. 그럼 그때 네가 조롱박을 따서 반으로 쪼개어 속을 파내면 바가지가 두 개나 되지 않니? 그게 싫으면 조롱박 주둥이를 살짝 도려내서 소금통으로 쓰던지 아니면 등잔으로 쓰면 되고."

"흥! 누가 그까짓 바가지나 소금통이 필요하대요? 입은 살아서 말은 아주 잘하시네요."

후루루가 콧방귀를 뀌며 비누에게 다가오더니 비누의 옷을 뒤지기 시작했다.

"돈이 있어야 누굴 시켜도 시킬 것 아니에요? 돈 가진 것 있어요?"

비누가 자신의 옷을 탁탁 털며 말했다.

"너희들이 모두 가져가서 이 옷을 빼면 남은 게 아무것도 없어."

사내아이의 얼굴에 실망의 빛이 역력하게 스쳐가는 것을 보고 비누가 쪽을 틀어올린 머리에서 은비녀를 빼주며 말했다.

"그럼 줄 거라고는 이 은비녀밖에 없구나. 이건 순은으로 만든 거야. 이젠 서방님이 날 볼 수도 없으니 머리를 곱게 빗어 틀어올린들 무슨 소용이 있겠니? 네가 갖고 있다가 나중에 네 아내에게 주거라."

"아내라니 그게 무슨 뚱딴지같은 소리예요? 이까짓 걸로 나한테 일을 시키다니 내 손해가 얼마나 막심한지 알아요?"

후루루는 투덜대며 망설이더니 결국 은비녀를 받아들었다. 꼼꼼하게 은비녀를 살펴보던 아이가 물었다.

"정말 순은으로 만든 것 맞아요? 거짓말 아니죠?"

아이는 비누가 거짓말이면 천벌을 받아 죽을 거라는 등의 맹세를 하고 나서야 억지로 얼굴에 미소를 짓더니 은비녀를 귓구멍에 틀어넣고 돌려 귀지를 파내며 말했다.

"형명군 나리가 하루도 빠짐없이 매일 귀지를 파줘야 한댔어요. 돈 있는 세도가들은 매일 귀를 파낸다고 하더라고요. 나도 이제부터는 이 은비녀로 매일 빠짐없이 귀지를 파낼 거예요!"

그러고 나서 약속을 지키기라도 하려는 듯 사내아이는 무덤자리를 파기 시작했다. 소나무 밑 공터를 발견한 아이가 측량을 하더니 나뭇가지로 사람이 드러누울 수 있을 만한 크기의 직사각형을 그렸다.

"어차피 아줌마가 죽으면 밥을 해먹을 부뚜막이 필요한 것도 아니고 추위와 더위를 피할 창문이 필요한 것도 아니고 비바람을 막을 지붕이 필요한 것도 아니잖아요. 아줌마처럼 작고 마른 사람이면 이 정도 땅이면 충분할 것 같네요."

소나무 밑에 아무렇게나 대충 그려진 자신의 무덤자리를 자세히 들여다보던 비누는 그 무덤자리 아래에서 초조하게 자신을 기다리고 있는 저승사자가 몸을 일으키는 것이 희미하게 보이는 것 같았다. 그녀는 죽는 것이 두렵지 않았다. 하지만 갑자기 이 나무 아래 몸을 묻어도 자신을 위해 무덤 주변을 돌며 애도의 눈물을 흘릴 사람이 아무도 없다는 생각이 들었다. 참으로 달갑지 않은 사실이었다. 그녀는 죽기 전에 자신을 위해 속이 시원해지도록 울기로 작정했다. 그래서 그녀는 그 무덤자리 주위를 돌며 하염없이 울기 시작했다. 서글픈 곡소리와 함께 빗방울처럼 흘러내리는 비누의 눈물이 비녀가 사라져 자유를 얻은 칠흑같이 검은 긴 머리카락을 타고 비처럼 흘러내렸다. 사내아이가 기겁을 하며 고함쳤다.

"아줌마 지금 뭐 하는 거예요?"

"내가 죽고 나면 날 위해 무덤가를 돌며 울어줄 사람이 없지 않니? 그러니 나라도 날 위해 무덤을 돌며 애도의 눈물을 흘리는 거란다."

후루루가 반신반의하는 표정으로 비누를 쳐다보았다.

"정말 여자들이란 한심해요, 한심해! 살아서도 이것저것 한심하게만 굴더니 죽으면서도 그 짓이네요."

비누는 무덤을 다 돈 뒤 눈물이 그렁그렁한 눈으로 소나무 밑의 무덤자리를 바라보았다. 자신이 묻힐 소나무 밑 공터가 길가에 있지도, 햇볕이 들지도 않는 걸 보니 아무래도 좋은 무덤자리가 아니라는 생각이 들었다. 그녀가 사내아이에게 말했다.

"애야, 우리 좀더 밝은 곳으로 무덤자리를 옮기면 안 될까? 난 조롱박이 변한 사람이잖니. 여기는 햇볕이 들지 않으니 여기에 묻혔다가 조롱박 덩굴이 자라지도 못하고 죽으면 어떡하니?"

"햇볕은 또 무슨 햇볕 타령이고, 조롱박은 또 무슨 말라비틀어진 조롱박이에요?"

아이가 속았다는 듯이 소리를 고래고래 질렀다.

"내 이럴 줄 알았어! 지금 안 죽으려고 이 핑계 저 핑계 대고 있는 거죠? 또 무슨 생떼를 쓴다면 무덤이고 뭐고 다 관두고 갈 거예요!"

"얘야, 난 지금 생떼를 쓰는 게 아니야. 그냥 걱정이
돼서 그래. 여기에는 사슴도 많이 다니는데 사슴들이
조롱박 새순을 먹어버리면 어떻게 하니? 조롱박이 되
지 못하면 난 다음 생에 어떻게 태어나느냐 말이야. 그
럼 죽어도 헛되이 죽는 것이 되지 않겠니?"

후루루는 손에 든 삽을 비누 발치에 던지더니 허리에
손을 올리고는 씩씩거리며 짜증을 부렸다.

"아줌마는 거짓말쟁이야! 아줌마 무덤은 아줌마가
직접 파요! 이제부터는 더이상 아줌마한테 속지 않을
거야!"

잠시 두 사람은 사각형의 무덤자리를 사이에 두고 서
로 마주보았다. 곧 죽을 사람은 입이 있어도 할 말이 없
었고, 묘를 파주기로 한 사람은 화가 나서 성질을 참지
못하고 있었다. 소나무 밑으로 갈색 깃털이 떨어지자
화가 잔뜩 나 있던 아이가 고개를 들어 나무 위를 보다
나뭇가지에 새둥지가 있는 것을 발견했다. 기막힌 생각
이 떠오른 듯 갑자기 후루루가 외쳤다.

"됐어요! 좋은 곳을 찾아냈다고요! 햇볕이 없을까봐
걱정하지 않아도 되고, 사슴들이 조롱박을 뜯어먹을까

봐 걱정하지 않아도 돼요! 내가 아줌마를 묶어서 나무 위에 매달아줄게요."

후루루의 눈에서 흥분과 싸늘함이 섞인 광채가 번쩍였다. 아이가 삽을 들고 관목 사이로 들어가 싸리나무 채를 한 다발쯤 베어오더니, 그중 하나를 뽑아서 구부렸다가 펴보며 말했다.

"아줌마가 햇볕 걱정했었죠? 이제 그 걱정은 안 해도 돼요. 아줌마는 체구가 작고 말랐으니까 싸리나무 세 가닥 정도면 묶어서 들어올릴 수 있겠네요."

나무 위를 쳐다보던 비누가 새둥지를 보고 말했다.

"난 새도 아닌데 왜 나무 위엘 올라가라는 거야? 싫어! 설사 새라 해도 죽고 나면 땅에 떨어지고, 낙엽도 시들면 말라비틀어져 땅에 떨어지는데, 넌 왜 날 나무에 매달아놓으려는 거니?"

"아줌마가 날 무덤지기로 정했잖아요. 난 아줌마 죽을 자리만 봐주면 되는 거라고요! 그러니까 잔소리 그만 하고 어서 나무에 목이나 매달아요!"

싸리나무 채를 가지고 비누 곁으로 다가오던 후루루는 자신을 향해 곡괭이를 높이 치켜들고 전에 볼 수 없었던 표독스러운 표정을 지은 비누를 보고 움찔했다.

이런 행동을 예상하지 못한 아이는 궁지에 몰린 듯 당황해 어쩔 줄 몰라 했다. 죽어도 나무에 올라가 죽지는 않겠다고? 아이는 정신 나간 여자가 죽을 자리를 찾는 이 시점에서 한 치의 양보도 안 하고 있는 모습이 참 우습다는 생각을 했다.

"아줌마는 왜 그렇게 바보 같아요? 어차피 죽으면 아무것도 모를 텐데…… 자기가 나뭇가지라 생각하면 되잖아요. 나뭇가지들은 전부 나무 위에서 죽잖아요!"

비누가 소리를 질렀다.

"난, 나뭇가지가 아니야! 난 절대로 나무 위에서 죽을 수는 없어!"

후루루가 이맛살을 잔뜩 찌푸린 채 뭔가를 골똘히 생각하며 비누를 쳐다보다 갑자기 최후통첩을 했다.

"그럼 나무 아래에서 죽어요! 이게 마지막 기회니까 잘 대답해요. 나무 밑에 묻힐 거예요, 말 거예요? 싫으면 난 갈 거예요. 여기 은비녀도 돌려줄 테니 다른 무덤지기를 찾아봐요!"

이번에는 비누가 양보할 차례였다. 비누는 소나무 밑으로 걸어가 무성한 나뭇가지를 올려다보며 말했다.

"햇볕이 안 들면 안 드는 거지 뭐. 내가 욕심이 너무 많았나보다. 화내지 마."

비누는 치맛자락을 들고 직사각형으로 그려놓은 무덤 자리에 앉아본 후 옆으로 누운 시늉을 해보며 말했다.

"이렇게 옆으로 누울 수 있으면 됐어."

그녀가 모든 것을 수용한다는 말투로 후루루에게 말했다.

"네가 내 무덤을 이렇게 파주고 날 묻어주는 것도 내가 다 복이 많아서야. 네가 있는데 다른 사람을 찾으라니 어디 가서 찾으란 말이니!"

숲 속의 땅은 물기가 많아 구덩이를 파는 소리도 가볍고 나지막해 숲 밖 사람들에게 들리지 않았고, 강 건너편의 백춘대까지 들리기는 더욱더 불가능했다. 하지만 자색 옷을 입은 백춘대의 한 문객이 갑자기 바람처럼 달려들자, 멍한 눈으로 쳐다보던 아이가 곧 비명을 지르며 외쳤다.

"첸리안(千里眼)이 우리를 봤나봐요. 어서 도망쳐요!"

아이가 얼른 삽을 버리고 재빨리 도망치려 했지만 채 몇 걸음을 옮기기도 전에 그 문객의 손에 잡혀버렸다. 한 손으로 사내아이를 잡고 다른 한 손으로 깃발을 든 첸리안이 사나운 기세로 비누를 향해 걸어왔다.

"네가 강가에서 오락가락하는 것을 밤부터 눈여겨보고 있었지. 넌 누가 보낸 자객이냐?"

후루루가 첸리안의 팔 안에서 버둥대며 말했다.

"아줌마는 자객이 아니라 눈물인간이에요."

"눈물인간? 흥, 도둑년이겠지! 보아하니 자객을 할 그릇은 못 되는 것 같고, 여기 나무를 훔쳐가려는 도둑인가?"

첸리안이 의기양양한 표정으로 말했다.

"강 건너편에서도 난 나뭇잎의 움직임을 간파하고 숲속에 도둑이 들었는지 안 들었는지를 알 수 있어! 과연 여기에 도둑들이 있긴 있었군! 너희들은 여기 나무를 훔치러 온 게 맞지!"

"난 도둑이 아니에요."

비누가 이제 막 파기 시작한 구덩이를 가리키며 말했다.

"나무를 훔치려고 한 게 아니라 구덩이를 파고 사람을 묻으려고 한 거예요."

후루루는 첸리안을 무척이나 두려워하는 듯했다. 아이가 비누의 말을 끊으며 얼른 말했다.

"내가 아줌마를 묻으려고 한 게 아니라 아줌마가 살

기 싫다며 나더러 묻어달라고 했어요."

첸리안이 아이를 놓아주며 냉엄한 눈빛으로 아이와 비누를 번갈아보았다. 사내아이가 얼른 나무 위로 올라가 자기는 아무 잘못이 없다는 듯 순진무구한 표정으로 첸리안을 보았다. 비누는 고개를 숙여 구덩이가 파인 땅바닥을 내려다보았다. 두 뺨 위로 한줄기 반짝이는 눈물이 흘러내렸고, 그녀의 두 손은 바들바들 떨려왔다. 첸리안이 바닥의 흙을 발로 차며 물었다.

"넌 누구냐? 누군데 감히 여기에 무덤을 파겠다는 것이냐?"

첸리안이 노발대발하며 손에 든 깃발을 구덩이에 꽂았다.

"잘 보거라. 여기가 누구 숲인지 알겠느냐?"

그가 손가락으로 깃발에 찍힌 금색의 표범 휘장을 가리키며 소리를 질렀다.

"어디 죽을 데가 없어 감히 이 숲에 와서 죽을 자리를 찾고 있다는 말이냐? 이곳은 형명군 나리의 집안이 대대손손 지켜온 곳으로 풍수가 빼어난 것으로 유명하다. 우리 문객들조차도 여기에 묻힐 자격이 없거늘 어디서 굴러먹다 왔는지 모르는 계집이 감히 여기서 죽으려고

214

들어?"

사내아이는 첸리안의 고함 소리를 듣곤 더 높은 나뭇가지 위로 도망갔다. 사내아이가 첸리안에게 물었다.

"그럼 어디에 가서 무덤자리를 찾아야 되죠?"

첸리안이 비누를 힐긋 쳐다본 후 손가락으로 서북쪽을 가리켰다.

"난분강(亂墳崗)으로 가! 객사한 사람, 신원을 알 수 없는 사람, 너희 같은 사람들은 모두 서쪽으로 데려가 난분강에서 매장을 하고 있다."

그가 가리키는 서북쪽을 바라보자, 숲의 끝자락 위로 회색빛 하늘이 보였다. 난분강의 하늘이었다. 온갖 잡초들이 뒤덮고 있는 황무지 위를 까마귀들이 무리 지어 날고 있던 곳, 그녀는 백춘대로 오는 길에 그 황무지를 본 적이 있었다. 그 난분강과 비교해볼 때 이곳은 묘를 쓰기에 정말 좋은 터라는 게 분명했다. 그녀는 얼른 구덩이 속으로 한 발을 들여놓은 후 애원하는 눈빛으로 사내아이에게 말했다.

"어서 나무에서 내려와서 이분께 말 좀 잘해줘. 손바닥만 한 이 땅에서 죽는 것도 안 된다는 말이야?"

후루루는 나무 위에서 내려오지 않고 그녀의 말을 냉

큼 잘라먹었다.

"그러게 아까 왜 유난을 떨고 난리를 친 거예요? 내가 죽으라고 했을 때 얼른 땅속에 들어갔으면 이미 무덤을 파고 아줌마를 다 묻었을지도 모르잖아요. 이제와서 후회한들 무슨 소용이에요? 이제는 난분강에 가서 죽을 준비나 하세요!"

구덩이에서 비누를 끌어낸 첸리안이 삽을 잡고 스윽스윽 휘두르자 어느새 구덩이가 메워졌다. 그가 비누 옆에 표범 휘장이 새겨진 깃발을 꽂으며 말했다.

"내가 이러는 건 널 무시해서가 아니라, 네가 이곳에 무덤을 판 것 자체가 잘못이기 때문이다. 이 숲 속을 제 집처럼 뛰어다니는 사슴아이들도 죽으면 저 밖으로 끌어내어 매장한다는 걸 알아두거라. 우리 문객들조차 병들어 죽는다 해도 이곳에 묻히질 못하는데 어찌 너 같은 사람을 이곳에 매장하도록 놔둘 수 있겠느냐? 괜한 고집 피우면서 허튼 짓 하지 말고 어서 떠나라! 난 천리를 내다보는 사람이다. 백춘대 삼백 명의 문객에게 누구 눈이 제일 밝은지 물어보거라. 네가 아무리 무덤을 깊이 파고 그 속에 들어간다고 해도 내가 파헤칠 것이야. 넌 절대 내 눈을 피해가지 못해."

문객

백춘대가 유명해진 것은 말인간 때문이었다.

이미 수년 전부터 청원군의 왕공귀족(王公貴族)들 사이에서는 사냥이라는 고상하고 우아한 풍습이 유행하고 있었다. 하지만 이화 연간(李花年間)에 일어난 전쟁이 삼 년간 계속되면서 수만 마리나 되는 우수한 혈통의 백마들이 모두 장수와 병사들을 따라 전쟁터로 나간 데다 서남쪽 변방의 전운이 채 가시기도 전에 북쪽에서 만리장성을 쌓는 대공사가 시작되어 준마는 물론, 병든 말 노쇠한 말 할 것 없이 살아남은 말들은 모조리 만리장성을 쌓는 노역장으로 보내져 눈을 씻고 찾아봐도 말의 씨를 찾아볼 수 없었다. 유례없는 말 기근에 사사로

이 말을 기르는 것 자체가 엄격히 금지된 터라 왕공귀족들의 사냥 풍습은 표면적으로만 존재할 뿐 현실적으로는 불가능했다. 하란대(賀蘭臺), 용금대(涌金臺), 방초대(芳草臺)의 주인들은 모두 하나둘씩 활과 화살을 내려놓았다. 하지만 백춘대의 형명군만은 예외였다. 백춘대의 삼백 문객은 자신들의 주군이 누구보다도 사냥을 좋아한다는 것을 잘 알고 있었다. 그는 죽으면 죽었지 사냥을 못 하고서는 살 수 없을 정도였다. 마구간의 준마들이 한 필 두 필 사라질 때마다 주군의 안색도 초췌해져갔다. 문객들의 예리한 눈에 탈것을 잃은 주군의 둔부가 얼굴보다 더 야위어가는 것이 보였다. 문객들은 주군의 근심걱정을 덜기 위해서라면 뭐든지 하는 데 이력이 나 있었다. 말을 대체할 대상을 찾기 위해 머리를 모으고 그 방책을 강구했다. 창조와 사유의 열정이 밀물처럼 백춘대를 휩쓸었고, 그 결과 말 대신 사람을 탄다는 묘책을 짜내기에 이르렀다.

그렇게 해서 사냥 역사에 새로운 장이 열리게 되었다. 백춘대의 말인간은 실로 혁신적인 창안물이었고, 청원군을 넘어 칠군십팔현의 왕공귀족들이 앞다투어 백춘대를 따라하기 시작했다. 전후좌우 모든 상황을 고려한 이

묘책은 조정의 칭송을 받게 되었고, 황제는 각지의 말인간들을 노역에서 면제시켜주겠다고 선포하는 아량을 베풀기까지 했다. 이 소식이 전해지기가 무섭게 전국 방방곡곡의 청년들은 새롭게 등장한 이 직업을 갖기 위해 경쟁하기 시작했다. 전국 각지에서 무거운 것을 짊어지고 달리는 것이 유행하기 시작했다. 바위를 메고 험산준령을 내달렸고, 통나무를 지고 숲 속을 달렸고, 방구들을 지킨 지 오래된 노인네들을 업고 달리기 시작했다. 그들은 말의 보법(步法)을 연습했고, 말의 호흡법과 울음소리까지 연습했다. 말처럼 뛰기를 무수히 연습한 결과, 나중에는 말보다도 더 빨리 뛰기 시작했다. 청원군의 백춘대까지 달려갔고, 북쪽의 하란대와 방초대까지 달려갔고, 남쪽의 용금대까지 내달렸다. 4대 왕공의 말인간이 되는 것은 모든 청년들의 꿈이 되어버렸다.

각지 귀족층에서 유행이 된, 사람을 타고 사냥하는 새로운 풍속은 날이 갈수록 그 열기를 더해갔다. 하지만 새로운 풍속이 나타나 발전하다보면 크고 작은 문제도 드러나는 법. 각지의 삼림과 산언덕에서 쏟아지는 활과 창을 피해 수많은 야생 사슴과 토끼, 황양(黃羊)들이 언덕땅을 벗어나 산꼭대기로 올라간데다 날짐승

또한 자취를 모두 감춘 탓에 사냥의 즐거움은 어느덧 심각한 위협을 받게 되었다. 기수의 훌륭한 활솜씨가 무색해졌고, 말인간들의 질풍 같은 속도도 빛을 잃었다. 사냥감이 없으니 빈손으로 돌아올 수밖에 없었다. 주군의 심기가 점점 불편해지는 것을 지켜보던 삼백 문객들 사이에 다시 한번 새로운 것을 찾아내려는 열기가 뜨겁게 달아오르기 시작했다. 어느 날 남초간의 인간시장을 지나던 문객 공손친(公孫禽)의 눈에 한 날렵하고 깡마른 소년이 들어왔다. 소년은 나무 위의 아이들이 자신을 맞추려고 던지는 콩을 이리저리 피하고 있었다. 콩을 피해 달리고 폴짝 뛰어오르는 소년의 모습이 마치 사슴 같았다. 머리회전이 빠르기로 유명한 공손친의 눈이 금세 빛났고, 그는 그 자리에서 소년을 샀다. 공손친의 꽁무니를 졸졸 따라 백춘대로 가던 아이가 조심스럽게 자신의 미래에 대해 물었다.

"나리, 절 말인간으로 쓰려고 사신 거 아니에요? 지금 절 한번 타보시지 그러세요?"

공손친이 시원스레 대답했다.

"이 녀석아, 아직 거기 털도 나지 않은 녀석이 무슨 말인간을 하겠다는 거냐? 너는 말인간이 아니라 사슴인간이다!"

사슴인간들은 어린 꼬마들로 야생 사슴과 황양의 대용품 역할을 했다. 그들이 받는 대우는 말인간들보다는 못했지만, 엄격한 과정을 거쳐 선발되었고 오랜 시간 사슴과 더불어 훈련을 받았다. 사슴인간이 되는 것 역시 말인간이 되는 것에 비해 결코 쉬운 일은 아니었다. 공손친이 사슴인간을 선발할 때 가장 먼저 보는 것은 다리였다. 다리의 우열은 사슴의 다리를 기준으로 이루어졌다. 두번째로 보는 것은 얼마나 높이 뛰어오를 수 있는지와 인내심이었다. 그 결과 길고 마른 다리를 가지고 있는 아이들이 환영을 받게 되었다. 청원군 북부, 특히 남초간의 인간시장에는 오갈 데 없이 떠돌아다니는 아이들이 많았기 때문에 공손친은 사슴인간 계획을 수월하게 진행시킬 수 있었다. 그는 선별한 떠돌이 사내아이들을 사슴 우리로 들여보낸 후 그들에게 말을 흉내내는 걸 그만두고, 말인간이 되겠다는 생각도 잠시 접어두라고 했다. 그는 사내아이들에게 말인간이 되기 위해서는 사슴인간에서부터 시작해야 한다고 설명했고, 그의 말을 들은 아이들은 기꺼이 사슴처럼 뛰는 것을 배우기 시작했다. 아이들은 공손친을 실망시키지 않왔다. 여덟아홉 살 어린아이들의 유연한 골격과 천부적인 도약 능력은 사슴처럼 뛰는 것을 자연스럽고 완벽하게 만들었다. 청년들이 말처럼 달리는 기술과 비교해볼 때 어린 사내아이들이 더욱더 진짜 사슴 같았다. 어느날 공손친은 높은 누대 위에 올라서서 다른 문객들에게 건너편의 숲 속에 어른거리는 사슴들을 보라고 이야기했다. 그 형체가 사람일 거라고 생각하지 못한 문객들은 모두 환호성을 질렀다.

"저렇게 많은 사슴들이 다시 돌아오다니 어서 주군께 이 사실을 알려드려야겠소이다."

사슴인간 활용의 장점은 아주 빠르게 나타났다. 그들은 부르면 바로 달려왔고, 언제든지 경중경중 뛰어다닐 수 있었다. 사냥장소와 시간을 완벽하게 통제할 수 있어 비가 오는 날에도 형명군의 기분을 맞출 수 있었고, 사슴인간들 대부분이 어린아이들이라 배를 채워주면 그만일 뿐 문객처럼 돈을 받는 것도 아니라 비용도 최소한으로밖에 들지 않았다. 사슴인간제도가 나오기 무섭게 각지에서 그를 모방하는 풍조가 다시 뜨겁게 달아올랐다. 하지만 문객들도 마냥 남의 뒤를 좇기는 심기가 불편한지라 자신이 섬기는 주군의 기호와 지리적 환경에 맞게 더욱 복잡하고 특이한 사냥방법을 창안해내는 데 열을 올렸다. 그중 사람들의 입에 제일 많이 회자되는 것은 하란대의 주인 양태군(陽泰君)이 기르는 멧돼지인간들이었다.

양태군은 멧돼지사냥을 가장 즐겨하는 자였는데, 그의 문객 중 많은 사람이 돼지처럼 비만한 자들로 실제 먹는 양도 엄청났다. 하란대에서 멧돼지인간을 훈련하는 방법 역시 독특했다. 멧돼지인간들이 하루 종일 하는 거라곤 두 가지밖에 없었다. 먹고, 산언덕에 가서 구르는 법을 연습하는 것이다. 백춘대의 문객들이 하란대의 멧돼지인간들이 구르기 연습하는 것을 비아냥거리자, 그들은 양태군이 연로한데다 시력이 좋지 않아 언덕을 굴러다니는 멧돼지나 사냥할 수 있을 뿐 뛰어다니는 사냥감은 잡을 수 없노라고 변명하곤 했다.

그해 가을, 장수궁에서 온 황금색 휘장의 마차가 백춘대에 도착했다. 남순중이라는 황제는 소문 속에서만 순행을 계속하고 있을 뿐 좀처럼 그 모습을 드러내지 않고 있었다. 그 와중에 흠차사(欽差使)*를 태운 마차

---

* 황제를 대리하여 파견된 관리.

가 백춘대까지 달려온 것이다. 황포를 입은 관리가 말을 타고 가동교 앞으로 달려와 흠차사의 깃발을 들어보이며 황제의 포상을 알리는 조서가 백춘대에 도착했음을 알렸다. 삽시간에 백춘대가 요동을 치더니 삼백 명의 문객들이 벌떼처럼 주군 주변으로 몰려들었다. 주군과 문객이 모두 무릎을 꿇고 황서(黃書)를 받을 준비를 했다. 먼지에 휩싸인 황금색 휘장의 마차가 가동교 아래에서 다리가 내려오기를 기다리고 있는데 다리지기들이 무엇을 잘못 만졌는지 아무리 애를 써도 다리가 내려오지 않았다. 가동교의 도르래와 쇠사슬이 날카롭게 부딪치며 절망적인 소리를 만들어내는 가운데 형명군은 가까스로 마음을 가라앉히고 있었지만 문객들은 귓속말을 속닥이며 술렁였다. 점괘에 능한 문객 즈캉(子康)이 맑은 하늘에 떠 있는 먹구름을 발견하고 형명군에게 쳐다보라고 알려주었다. 하지만 형명군은 그의 말을 뿌리치며 말했다.

"먹구름이라면 이미 내 가슴에 잔뜩 끼어 있으니 굳이 하늘을 볼 것도 없네."

피로에 지친 흠차사의 얼굴에는 오만함과 저의를 알 수 없는 미소가 뒤섞여 있었다. 무릎을 꿇고 황서를 받는 순간, 형명군은 흠차사가 트림하는 소리를 분명하게 들었다. 이는 백춘대에 오는 길에 그들이 점심을 먹었다는 것을, 그들이 백춘대의 접대를 받을 생각이 없다는 것을 분명하게 알려주는 표지였다. 형명군의 손이 자신도 모르게 떨려왔다. 불길한 예감이 아주 불길한 방법으로 확실해지고 있었다. 어느 누구도 황제가 내린 포상의 내용을 짐작하지 못했다. 황제의 황서에는 아무런 글자도 쓰여 있지 않았다. 약간 큼직한 조서 위에는 그저 반쪽의 금색 인장만이 찍혀 있을 뿐이었다. 수심으로 가득한 문객들의 시선을 받으며 형명군이 애써 미소를 짓더니, 아무것도 쓰여 있지 않은 빈 황서와 반쪽짜리 금인을 공손히 읽어본 후 황은에 대한 예를 올리고는 곧 폭죽을 터트리고 닭과 돼지를 잡으라고 명령했다. 삼백 문객이 예를 갖춰 길 양옆에 늘어선 가운데 흠차사 일행의 마차가 백춘대로 들어갔다.

창백한 얼굴에 속내를 알 수 없는 흠차사를 보며 모두들 불안을 감추지 못했다. 그가 한 손에는 꽃을 들고 다른 손에는 독약을 들고 있는 것을 보지 못한 사람은 아무도 없었다. 문객들은 삼삼오오 모여 흠차사가 좋아하는 것을 알아내려 안간힘을 썼다. 그는 술과 여색을 탐하지도 않았고 금은보석에도 별다른 관심을 보이지 않았다. 평상시에 보고 들은 것이 많은 형명군은 경성 관리들 사이에서 남자를 탐하는 풍조가 유행이라는 것을 잘 알고 있었다. 그 역시 남색을 밝히려니 짐작했지만 헛짚은 것이었다. 흠차사는 쉽사리 파악할 수 있는 인물이 아니었다. 삼경* 무렵 미소년을 잘 치장하여 흠차사가 기거하는 서청(西廳)에 들여보냈지만, 소년은 사경 무렵에 아랫도리를 붙잡고 울면서 서청을 뛰어나왔다. 그 앞을 지키고 있던 문객들이 얼른 형명군에게 데리고 가자, 미소년은 여전히 사타구니를 움켜잡은 채 울며 형명군에게 아뢰었다.

"흠차 나리는 남자를 싫어하신대요. 남자를 싫어하실 뿐만 아니라 잘생긴 아이를 보면 질투가 난다고 하셨어요. 그 바람에 소인 거기가 거의 부러질 뻔했습니다."

흠차사는 나타나지 않아야 할 곳에도 유령처럼 모습을 드러냈다. 말인간들이 기거하는 마구간을 수차례나 드나들며 이것저것을 캐물었다. 말인간들이 어떻게 달리는지에 대해서는 아무 관심도 내보이지 않았고, 오히

---

* 밤 11시에서 새벽 1시 사이.

려 그들의 병기 사용 능력에 비상한 관심을 보였다. 아울러 그는 오랫동안 형명군의 연단로를 관찰하며 연단로를 지키는 하인에게서 연단 제조비법까지 알아내려 들었다. 가동교가 오르내리는 원리에 대해서도 호기심을 나타내며 다리지기를 따라다니면서 하나에서 열까지 캐고 다녔다. 백춘대 도처에 위치하고 있는 토굴과 암실 그리고 이중벽들에 대해서도 지대한 관심을 내보이며 장수궁에서 가져온 박달나무 지팡이로 여기저기를 찌르고 쑤시며 돌아다녔다. 그가 만들어내는 온갖 파장 속에 백춘대는 헤아리기 힘든 비밀과 음모가 난무하는 곳이 되어갔다.

형명군은 흠차사에 대한 경계의 고삐를 늦추지 않았다. 누구에게도 말할 수 없는 모종의 사명을 띠고 온 게 아닌가 의심하여, 평상시에는 숲을 살피는 첸리안을 불러 흠차사가 기거하는 서청을 주야로 감시하게 했다. 하지만 서청의 창문에 두꺼운 자색 장막이 드리워지자 첸리안은 부끄러워하며 자신의 현재 실력으로는 흰색 비단천 정도나 꿰뚫어볼 수 있지 저렇듯 두꺼운 장막은 볼 수 없노라고 아뢰었다. 원래 문객들에게 관대한 형명군은 말을 돌려 첸리안에게 자신의 불편한 심사를 전했다.

"우리 문객 가운데 눈 하나로 백춘대 밥을 먹고 지내는 것은 자네밖에 더 있나? 그깟 비단천 따위나 겨우 꿰뚫어보는 것만으로는 부족하니 더 잘 볼 수 있도록 연마하게나."

서청에 걸린 두꺼운 장막 때문에 밥맛을 잃어버린 형명군은 그 뒤에 자신을 치려는 음모가 도사리고 있는 건 아닌지 노심초사하고 있었다. 자연히 문객들은 주군의 근심을 덜기 위한 계책 세우기에 급급했다. 닭을 잘 울리기로 유명한 싼껑(三更) 선생이 제일 먼저 일어나 말했다.

"저자들을 아예 잠을 재우지 맙시다. 제가 이경부터 사방 백 리의 닭들을 모두 울려 주변을 소란스럽게 만들면 제대로 잠을 이룰 수 없을 것입니다."

평상시 싼껑 선생의 그 재주를 제일 싫어했던 문객들은 한데 입을 모아 그를 공격하고 나섰다.

"도대체 닭을 울리는 것 말고 또 무슨 능력이 있으신 거요? 그렇게 일찍부터 소란을 피워 잠을 깨우면 우리에게 좋을 것이 무엇이오? 그들이 이경부터 일어나 우리 백춘대를 위협할 계책을 짜도록 돕자는 것이오?"

싼껑 선생이 자리에 앉자 궁술이 가장 뛰어난 셔위에

(射月) 선생이 탁자를 치며 일어났다.

"저런 개 같은 흠차사를 봤냔 말이야! 제아무리 흠차사라 해도 손님은 손님에 불과하거늘 어디 감히 서청에 떡 하니 장막을 친단 말이야? 우리 백춘대를 뭘로 보고 관례를 무시하는 게야? 내 줄화살을 당겨 그 망할 놈의 장막을 아예 벌집으로 만들어버리겠소이다!"

셔위에 선생은 형명군이 가장 총애하는 문객 가운데 한 사람이었다. 다른 문객들은 쓸데없이 고집을 부리며 성질을 내는 그가 못마땅했지만 감히 면전에서 타박하지 못하고는 다들 주군이 직접 나서서 나무라기를 기대하며 형명군을 바라보았다. 형명군이 술 한 잔을 들어 셔위에의 얼굴에 뿌리며 말했다.

"경거망동하지 말게! 줄화살을 당기는 날에는 정말 벌집을 쑤시는 거나 다름없는 일이 벌어질 걸세. 저자는 황제가 보낸 사람이야. 머리를 써야지 힘으로 해결하려고 해서는 절대 안 될 것이야!"

이때 문객 중 진쑤(芹素)가 슬쩍 술자리에서 일어나더니 마치 도마뱀처럼 소리 없이 기둥을 타고 올라가 들보에 거꾸로 매달렸다. 그러고는 사람들이 미처 깨닫지 못했던 자신의 능력을 은연중에 뽐냈다.

"군사는 원래 유사시를 대비해 양성하는 것이 아니겠습니까? 여러분은 백춘대에 저 같은 양상군자가 있다는 사실을 잊으셨습니까?"

들보에 거꾸로 매달린 그를 보는 문객들의 눈이 순간 반짝했다. 양상군자 진쑤야말로 적임자였다. 공손친을 비롯한 책사들이 얼른 형명군 곁으로 다가가서는 자책과 아첨이 섞인 어투로 문객제도를 도입한 그의 선견지명을 앞다투어 칭송했다. 조금 전까지만 해도 그들은 진쑤의 문객 신분에 반감을 갖고 있었다. 소위 백춘대 같은 곳에서 도둑놈까지 문객으로 삼는다는 게 알려지면 비웃음을 사는 것은 물론, 불필요한 의심까지 살 게 뻔했기 때문이었다. 하지만 이제 그들은 방금 전까지의 못마땅한 마음을 완전히 지우고 형명군의 제의에 따라 양상군자 진쑤를 위해 건배까지 올렸다.

이튿날 밤 문객들은 어두운 곳에 몸을 숨기고서 진쑤가 날랜 동작으로 처마를 타고 서청으로 잠입하는 과정을 지켜보았다. 평상시에는 발을 질질 끌며 터벅터벅 걸음을 옮기던 진쑤가 민첩하게 벽을 올라타고 재빠르게 들보를 지나 삽시간에 위험한 기운이 감도는 서청으로 잠입해 들어가는 모습을 보며 문객들은 놀라움을 금치 못했다.

하지만 아무리 그래도 진쑤는 양상군자일 뿐이었다. 남의 방에 들어가 뭔가를 훔쳐내는 것이 습관이 된 그는 뭔가를 훔치는 것이 아니라 보고 들어야 하는 임무 때문에 흠차사의 방에서 오히려 어찌할 바를 모르고 갈팡질팡했다.

흠차사의 방에는 사람의 재채기를 유발하는 기이한 향내가 가득했다. 터지려는 재채기를 가까스로 참아낸 진쑤의 눈에 흠차사와 일행 두 명이 등잔불 아래서 머리를 맞대고 있는 것이 보였다. 그들은 펼쳐진 천 위에 붉은 가루로 복잡한 지도를 그리고 있었다. 형명군에게 지도에 대해 보고해야 한다는 급한 마음에 진쑤는 동청(東廳) 지붕을 타고 곧바로 형명군의 거처로 향했다.

형명군의 거처에는 가무반의 몇몇 여자들이 와 있었다. 그중에는 실오라기 한 올 걸치지 않은 여인도 있었고 가슴과 배만 겨우 가린 여인도 있었다. 아리따운 미모의 한 여인이 형명군의 다리 사이에 앉아 있었다. 여자들의 옥체(玉體)가 나뒹구는 모습을 보고 진쑤의 심장이 두방망이질을 하기 시작했다. 그런 연유로 형명군이 지도의 내용을 물어볼 때 진쑤는 제대로 대답을 할 수 없었고, 가끔 정신을 차리고 대답을 해도 동문서답을 하기 일쑤였다. 그런 모습에 짜증이 난 형명군이 성질을 부렸다.

"아니, 넌 여자 구경을 처음 하느냐? 아예 콧구멍에서 나는 바람으로 연을 날려보지 그러느냐? 내 너의 그런 못나고 형편없는 모습을 도저히 봐줄 수가 없구나!"

형명군이 먼지떨이를 들어 진쑤를 멀리 내친 후 말했다.

"네가 지금 정신이 있는 것이냐? 겨우 지도만 보고와서 뭘 하겠다는 것이냐? 지도 위에 무엇이 있는지 제대로 보고 와서 다시 보고하거라!"

진쑤는 동청 지붕을 타고 다시 서청으로 돌아갔다. 그 잠깐 동안, 서청 아래서 망을 보고 있던 사람들의 눈에 흠차사의 방문에 획 하고 그림자가 비치더니 이내 불이 꺼지고 방이 어둠 속에 잠기는 것이 보였다. 사람들은 이상한 낌새를 알아차리고 푸른 등을 켜서 진쑤에게 경고신호를 보냈지만 진쑤는 그 경고를 무시했다. 그의 그림자가 잠시 지붕 꼭대기에 머물더니 순식간에 자취를 감추었다.

이번 잠입은 결국 커다란 문제를 일으켰다. 처음부터

진쑤는 청개구리 때문에 마음이 불안했었다. 진쑤는 어두운 서청 복도에서 그 기괴한 개구리를 만났다. 바람소리와도 같은 진쑤의 발소리는 사람의 귀는 속일 수 있었어도 청개구리의 귀는 속이지 못했다. 그의 잠입은 이내 청개구리의 주의를 끌었고, 청개구리는 죽을힘을 다해 고집스럽게 진쑤의 뒤를 쫓았다. 그는 사람의 뒤를 쫓는 청개구리를 본 적이 없었다. 복도를 따라 흠차사의 방으로 가는 내내 청개구리는 자신의 뒤를 쫓아오고 있었다. 청개구리는 눈이 먼 것 같았다. 진쑤가 청개구리에게 뭔가를 던질 듯 위협을 가해보기도 했지만 청개구리는 아랑곳하지 않고 억척스럽게 따라왔다. 어둠 속에서 청개구리의 눈이 희미하게 빛났다. 진쑤는 자신의 몸에서 이 지독한 청개구리를 유인할 만한 악취라도 나는지 코를 킁킁대보았지만 몸에서는 곤충이나 죽은 새우 따위의 비린내는 나지 않았다.

청개구리 한 마리 때문에 양상군자 진쑤는 알 수 없는 불안감을 느꼈다. 방의 들보를 타고 올라가 공중에서 내려다보니 흠차사는 이미 불을 끄고 침상에 누워 있었다. 뭔가가 그려진 지도는 마치 신비로운 보물처럼 희미한 달빛 아래 그대로 펼쳐져 있었다. 들보를 타고

방 안으로 잠입한 그의 귀에 청개구리 우는 소리가 들려왔다. 청개구리의 울음소리에 그는 어린 시절 기억이 떠올랐다. 이어 그는 무슨 영문에서인지 자신도 모르게 들보에서 떨어졌다. 그의 눈앞에서 갑자기 불이 환하게 켜지더니 교활한 흠차사가 장막 뒤에서 모습을 드러냈다. 침상에서 자는 척하고 있던 호위무사가 벌떡 일어났고, 침상 밑에서도 사람들이 나왔다. 흠차사가 득의양양한 웃음을 터트리더니 버럭 고함을 질렀다.

"도둑이다! 어서 잡아라, 어서!"

흠차사가 박달나무 지팡이를 휘두르자 진쑤는 단 한 방에 정신을 잃었다.

서청을 지켜보고 있던 문객들의 귀에 원망 어린 진쑤의 마지막 한마디가 전해졌다.

"도대체 어디서 온 개구리야? 누가 개구리를 여기 집어넣었냐고?"

문객들은 뭔가 변고가 발생한 것은 알았지만 제아무리 똑똑한 문객이라 할지라도 진쑤의 원망 어린 한마디가 무엇을 의미하는지 알 수 없었고, 지도를 훔치려는 일과 청개구리 사이에 무슨 연관성이 있는지도 알 수 없었다.

진쑤

백춘대의 많은 사람들이 그 개구리를 실제로 목격했
다. 가동교 주변에 사는 말인간들은 아들을 찾아다니는
청개구리라고 했지만, 다른 문객들의 눈에 그들의 견해
는 하등의 가치도 없었다. 말인간은 그저 말인간에 불
과했다. 혈통이 비천하고 입놀림 역시 비속했으며, 견
해도 마른 들풀처럼 난잡한 게 조리도 없었다. 그렇지
않다면 형명군이 말인간을 말처럼 취급하지 않았을 것
이다. 말인간들은 강가 주변의 마구간에 뒤섞여 사는
데 비해 문객들은 모두 자신의 방이 있었다. 설사 서너
명이 한 방을 사용한다 해도, 그 방들이 반지하에 있어
반은 해를 보고 반은 땅을 본다 해도, 그들은 모두 백춘

대 안에 살며 주인의 곁에서 많은 것을 함께하고 있었다. 문객 중에 그 청개구리를 본 사람도 여럿 있었지만, 눈과 귀를 온통 사면팔방(四面八方)에 집중시켜 주군의 일거수일투족에 촉각을 곤두세우는 문객들의 주의력이 청개구리에까지 미칠 리 만무했다. 진쑤가 자신의 실패를 청개구리 탓으로 돌리며 원망하지 않았다면 청개구리를 찾아 헤매는 일은 절대 없었을 것이다. 이미 어지러울 대로 어지러운 백춘대의 정국에 진쑤의 한마디는 마치 불난 집에 부채질을 하는 격이었고, 삼백 명의 문객은 개구리 한 마리를 찾기 위해 동분서주했다. 그들은 아침 내내 청개구리를 찾아 헤맸지만 개구리의 종적은 묘연했다. 백춘대에서 자취를 감춰버린 것 같았다.

첸리안은 그 청개구리가 문객 중 하나인 샤오치(少器)의 거처에 나타난 적이 있으며 심지어 백춘대를 찾은 지 얼마 되지 않은 샤오치의 신발 속에 들어가기까지 했다는 걸 알려주었다. 백춘대의 새 문객 샤오치가 청개구리를 다루는 방식은 아주 독특했다. 첸리안은, 샤오치가 칼자루를 들어 신발을 탁탁 치며 개구리를 내쫓으려고 했지만 개구리가 말을 듣지 않자 아예 칼끝으로 신발을 들어올려 개구리와 함께 강물 속에 내던져버렸다고 전했다.

하지만 문객들이 강 주변을 따라 사방을 뒤지고 다녔음에도 불구하고 청개구리의 행방은 묘연했다. 공손친의 눈길이 자연스럽게 샤오치를 향하자 샤오치가 냉소를 지었다.

"난 백춘대에 갚아야 할 빚이 있는 자들의 행방만 알뿐 그깟 개구리 따위의 행방은 모르니 그렇게 볼 것 없소이다!"

샤오치의 이상하리만치 냉정한 태도에 전염된 듯 문객들은 앞을 다투어 개구리 찾는 일은 이제 그만두자며 공손친을 설득하고 나섰다.

"그깟 개구리를 잡아 무엇에 쓰시렵니까? 설사 개구리가 음모가 개입된 사명을 띠고 왔다고 해도 누가 음모의 배후자인지, 어떤 음모인지 말을 할 것도 아니지 않습니까?"

공손친이 자신도 어쩔 수 없다는 눈빛으로 동료 문객들을 쳐다보며 쓴웃음을 지었다.

"난들 왜 그것을 모르겠소만 주군께서 화가 머리끝까지 치밀어 그 개구리를 찾아오라고 하시니 안 찾을 수도 없는 일 아니겠소이까?"

공손친이 강물과 하늘을 번갈아 바라보며 말했다.

"태양이 하늘 높이 떠오른 것을 보니 주군의 기분이 좀 나아져 청개구리 따위는 잊어버리셨을지도 모르겠소이다. 그러니 우리도 주군을 모시고 사냥이나 떠날 준비를 합시다."

공손친 일행이 강가의 마구간을 지나가는데 말인간들이 땅바닥에 퍼져 앉아 햇볕을 쪼이고 있는 모습이 눈에 띄었다. 하는 일 없이 한가롭게 뒹구는 것을 본 공손친이 참지 못하고 화를 벌컥 냈다.

"이놈들아! 말이 땅바닥에 주저앉아 있는 것을 본 적이 있느냐? 왜 다들 나무토막이라도 된 것처럼 쭈그리고 앉아 있는 것이냐? 네놈들이 그러고도 말인간이라 할 수 있겠느냐? 에이, 게으른 것들 같으니라구! 어서 일어나서 움직이지 못하겠느냐?"

말인간들이 모두 시큰둥한 모습으로 자리에서 억지로 일어났다. 쉬에총이 큰 소리로 외쳤다.

"공손 선생! 궁전방(弓箭房)에서 오늘은 형명군 나리께서 사냥을 나가시지 않는다고 벌써 기별을 해왔습니다!"

공손친이 의외라는 듯 고개를 갸우뚱거리며 말했다.

"어허, 이거 오늘 해가 서쪽에서 뜬 것 아니냐?"

공손친이 말인간들 곁을 지나가다 갑자기 무언가가 생각난 듯 고개를 돌리고 물었다.

"청개구리의 아들이 도대체 누구냐?"

말인간들은 애써 웃음을 참으며 하나같이 고개를 가로저었다.

"그 청개구리 아들은 여기가 아니라 바로 나리들 쪽에 있습니다! 공손 선생께서는 진쑤가 바로 그 청개구리 아들이란 말을 아직 못 들으셨습니까?"

쉬에총이 불쑥 대꾸했다.

문객들이 모두 웃음을 터트렸다. 쉬에총의 말이 정말 그럴듯하지 않은가. 그 쓸모없는 양상군자가 청개구리의 아들이 아니라면 과연 누가 개구리의 자식이란 말인가? 공손친도 웃음이 터져나올 것 같았지만 태생 자체가 신분과 체면을 중시하는 자라 벌어지려던 입을 꾹 다물고는 손가락으로 멀리 황금색 휘장이 쳐진 마차를 가리키며 준엄하게 말했다.

"쓸데없는 소리들 함부로 지껄이지 말거라! 내 너희들에게 지금은 비상시라고 말하지 않았느냐? 백춘대에서 벌어진 일들은 누가 방귀를 뀌었는지에 대한 것일지라도 절대 밖으로 새어나가서는 안 될 것이다!"

표당(豹堂) 밖에 모인 문객들은 벽을 가운데 두고 자신들의 주군을 지키고 있었다. 불어오는 가을바람에 주렴이 흔들렸지만 흔들리는 주렴도 표당에 가득 찬 먹구름을 흩어버리지는 못했다. 그들의 주군은 표당에서 독주를 마시고 있었다. 흠차사가 오랏줄로 꽁꽁 묶은 진쑤를 표당으로 끌고 왔을 때 문객 가운데 몇몇은 격분한 듯 진쑤를 향해 삿대질을 했고 개중 몇몇은 아예 대놓고 말인간들에게서 배운 거친 욕지거리를 퍼부었다.

"진쑤 네 이놈! 개구리가 기른 이 시러배 같은 놈아!"

그때 표당에서 짜증 섞인 고함 소리가 들려왔다. 주군이 지금 당장 진쑤의 손모가지를 잘라버리라고 명하자 밖에 서 있던 문객들이 앞다투어 자신이 그의 손목을 잘라버리겠다며 나섰다. 하지만 경거망동할 수도 없었다. 위엄과 허세가 잔뜩 담긴 흠차사의 목소리가 들려온 것이다.

"흐흠! 이자는 조정에 죄를 지은 죄인이니 어떤 벌을 내릴지에 대해 백춘대에서 결정할 순 없소이다. 내 이자를 조정의 아문(衙門)으로 끌고 가 심문할 것이오!"

태양은 높게 솟아올랐지만 백춘대는 오히려 거대한

먹구름 속에 휩싸였다. 침묵이 문객들의 가슴을 짓눌렀고, 그들은 진쒀가 잡혀간 지금이야말로 자신들이 주군을 위해 나서야 할 때라는 것을 알았다. 힘이 엄청나게 센 역사(力士)부터 불을 먹고 물을 토하는 마법사, 활을 거꾸로 들고도 사물을 맞춘다는 신궁, 최면술의 대가 최면노인에 이르기까지 하나같이 충성심을 갖고 형명군 앞에 모여들었지만 애석하게도 표당에 들어가기가 무섭게 주군의 손짓 한 번에 자리에서 물러났다. 대부분의 순간 영웅들이 할 수 있는 일은 많지 않았다. 이미 진쒀 문제가 있었기 때문에 형명군은 경솔하게 행동할 수 없었다. 그가 문객들에게 말했다.

"진쒀, 그놈이 차라리 죽는 게 낫지 흠차사가 데려가게 놔둘 수는 없는데 말이야……"

문객들은 주군의 말 속에 담긴 뜻을 바로 알아차렸다. 진쒀가 흠차사에게 끌려가는 날에는 백춘대의 비밀 중 일부가 장수궁으로 흘러들 거라는 점을 모두 잘 알고 있었다. 그것이야말로 형명군에게는 가장 큰 화가 될 것이며 문객들도 위험하기는 마찬가지였다.

문객들은 진쒀를 제거하기로 결정했다.

가장 먼저 이곳에 온 지 얼마 안 되는 샤오치의 복면

한 얼굴로 문객들의 시선이 제일 먼저 모아졌다. 그는 문객 중에서도 독특한 존재였고, 형명군 앞에서만 얼굴을 드러낼 뿐 밤낮으로 복면을 하고 있었다. 굳이 그의 얼굴을 보지 않아도 그가 멀리서 찾아온 자객이라는 것쯤은 누구나 알 수 있었다. 복면자객 샤오치는 아무런 감정도 드러내지 않은 채 한쪽 구석에 서서 예리하고 차가운 눈빛을 빛내고 있었다. 그가 자신의 의견을 말하기도 전에 형명군이 나서서 샤오치에게 괜한 관심을 갖지 말라고 명했다.

"이런 시시껄렁한 일에 샤오치 선생 같은 사람이 나설 필요는 없네. 샤오치 선생은 따로 중대한 임무가 있으니 지금은 나서지 말게나."

힘이 장사인 문객 따리션(大力神)이 자신 있게 나서며 이번 임무를 자신이 수행하겠다고 고했다. 그는 자신이 진쑤의 모가지를 잡고 힘만 주면 금세 숨통이 끊어질 것이라고 장담했다. 그의 잔혹하고 생각없는 제안은 즉시 문객 모두의 반대에 부딪쳤다. 흠차사의 손에 붙잡혀 있는 진쑤에게 접근하기가 쉽지 않다는 건 제쳐두고서라도 따리션이 진쑤의 모가지를 잡아 비트는 것은 야만적일 뿐만 아니라 흠차사에게 새로운 구실을 만들어주는 것이기 때문이었다. 문객들은 진쑤를 죽이는 가장 좋은 방법은 진쑤 스스로 자결하게 하는 것이라고 생각했다. 형명군은 머리를 쓰자는 제의에 동의했고, 따리션에게 물러가라고 명령했다.

최면술에 정통한 문객 구부싱(谷不醒)이 손을 들더니, 자신은 진쑤 가까이에 갈 필요도 없다고 설명했다. 그는 백 보 정도 떨어진 거리에서도 진쑤를 삼 일 밤낮 동안 혼수상태에 빠뜨릴 수 있기 때문에 자신이야말로 가장 적합한 후보라고 자처했다. 하지만 안타깝게도 그는 진쑤를 손쉽게 잠재울 뿐 염라대왕 앞으로 보낼 재주는 없었다. 만약 진쑤를 그렇게 잠재운다면 흠차사가 장수궁으로 그를 데려가기 좋게 돕는 꼴이 되는 것이 아니겠느냐 말이다. 문객들은 이 일의 성패는 달변가를 제대로 물색하느냐에 달려 있다고 생각했다. 대중을 압도하는 지혜와 세 치 혀로 산목숨을 염라대왕에게 보내는 일은 결코 쉬운 일이 아니었다. 진쑤를 자결하게 하여 뒤처리를 깨끗하게 하는 것 자체가 보통 사람이 할 수 있는 일이 아니었기에 문객들의 눈길은 어느새 공손친의 얼굴에 쏟아지고 있었다. 하지만 이때 백춘대의 대뇌(大腦)라는 별명을 갖고 있는 공손친은 오히려 난

색을 표명하며 주군을 향해 자신의 목구멍을 가리켰다. 형명군의 얼굴에 금세 절망의 빛이 감돌았다. 공교롭게도 공손친의 그 이름도 유명한 세 치 혀가 가장 필요한 시기에 하필이면 목에 병이 났던 것이다. 높은 자리에 올라 중압감에 시달리다 보니, 그만 목에 병이 생기고 만 것이다.

형명군은 낙심이 클 때면 소변을 자주 보는 습관이 있었다. 두 명의 몸종이 오줌통을 들고 서 있다가 수시로 무릎을 꿇고 그의 비단 장포를 들어올렸다. 한 명이 형명군의 그곳을 잡고 준비를 하면 또 한 명이 오줌통을 갖다댔다. 형명군의 장포 뒤에서 또렷하게 들려오는 끊어졌다 이어지는 소리를 듣던 공손친이 뭔가 묘책을 생각해낸 듯 눈을 반짝이더니, 곁에 있던 노래 잘하기로 유명한 문객 바이리차오(百里喬)의 옷소매를 끌며 잠시 나오라는 눈짓을 보냈다. 공손친의 필사적인 몸짓 덕택에 바이리차오와 의아해하던 문객 모두 공손친이 바이리차오의 맑고 고운 목소리를 이용해서 진쑤의 자살을 유도하려는 의도를 깨달았다. 공손친은 바이리차오를 진쑤가 감금되어 있는 장소로 데려가 자살을 유도하는 권사경(勸死經)을 읊조리게 할 심산이었다.

남보다 월등히 좋은 머리를 가진 공손친이었기에 고향인 녹림현(鹿林縣) 일대에서 유행하던 권사경을 생각해낼 수 있었다. 그와 바이리차오, 그리고 진쑤는 공교롭게도 모두 동향이었다. 권좌와는 멀리 떨어진 고산지대에서 주민들은 경을 읊조리는 것으로 자신의 감정을 나타내곤 했으며, 심지어 은혜에 보답하거나 상대에게 복수하는 것도 이를 통해 해결하곤 했다. 그중 가장 대단한 위력을 가진 것이 권사경이었다. 공손친은 진쑤의 집안 내력을 잘 알고 있었다. 그의 집안은 대대로 소를 훔쳐 먹고살았다. 그들은 이 세상의 가난한 사람들은 모두 소를 훔쳐 생계를 이어나간다고 생각했다. 그런 집안에서 태어난 자에게 자존심이 있을 리도 만무했고, 사실 그런 자존심 따위는 그들의 눈과 귀에서 잠자고 있을 뿐이었다. 진쑤의 할아버지가 이웃마을에서 소를 훔치다가 붙잡혔을 때 그를 삼 일 동안이나 똥통에 가둬놓고 똥물을 먹였지만 죽지 않았었다. 똥물을 먹일 때 무심결에 읊조린 권사경 때문에 금방 숨이 끊어져버릴 줄은 아무도 예상치 못했다. 진쑤의 아버지가 부잣집에서 쌀을 훔치다가 십여 명의 하인들에게 붙잡혀 조리돌림을 당할 때도 그는 죽지 않았고, 보릿자루를 가져다놓고 그 앞에 삼 일 밤낮을 무릎 꿇게 했어도 죽지 않았지만 권사경을 읊어주자 채 하룻밤을 넘기지 못하고 죽어버렸다.

처음 그 이야기를 들었을 때 형명군은 권사경의 효과에 반신반의했기 때문에 바이리차오에게 권사경을 한 번 읊어보라고 시켰다. 권사경을 읊기 전, 바이리차오는 자신이 고향을 떠난 지 오래되어 내용과 곡조를 많이 잊어버렸으니 양해해달라고 겸손한 말을 남긴 후 권사경을 읊조리기 시작했다. 녹림현의 방언으로 높고 청아한 선율이 길게 울려퍼졌다. 문객들은 도둑놈을 실컷 놀리고 조롱한 후 계속되는 또렷한 소리를 들을 수 있었다.

"더는 살아서 무엇하리, 차라리 죽는 게 낫겠구나."

그 소리는 점차 빗방울처럼 빨라졌고, 놀랍게도 문객들은 저마다 닫아둔 지 오래된 수치심의 문을 열고 자신들의 크고 작은 잘못을 떠올리기 시작했다. 삶과 죽음에 대한 비교가 사람들의 머릿속을 헤집으며 숨이 가빠졌고 정신이 아득해져갔다. 문객들의 얼굴에 처량하고 슬픈 표정이 떠올랐다.

높은 신분의 형명군마저 권사경을 듣고 고문을 받은

듯 갑자기 귀를 틀어막더니 바이리차오에게 그만 하라고 명했다.

"더이상은 못 참겠으니 그만 하고 진쑤의 창문 밑에서나 읊조리게나!"

권사경

공손친이 바이리차오와 문객 몇 사람을 이끌고 서청의 창문 밑으로 다가가니, 포박당한 진쑤가 창문에 기대어 하늘을 바라보고 있는 것이 보였다. 진쑤를 감시하는 흠차사의 하인 두 명이 진쑤를 두고 서로 밀며 무어라고 소리를 지르고 있었다. 어떤 방법으로든 탈출을 막기 위해 두 사람은 밧줄 양끝에 돌을 매달았지만 돌멩이만으로는 진쑤의 건장한 몸을 당할 도리가 없었다. 하인들이 진쑤의 머리를 왼쪽으로 힘껏 눌렀지만 잠시 후 머리가 오른쪽으로 쑤욱 올라오는 모습을 공손친은 가만히 지켜보았다. 진쑤는 창턱에 턱을 괴고 강 건너편을 바라보고 있었다.

한 문객이 물었다.

"이보게, 진쑤, 진쑤! 지금 뭘 보고 있나?"

진쑤가 대답했다.

"청개구리를 찾아보고 있습니다. 가라고 할 때는 죽어라고 찾아오더니 막상 찾으려니 안 보이네요. 그 개구리는 앞 못 보는 우리 어머니가 변한 게 맞습니다. 왜 논바닥에 편히 있지 날 찾아와 낭패를 보게 했는지 모르겠네요. 내 나가기만 하면 누가 앞 못 보는 우리 어머니를 백춘대로 끌어들였는지 가만두지 않을 겁니다! 내가 들보에서 떨어진 데엔 나리들 책임도 있습니다."

문객들이 말했다.

"아니, 사내대장부가 되어가지고 무슨 핑계가 그리 많은가? 우리도 자네 때문에 팔자에 없는 청개구리를 아침 내내 찾아다녔다네. 헌데 이제 와서 우리도 책임이 있다니 도대체 무슨 생떼를 쓰는 게야? 아니, 망을 보는 친구들도 그렇지, 어떻게 청개구리까지 감시하겠나? 강물을 타고 헤엄쳐서 들어오는 개구리를 무슨 수로 볼 수 있었겠느냐고? 자네가 일을 벌여놓고선 괜히 청개구리한테 죄를 뒤집어씌울 생각은 아니겠지?"

"청개구리가 오면 사람도 오게 되어 있어요. 우리 고

향에서는 개구리가 사람에게 길을 안내해준다고 이야기하거든요. 저쪽 강가에 혹시 우리 어머니가 오신 것 아니에요? 어머니가 오셔서 절 위해 구덩이를 파시는 것 아닙니까?"

문객들이 고개를 돌려 강 건너편을 바라보았다. 곡괭이를 든 여자의 모습이 분명하게 보였고, 그녀 곁에 더 작은 그림자가 함께 있는 것도 보였다. 두 사람이 물가에서 무엇을 하는지 가다 서다를 반복하고 있었다. 첸리안이 말했다.

"진쑤야, 네 눈이 어떻게 된 것 아니냐? 저 여자는 네 놈보다도 더 젊은데 어떻게 네 에미라는 말이냐?"

"그럼 우리 어머니가 찾아 보낸 색싯감이 아닌지 저 대신 좀 물어봐주세요."

"뭐? 색시? 저 여자는 미친 여자야! 죽겠다고 설쳐대면서 자기 무덤을 나리의 숲에 만들겠다고 해서 내가 쫓아냈지!"

첸리안의 대답에 문객들이 일제히 웃음을 터뜨렸다.

"하하하! 진쑤에게는 미친 여자가 적격이지! 도둑놈한테 시집올 여자가 있겠어? 이제 죽을 때가 다 되어서도 정신 못 차리고 여자 타령을 하고 있구나!"

진쑤가 말했다.

"저 아이는 사내아이가 맞죠? 그럼 제 아들이 분명합니다!"

첸리안이 배꼽을 잡고 웃으며 말했다.

"이제 보니 네놈이 저 여자보다 더 정신이 나간 모양이구나! 그 아이는 사슴인간이야, 사슴인간! 장가도 안 간 놈한테 어떻게 아들이 있겠느냐? 네놈 똥구멍에서 아들을 쑤욱 뽑아낸 것이냐?"

문객들이 깔깔거리며 배꼽을 잡고 있는 사이 흠차사의 명으로 서청을 지키고 있는 병사가 방망이로 벽을 두드리며 아래에 서 있는 사람들을 향해 고함쳤다.

"여기서는 떠들어서도, 웃어서도 안 되오! 이자는 죄인이니 이자와 말을 섞는 것은 물론이고, 웃고 떠드는 건 더더욱 안 된다는 걸 모른단 말이오? 잠시 후에 우리 흠차사 나리께서 돌아오셔서 이 일을 알게 되면 경을 치게 될 것이오!"

아래에 서 있던 문객들이 말했다.

"아니, 우리 땅에서 우리가 말도 못하고 웃지도 못한다는 말이오? 흥! 이제 노래도 부를 테니 어디 한번 들어보시오!"

공손친이 나서서 문객들에게 백춘대 사람으로서의 체통과 예의를 지키라고 주의를 준 후 말했다.

"여기 술과 안주를 준비했으니 목이나 좀 축이시구려!"

사람을 시켜 바구니를 죽간에 걸쳐 서청으로 올려 보내자 병사가 다시 고함을 질렀다.

"뇌물은 사양이니 당신들이 주는 술은 먹지 않을 것이오!"

"우리가 주는 술은 마셔도 마셔도 취하지 않는 것이니 어디 한번 맛이나 보시오."

병사는 주전자 안에 들어 있는 것이 술이 아니라 도폐임을 그 즉시 알아차렸다. 주전자 가득 도폐가 들어 있는 것을 알아차리고 재빨리 주전자를 가져간 후 바구니를 내려보낸 뒤부터는 담장을 '탁탁' 치던 방망이 소리도 어느새 사라졌다.

목청을 가다듬기 시작한 바이리차오의 손에는 쑥을 달인 물이 가득 담긴 사발이 들려 있었다. 문객들 사이를 비집고 나와 물을 한 모금 마신 바이리차오가 사발을 땅에 내려놓더니 하늘과 땅에 절을 하고 동서남북을 향해 일일이 돌아가며 절을 올렸다. 그러고 나서 갑자기 일성을 내지르니 권사경을 시작하는 힘찬 고음의 진동이 청천벽력처럼 사람들의 귓가에 울려퍼졌다. 창문 아래에 모여 있던 사람들은 모두 몸서리를 치고 나서 바이리차오의 주변에서 물러섰지만, 창문에 기대어 있던 진쑤는 별다른 동요도 없이 오히려 하늘을 쳐다보고 크게 웃으며 외쳤다.

"오호라…… 나한테 권사경을 불러주시겠다? 우르르 몰려올 때부터 무슨 꿍꿍이속이 있을 거라고 짐작은 했지! 그래도 훔차 대인은 날 며칠 더 살려둘 심산인가 보던데 당신들은 지금 당장 날 죽이지 못해 안달이 난 걸 보니 훔차 대인만도 못한 인간들이 분명하구먼!"

바이리차오가 노래를 시작했다.

"소를 훔친 도적놈아! 하늘이 널 용서하랴? 땅이 널 용서하랴? 우리 집 소를 훔쳤으니 저 태양이 널 말라 죽이고 저 강물이 널 익사시킬 것이다. 네놈이 집에 도착하기도 전에 진흙탕에 코를 박고 죽을 것이다!"

진쑤가 코웃음을 쳤다.

"소도둑질이야 우리 할아버지가 했지 내가 했느냐? 난 소도둑이 아니니 그런 권사경쯤은 백 번 읽어도 아무 소용없다!"

바이리차오는 권사경에 쓰여 있는 그대로 읽어서는 안 되겠다는 생각에 즉흥적으로 경문을 개사하여 읊조려나갔다.

"진쑤, 진쑤 이 원수 같은 놈아! 여름바람이 널 내버려두면 겨울바람이 널 얼어죽이겠구나! 동촌 여자들이 널 보지 않으니 서쪽 귀신이 널 데려가겠구나! 살아서 무엇 하리? 차라리 죽고 말지!"

진쑤가 대답했다.

"흥! 개소리 작작하라구! 나, 진쑤가 어떤 사람인지 알아? 백춘대에 올 때 삼 일 밤낮을 눈보라 헤치며 온 사람이야. 그까짓 바람에 얼어죽을 것 같아? 뭐 귀신이 날 데려가? 어디 귀신 있으면 날 한번 잡아보라고 그래! 내가 확 잡아서 국 끓여 먹을 테니까 말이야! 하하하!"

바이리차오의 소리에 노기가 서리기 시작했다.

"진쑤야, 진쑤야! 삼 년 동안 먹여주고 하루 일을 시켰건만 어째 지도 한 장도 못 훔친 것이냐? 이 배은망덕한 후레자식아, 살아서 무엇 하겠느냐? 차라리 죽고 말지!"

"흥! 내가 몇 번이나 말해야 알아들으시겠나? 탓을 하려거든 내 정신을 흩뜨려놓은 그 청개구리한테 하셔야지! 삼 년 동안 먹은 공밥을 지금 당장 다 토해내라는 거요, 뭐요?"

바이리차오는 더이상 노래를 잇지 못하고 창문을 향해 침을 뱉으며 욕을 퍼부었다.

"이 철면피 같은 뻔뻔한 놈아! 은혜를 입었으면 갚을 줄도 알아야지 평양군의 사내 녀석으로 태어나 그렇게 불충불의하다니 네깟 놈이 살아 무엇 하겠느냐? 차라리 코를 처박고 죽도록 하거라!"

진쑤가 비아냥거리며 대답했다.

"개소리 마시오! 백춘대를 통틀어 뻔뻔하지 않은 자가 있으면 나와보시오! 나야 철면피라 삼 년 공밥을 먹었다 치고, 그럼 십 년 넘게 하는 일도 없이 공밥을 먹은 작자들은 왜 안 죽는 것이오?"

공손친과 바이리차오 모두 진쑤가 권사경에 호락호락 넘어가지 않을 것이라 예상했지만, 이렇듯 강력하게 버틸 거라고는 생각지 못했다. 바이리차오는 입이 마르고 목이 터져라 권사경을 노래했음에도 불구하고 아무런 성과가 없자 화가 잔뜩 나 공손친에게 말했다.

"저런 뻔뻔한 놈한테는 매를 써야지 말로는 안 될 것 같습니다."

공손친이 바이리차오를 달래며 형명군이 분부한 대

로 완력만큼은 절대로 사용해서는 안 된다고 못 박았다. 아울러 바이리차오에게 녹림현에서 무덤을 도굴한 도적을 죽일 때 7박 7일이나 권사경을 읊은 기나긴 여정이 있었다는 걸 상기시켰다. 공손친이 말했다.

"저런 뻔뻔한 놈을 죽게 만들려면 자고로 인내심이 필요한 법. 7박 7일이 필요한 때도 있고 어떤 때는 그것도 부족할 때가 있네. 진쑤 같은 놈을 죽게 하는 데는 일 년이 걸릴지도 모르니 물이나 한 잔 마시고 다시 처음부터 시작하게나!"

하지만 그들에게는 시간이 많지 않았다. 봉화대 파수꾼이 밖으로 유람을 나갔던 흠차사가 돌아오고 있다는 신호를 깃발로 알려온 것이다. 그들은 흠차사가 돌아오기 전에 임무를 완수해야 했다.

공손친은 나머지 문객을 모두 동원하여 바이리차오를 따라 권사경을 함께 읊도록 했다. 문객들은 잘 알지도 못하면서 경문을 따라 읊조리기 시작했다. 문객들이 입을 모아 경문을 읊조리느라 어수선해지자 진쑤가 비웃으며 외쳤다.

"하하! 만약 내가 죽으면, 권사경 때문에 죽은 게 아니라 하도 웃겨서 웃다가 죽은 줄이나 아시오!"

문객 중 한 명이 큰 소리로 외쳤다.

"어떻게 죽어도 좋으니 죽기나 하시지!"

처음에는 남의 일 구경하듯 권사경 읊는 것을 모른 척하던 흠차사의 하인 두 명이 드높게 울려퍼지는 경문 소리에 빠져들었다. 그러더니 그들이 눈물을 쏟으며 끊임없이 한탄하기 시작했다.

"에라, 이 뻔뻔한 놈아! 에라, 이 철면피 같은 놈아!"

또 한 명은 아예 머리를 벽에 부딪치며 권사경을 따라 읊조리고 있었다.

"살아서 무엇 하리, 차라리 죽고 말지!"

당사자인 진쑤만이 아무 일도 없는 것처럼 행동했다. 사면초가의 상황에서 오히려 포박당한 몸이 더 민첩해진 듯 밧줄 끝에 묶인 돌을 들고 창가에서 이리저리 뛰어다니며 밖에 서 있는 문객들에게 시위하듯 떠들었다.

"난 도둑질을 하기 위해 태어난 놈인데 무슨 양심에 염치를 알겠소? 죽이고 살리는 것은 당신네들 마음이지만 그깟 권사경을 암만 읊조려보시오, 내가 죽나! 계속 그러다 당신네들이 떼죽음을 당해도 난 괜찮을 테니 마음대로 하시오."

공손친도 진쑤의 오만방자함에 슬슬 부아가 나기 시

작했다. 아마도 세상이 점점 더 흉악해져서 이러리라…… 그는 녹림현에서 아버지가 어머니의 목욕하는 모습을 훔쳐보던 건달을 반나절 만에 권사경으로 죽게 한 일과 할아버지가 지나가는 길에 자신의 집에서 풋마늘을 훔친 한 여인을 그 자리에서 권사경을 외어 죽게 한 일을 떠올리며 권사경의 영험한 능력을 다시 한번 확신했다. 그러나 진쑤에게는 여간해서 통하지 않았다. 시간만 충분하다면, 그래서 더욱 많은 사람을 불러 모두가 바이리차오와 한 목청으로 사십구 일 동안 권사경을 읊을 수 있다면 진쑤 같은 놈 세 명이 함께 묶여 있어도 하나하나 죽어 자빠질 것이라 믿었다. 하지만 애석하게도 그에게는 그럴 시간도, 그렇게 많은 인재도 없었다.

봉화대 위의 파수꾼이 깃발을 점점 다급하게 흔들고 있었다. 흠차사가 백춘대로 돌아오고 있었으니 진쑤가 빨리 죽으면 빨리 죽을수록 좋은 일이었다. 진쑤를 죽게 하는 데는 대가가 필요할지도 몰랐다. 아니면 협상을 하는 게 나을지도 몰랐다. 하지만 공손친은 갑작스레 생긴 성대 이상으로 말을 제대로 할 수 없는 상황이었다. 그가 바이리차오의 소맷자락을 잡아당기며 경문

읊는 것을 중단시켰다. 이어 나뭇가지를 주워 땅 위에 네모난 토지를 그리고 그 위에 집을 그린 후 집 주변에 닭과 오리도 몇 마리 그려 넣었다. 문객들이 고함을 지르며 진쑤를 불렀다.

"진쑤야, 이것 보거라! 네게 땅과 큰 집과 닭과 오리도 주신다는구나!"

진쑤가 고개를 쑥 내밀어 들여다보고는 헤헤거리며 대답했다.

"공손 선생! 나를 죽이려고 땅까지 주신다고 하니 참 수고가 많습니다! 하지만 죽고 나서 땅이 생기고 집이 생긴들 다 무슨 소용이 있겠습니까?"

공손친이 나뭇가지를 분지르더니 땅 위에 계속해서 그림을 그렸다. 이번에는 도폐와 원보(元寶)*를 그렸다. 높은 산만큼 도폐를 그렸다가 진쑤의 비아냥거리는 눈빛이 거슬렸는지 산봉우리 위에 놓인 원보는 몇 개 지워버렸다. 이어 술 주전자를 그리자 진쑤의 표정이 다소 상기되는 것을 보고 술 주전자 옆에 고기와 생선을 그렸다. 문객들은 진쑤의 목젖이 움직이는 것을 분

---

* 화폐의 일종.

명히 목격했다. 그가 침을 꼴깍 삼킨 것이다. 몇 차례나 마른 침을 꼴깍거리던 진쑤가 갑자기 고개를 획 돌리며 외쳤다.

"지금 사람을 뭘로 보시는 겁니까? 살아나가기만 한다면 내 실력에 그까짓 술과 고기쯤이야 어딜 가서 못 훔쳐 먹을까봐요?"

문객들이 분분히 아우성을 치며 소리쳤다.

"네 이놈! 네놈이 무슨 대단한 인물이라도 되는 줄 알고 방자하게 구는 것이냐? 형명군 나리께서 삼 년이나 공밥을 먹이다 막상 쓸데가 있어 지도 한 장 훔쳐 오랬더니 천하제일의 양상군자라고 떠들던 놈이 냉큼 잡혀버려? 나리께서 이렇게 자진을 하라고 하는 것도 네 체면을 생각해주신 것이 아니냐? 게다가 공손 선생께서 이 많은 것을 네놈에게 주신다는데, 네놈이 어디다 대고 감히 방자하게 거절을 하는 것이냐? 이 돼먹지 못한 놈 같으니라고!"

이때 나무 곁으로 다가간 따리션이 가장 굵은 나뭇가지를 골라 진쑤에게 자신의 팔뚝을 잘 보라는 시늉을 했다.

"진쑤 이놈, 내가 어떻게 네놈 모가지를 분질러놓을

260

지 똑똑히 보거라!"

그가 팔뚝을 들어 굵은 나뭇가지를 치자 탁 하는 소리와 함께 나뭇가지가 부러졌다. 문객들이 환호성을 지르는 가운데 백발백중의 신궁이 등에 메고 있던 화살을 뽑아 활에 메기며 진쑤에게 물었다.

"진쑤 이놈, 네놈의 눈을 쏘아줄까? 코를 꿰어줄까?"

진쑤가 재빨리 몸을 숨기며 외쳤다.

"쏠 테면 쏴보시지! 한 번에 새를 두 마리나 잡는 실력으로 내 눈을 맞추는 게 뭐가 그리 대단한 일이겠소? 아예 내 눈과 코를 동시에 맞춰보시지 그러시오?"

공손친과 문객들 사이에 잠시 소란이 일었지만 흥분해봤자 아무런 도움이 안 된다는 것을 안 공손친이 문객들을 진정시켰다. 진쑤를 설득하는 것은 아무래도 자신이 들고 있는 나뭇가지에 맡기는 게 상책인 듯했다. 공손친이 땅바닥에 숙련된 손놀림으로 여인, 그것도 발가벗은 여인을 그려나가기 시작했다. 어느 누구도 평상시에 여색을 가까이하지 않는 공손친에게 이런 재주가 있으리라고 생각지 못했다. 그가 그린 전라의 여인은 마치 진짜 사람인 것처럼 생동감이 있었다. 넓고 펑퍼짐한 둔부에 풍만하게 솟은 유방, 두 다리 사이에 몇 획을 보태자 그야말로 화룡점정을 이루어 여인이 마치 땅에서 벌떡 일어날 것만 같았다. 지금껏 이렇게 완벽한 나신을 본 적이 없는 문객들은 자신도 모르게 땅 위에 그려진 여인을 향해 모여들더니 오랫동안 흩어질 생각을 못하고 있었다. 그런 그들의 귓가에 진쑤의 고함 소리가 울려왔다.

"비켜요, 다들 좀 비켜보라구요! 다들 막고 서 있으니 하나도 볼 수 없잖아요!"

꿈속에서 막 깨어난 듯 자리에서 물러선 문객들은 나신의 여인을 감상하기에 가장 좋은 각도를 진쑤에게 양보하며 말했다.

"진쑤야, 이것을 보니 마음이 좀 동하느냐? 지금껏 남의 물건을 훔치고 살면서도 이렇게 싱싱하고 아리따운 여자는 네 평생 훔쳐보지 못했지? 이 실오라기 한 올 없는 엉덩이 좀 보거라, 얼마나 아름다우냐? 너와 하룻밤을 지내게 해준다면 죽어도 여한이 없을 것이다!"

진쑤의 마음이 꿈틀한 것이 분명했다. 진쑤는 넋을 놓고 나신의 여인을 바라보았다. 곧 불이라도 켜질 것처럼 그의 눈이 활활 타오르는가 싶더니 잠시 후에는 수줍어 쭈뼛거리는 표정이 떠올랐다. 진쑤가 이렇게 부끄러움을 타는 모습은 처음 보는 것이었다. 나신의 여인 그림이 진쑤의 마음을 사로잡을 줄은 누구도 생각지 못한 일이었다. 천하의 뻔뻔하기로 유명한 진쑤, 배은 망덕한 진쑤, 살기 위해서는 무슨 짓이라도 할 수 있는 진쑤가 지금 얼굴이 붉게 상기된 채, 부드럽고 찬란하게 빛나는 상상 속에 빠져 있는 것이었다. 이 아름답고 오묘한 상상이 그에게 투항할 것을 강요하며 그 어떤 것보다 크나큰 효력을 발휘하고 있었다. 문객들은 진쑤의 마르고 각진 얼굴에 떠오른 한 조각 홍조를 보았다. 잠시 후 얼굴이 다시 종잇장처럼 하얗게 변하더니 그가 물었다.

"이 여자는 뭐 하는 여잡니까? 행여 가무반 여자는 아니겠죠? 가무반 여자라면 아무리 예쁘다고 해도 싫습니다."

문객들은 진쑤의 눈빛이 반짝이는 걸 보았다. 쇠뿔도 단김에 빼랬다고 문객들이 서둘러 물었다.

"진쑤야, 넌 어떤 여자가 좋으냐?"

진쑤가 입을 다문 채 고개를 들어 봉화대 위에서 흔들리는 깃발을 보더니 서글픈 어조로 말했다.

"지금 모두 날 달래서 어찌해볼 속셈인 거, 다 압니

다. 봉화대의 깃발이 저렇게 흔들리는데 어떤 여자인들 함께 자볼 시간이나 있겠습니까?"

진쑤의 눈가에 서서히 눈물이 어렸다.

"나리들 모두 절 너무 업신여기십니다요. 사실 전 죽는 것 따위는 두렵지 않습니다. 다만 이도 저도 아니게 죽기 싫을 뿐입니다요. 제가 이렇게 어이없이 죽는 것을 알면 고향에 계신 어머니도 속이 상해 돌아가실 겁니다. 어머니는 아직도 제가 금의환향하는 꿈을 버리지 않고 계실 텐데. 제가 고향을 떠날 때 출세해서 좋은 며느릿감을 데리고 돌아와서 밥도 해드리고, 손주들도 데려와서 어머님 머리도 빗겨드리고 요강도 비워드린다고 약속했거든요. 이제 겨우 고향에 돌아가 어머니를 돌볼 수 있을 것 같은데 안타깝게도 송장이 되어 돌아가게 되네요."

문객 중 한 명이 얼른 대꾸했다.

"네게 정말 좋은 관을 마련해주마. 석재도 좋고 측백나무도 좋다. 형명군 나리께서 문객들의 관을 짤 때 인색한 적이 있느냐? 후하게 해주실 것이다."

"좋은 관만으로는 모자랍니다요."

진쑤가 창가에 얼굴을 대고 눈물을 흘리며 말했다.

"그렇게 쉽게 죽어드릴 수는 없습니다. 저 진쑤, 이놈이 살아서 금의환향할 수 없다면 죽는 것이라도 호사스럽게 죽어야겠습니다요. 죽어서라도 고향 친척들에게 멋지게 잘 죽었다는 것을 보여주어야 어머니가 면목이 서지요!"

"아니, 어떻게 호사스럽게 죽겠다는 것이냐?"

다른 문객이 초조하게 진쑤를 올려다보며 물었다.

"고수들을 불러 북이라도 치고 꽹과리라도 울리면서 널 평양군으로 보내달라는 것이냐? 그것은 좀 어렵겠는데…… 너도 알다시피 남초간의 고수란 고수는 전부 만리장성을 쌓는 노역을 떠나지 않았느냐 말이다. 차라리 종이로 된 지전(紙錢)과 지마(紙馬)를 많이 주면 어떻겠느냐? 종이가 비싼 것은 너도 알지? 하지만 비싸도 상관없다. 네가 원하는 대로 넣어주마."

"그깟 지전이나 지마는 필요 없어요. 전 산 사람이, 저를 위해 울어줄 산 사람이 필요하다구요!"

"아이고, 그거 참 어려운 부탁이로구나! 누가 처자식도 없는 널 위해 곡을 하며 고향까지 관을 따라간다는 말이냐?"

문객들이 난처하다는 듯 중얼거렸다.

"네가 우리에게 이런 어려운 청을 하는 것은 형명군 나리를 곤란하게 만드는 것이나 다름없다. 형명군 나리 께서 널 제대로 묻어주신다고 약속하시면서 비단으로 된 제일 좋은 수의도 주신다고 했다. 관도 염려하지 말 거라. 측백나무로 된 제일 좋은 관을 마련해줄 것이다. 허니 너도 너무 많은 것을 요구하지 말거라. 문객은 죽 어서도 문객일 뿐이니 장례를 너무 호사스럽게 치르는 것도 별로 모양이 좋지 않다. 만약 지나치게 호사스러 웠다가는 백춘대가 사람들 입에 오르내리다보면 결국 형명군 나리를 두고도 입방아들을 찧을 게 뻔하지 않느 냐?!"

"난 겉치레나 하려고 그러는 게 아닙니다! 살아 있는 두 사람이면 된다구요!"

진쑤가 소리를 지르다 갑자기 말을 멈추었다. 눈물이 또다시 흘러내리고 있었다. 진쑤는 문객들에게 눈물을 보이기가 부끄러운 듯 얼른 고개를 돌리더니 고개를 갸 우뚱한 채 뭔가를 골똘히 생각했다. 잠시 후 그의 어두 웠던 눈이 반짝였다. 그의 눈빛이 고집스럽게 변하자 문객들이 소곤소곤 귓속말을 주고받았다. 이어 진쑤의 시선을 좇아 고개를 돌렸다. 그들의 시선이 강 건너편에 고정되었다.

"저기 강 건너편에 서 있는 여자와 사내아이가 보이십니까?"

진쑤가 말했다.

"저 여자를 제 안사람으로, 저 아이를 제 아들로 삼게 해주세요. 저 두 사람에게 제일 좋은 상복을 입혀 제관이 이곳을 나가 고향으로 향할 때 저와 함께 보내주세요."

형명군

흠차사가 진쑤의 관을 억류하고 나섰다. 흠차사 일행은 관을 지키며 백춘대에 눌러앉았다. 그들은 떠난다는 말도, 더 머무를 거라는 말도 없이 백춘대의 모든 사람을 불안의 도가니로 몰아넣었다. 형명군은 공손친을 시켜 이미 진쑤도 죽고 고향으로 돌려보낼 장례 마차도 다 마련해놓은 마당에 흠차사 일행이 왜 일개 문객의 시체를 억류하고 있는지 알아보게 했다. 흠차사의 대답을 듣는 순간 공손친은 온몸을 부르르 떨었다.

"이 백춘대에는 아무래도 귀신이 있는 것 같소이다. 난 여기 죽은 놈이 입을 열어 그 귀신을 잡아줄 때까지 기다리겠소이다!"

오묘하고도 예리하게 정곡을 찌른 말에 아무 대꾸도 하지 못한 채 돌아온 공손친이 들은 그대로 흠차사의 말을 전하자, 형명군이 분기탱천하여 온몸을 부르르 떨며 고함을 질렀다.

"그 작자에게 도대체 우리 백춘대를 어찌할 셈인지 당장 물어보거라!"

형명군이 홧김에 한 말을 그대로 전할 수 없었던 공손친은 시신의 부패를 막기 위해 향을 피우는 틈을 타 흠차사의 눈을 주의 깊게 살펴보았다. 공손친은 다른 사람의 눈을 보며 그가 무슨 생각을 하는지, 무엇을 좋아하는지 분석하는 습관이 있었다. 입은 말을 안 해도 눈은 거짓말을 하지 못했다. 하지만 흠차사의 눈은 대부분 대들보를 바라보거나 백춘대의 석양에 머물러 있었다. 하지만 그가 이런 것들에 마음을 두고 있을 리는 만무했다. 공손친은 흠차사가 괜히 흠차사 자리에 오른 것이 아님을 인정하지 않을 수 없었다. 그의 속내는 깊이를 알 수 없는 심해처럼 아득했다. 공손친이 신변잡기에 관한 이야기를 주고받으며 상대방의 심중을 알아보려 애썼지만 흠차사는 언제나 알 수 없는 말을 중얼거리며 화제를 돌릴 뿐이었다. 진쑤가 대들보에 목을 매고 죽은 것을 이야기하면서도 훔차사는 그저 담담하게 한마디로 대꾸할 뿐이었다.

"평생 들보를 타고 다닌 양상군자가 들보에 목을 매달아 죽은 것도 이상한 일은 아니지요."

문객들은 여러 차례 논쟁을 거친 끝에 아무것에도 욕심이 없다는 듯한 훔차사의 태도는 거짓이라는 결론을 내렸다. 이 세상에 그런 사람은 존재하지 않았다. 그런 사람이 태어났다면 분명 항문도 없이 태어났을 것이었다. 훔차사가 진쑤의 관을 억류하고 있는 것은 관과 맞바꿀 무언가를 찾고 있기 때문일 것이다. 그게 무얼까? 문제는 그가 자신의 속내는 밝히지 않고 상대가 알아낼 때를 기다리고 있다는 것이었다. 공손친을 비롯한 문객들은 궁리에 궁리를 거듭했지만 아무것도 알아낼 수 없었다. 마침내 막다른 골목에 다다른 문객들은 훔차사의 심복을 구슬려 속을 떠보기로 했다. 가무반에서 고르고 고른 미모가 출중한 여섯 명의 요부를 훔차사의 심복인 마볜(馬弁)에게 보내 온갖 정성을 바치도록 했다. 극도의 쾌락과 피로감에 젖은 순간 마침내 마볜이 천기를 누설했다.

"너희 계집들이 저 멍청한 문객들보다 훨씬 똑똑하구

나. 세상에 벌레 마다하는 새를 보았느냐? 보잘것없이 천한 인간들은 여자 아니면 재물을 탐할 것이요, 나 같은 사람들은 여자도 좀더 많이, 재물도 좀더 많이 탐하겠지. 하지만 나의 주군 같은 고귀한 분이라면 뭔가 원하는 것도 남다르지 않겠느냐? 그분은 지금 저 마구간에 있는 세 마리의 말을 갖고 싶어하신단다!"

가무반의 여인들은 공손친에게서 상금은 받았지만 그의 웃는 얼굴은 볼 수 없었다. 공손친은 흠차사가 탐내는 물건이 자신의 주군이 가장 애지중지하는 말이라고는 꿈도 꾸지 못했다. 황제가 말을 기르지 못하게 한 시기에도 형명군은 왕공귀족이라는 특권하에 세 필의 준마를 기를 수 있었다. 저 영악한 흠차사가 그 설산준마(雪山駿馬)를 원할 줄이야……

공손친이 잔뜩 근심 어린 얼굴로 형명군의 처소로 가서 사실대로 고하자 형명군이 대노하여 소리를 질렀다.

"이런 개만도 못한 놈을 보았나? 해도 정말 너무하는 것이 아니냐? 지금 그놈이 내게 내놓으라고 하는 것은 말이 아니라 내 목숨이다. 그 소중한 설산준마를 그 죽어 나자빠진 도적놈과 바꾸자는 것이냐? 흥! 말갈기 한 올도 손대지 못할 줄 알라고 이르거라! 진쑤 그 도적놈이 그렇게 좋으면 끌고 가라고 해라! 죽은 시체 하나 가지고 폐하께 뭘 고해 바칠 수 있겠느냐? 난 하나도 두렵지 않다!"

공손친이 조심스럽게 주군을 일깨웠다.

"흠차사의 손에 든 것은 진쑤 시체뿐이 아닙니다. 지도도 있습니다."

형명군이 노기 띤 음성으로 말했다.

"제놈 맘대로 그려낸 것이니 그림 속에 내 죄까지 그려 넣지는 못했을 것이다. 내가 황금을 좀 많이 숨겨놓고 병기를 좀 많이 사들여놓긴 했으나 폐하를 해할 마음도 역심도 품은 적 없으니 내 그자를 두려워할 필요가 없다!"

"대인께서는 지도 위에 많은 글이 적혀 있었다고 한 진쑤의 말을 잊으셨습니까? 그 내용이 무엇인지 아무도 본 사람이 없음을 유념하십시오. 대인께서는 남쪽의 임성군(林城君) 어른께서 흠차사에게 잘못 보였다가 모함을 당해 죽임을 당하신 걸 잊으셨습니까? 그림뿐이라면 몰라도 글이 있다면 분명 조심해야 할 것입니다."

한참을 침묵하고 있던 형명군이 갑자기 벼락같이 고함을 질렀다.

"귀를 파도록 해라!"

아름다운 시녀가 금으로 된 귀이개를 꺼내든 후 형명 군의 머리를 자신의 다리 위에 사뿐히 올려놓았다. 공손친은 형명군을 잘 알고 있었다. 그것은 주군이 생각에 잠겨 있음을 암시했다. 귀를 후비는 동안 전해지는 약간의 통증이 주군의 두뇌회전을 도왔다. 형명군은 귀를 파는 동안 수없이 중대한 결정들을 내리곤 했다. 금으로 된 귀이개가 형명군을 진정시키자 공손친이 이때를 틈타 떠도는 소문 하나를 알렸다.

"이번에 내려온 양(梁) 흠차 대인은 예전에 내려온 조(趙) 흠차 대인이나 여(余) 흠차 대인과는 차원이 다른 자이옵니다. 저자는 폐하를 곁에서 모시는 자로 입궁을 하면 곧 승상에 오른다는 말도 있습니다. 이 말이 사실이든 거짓이든 먼 훗날을 생각하심이 옳을 줄 아옵니다. 설산준마 세 필과 진쑤놈의 시체를 바꾸는 것이 아니라 백춘대의 훗날을 대비한다고 생각하십시오."

시녀의 무릎 위에서 형명군이 길게 탄식을 내뱉었다.

"저 개만도 못한 흠차사 놈한테 아첨이나 해야 하니 황친(皇親)이면 무엇 하고 칠 척 거구면 또 무엇 하겠느냐?"

공손친이 얼굴에 웃음을 담고 말했다.

"주군께서는 아첨을 하는 게 아니오라 거래를 하는 것이옵니다."

공손친이 무엇인가를 더 말하려고 할 때 형명군이 머리를 들어올렸다. 형명군이 이를 악물었다.

"그놈에게 주거라. 내 비록 오늘 그놈에게 설산준마를 세 필이나 주지만 훗날 아홉 필로 되받고 말 것이다!"

공손친이 하인들에게 커다란 말 우리를 준비하라고 명령했다. 하지만 외관상 절대 말 우리로 보여서는 안 되는 만큼, 우리 사방을 나무판자로 단단히 봉하라고 명했다. 금세 마음을 가라앉힌 형명군이 다시 고함을 질렀다.

"그대는 지금 내 소중한 설산준마의 숨통을 막아 죽일 참인가?"

공손친이 얼른 해명하며 말했다.

"소신이 어찌 주군께서 그렇게 애지중지하시는 말을 소홀히 하겠습니까? 하지만 양 흠차 대인은 기생질을 하고도 열녀문을 받으려는 속내를 가진 위인입니다. 폐하께서 금마령(禁馬令)을 내린 것을 온 백성이 아는 지금 감히 대놓고 말들을 경성으로 끌고 가지는 못할 것입니다. 자신에게 해가 될 것을 걱정한 그가 죄인을 압송하는 마차처럼 말 우리를 만들어 백성들의 의심을 사지 않게 해달라고 당부했습니다."

형명군이 끝없는 상심 속에 빠져들며 외쳤다.

"아이고, 내 보물들! 쥐바오(聚寶)야! 장산(江山)아! 메이뉘(美女)야!"

그가 설산준마 세 필의 이름을 번갈아가며 불렀다. 그의 취약한 배설 체계에 다시 이상이 온 듯하자 하인들이 서둘러 요강과 변기통을 가져왔다. 형명군은 한 번에 연달아 세 번이나 소변을 보더니 준마를 잃은 슬픔을 배설하기라도 하듯 많은 양의 대변을 쏟아냈다. 잠시 후 정신이 많이 맑아진 듯 형명군이 다시 한탄했다.

"내 불쌍한 말들 같으니라고…… 나도 타기 아까워서 말인간들을 타며 아꼈거늘, 이렇게 좋은 말에 내일 아침부터 그 더러운 엉덩이를 태우게 할 줄은 몰랐구나! 오늘 밤 사냥을 떠날 것이니 차비를 하거라! 여봐라! 활과 안장을 준비하기라! 오늘은 말인간들을 타지 않고 준마를 탈 것이다!"

그날 밤 누군가가 드높은 종루(鐘樓)에 올라 적막함이 가득한 허공에 사냥을 알리는 종소리를 요란하게 울

리기 시작했다. 그렇게 백춘대의 사냥 역사상 최초로
한밤의 사냥이 시작되었다.

　가동교가 처음으로 달빛을 받으며 내려왔다. 마구간
에서 잠자고 있던 말인간들은 이상한 명령을 받고 일어
났다. 그들은 오늘 밤 말안장을 할 필요도, 누군가를 등
에 태울 필요도 없이 그저 야생마처럼 숲 속을 달리기
만 하라는 분부를 받았다. 잠이 덜 깬 말인간들이 밖으
로 나오자, 벌써 나와서 횃불을 들고 사냥로를 환하게
비추고 있는 문객들이 보였다. 백춘대에서 가동교까지
붉은 불빛이 길을 가득 메웠다.

　형명군은 장산 위에 앉아 있었다. 불빛에 반사되는
그의 얼굴에는 아직도 형용하기 힘든 슬픔이 배어 있었
다. 장산은 큰 몸집에 위풍당당했다. 비대한 형명군을
태운 장산은 서글픔에 잠긴 주인을 태우고 우뚝 솟은
강산(江山)처럼 서 있었다. 고개를 바짝 쳐든 장산이 말
인간들을 향해 시위하는 듯 울음소리를 내질렀다. 마구
간지기들 손에 이끌려 나온 쥐바오와 메이뉘의 말갈기
가 밤바람 속에 오만하게 휘날렸다. 편자가 반짝반짝
빛을 내고 있었다. 말인간들을 바라보는 아름답고 커다
란 말들의 눈에는 진품이 가짜를 쳐다볼 때의 멸시의

276

눈빛이 서려 있었다.

순간 말인간들은 모두 자신들이 미천하다는 생각을 했다. 그들 중에는 흠차사의 방문으로 인해 모든 질서가 깨졌다고 불평하는 이도 있었고, 오랜 세월 고된 말인간 노릇 끝에 이제는 아예 화살받이 신세로 전락했다고 불평하는 이도 있었다. 개중에는 아무 불평도 없이 묵묵히 고개를 숙인 채 야생마가 뛰는 모습과 속도를 상상하는 이도 있었다. 그가 다리를 움직여 풀어주며 동료들을 위로했다.

"야생마가 어때서 그래? 돈은 똑같이 받잖아. 사람을 태우지 않아도 되니 뛸 때도 훨씬 편하지 않겠어?"

말인간들은 야생마처럼 숲 속을 질주할 수 있을 거라고 생각했지만, 가동교에서 날아온 명령을 받은 후 말인간들은 등에 사람을 태우지 않은 데다 사위가 어두워 야생마는 고사하고 평소대로 달리는 것조차 불가능하다는 것을 금세 깨달았다. 사람을 태우지 않은 것 자체가 어색했다. 말 울음소리를 내며 나름대로 속도를 내어 달리고 있었지만 뛰어난 말인간들조차도 어정쩡하게 겨우 말 흉내나 낸 채 우왕좌왕하고 있을 뿐이었다. 그 모습이 마치 야생마 무리가 아니라 바보 집단이 야밤의 횃불

속에서 마구잡이로 달리고 있는 것처럼 보였다.

　문객 중 한 명이 그들을 향해 소리 질렀다.

　"지금 말이랍시고 달리는 것이냐? 무슨 바보들이 뭉쳐다니며 헤매는 것 같구나!"

　말인간들이 몸을 더 굽히며 숲 속을 뛰어다니자 뒤에서 누군가 날카로운 소리로 지적했다.

　"허리를 굽히면 뭐가 달라지느냐? 꼽추들이 미쳐 날뛰는 꼴이로구나!"

　또다른 문객이 외쳤다.

　"꼽추 같지도 않은 것이, 마치 똥이라도 처먹으려고 달려가는 개떼 같구나!"

　설산준마 위에서 화살을 쏠 준비를 하고 있던 형명군은 야생마로 분한 말인간들의 모습이 사람도 아니고 말 같지도 않은 게 영 어설퍼서 시종일관 쏘지 못하고 있다가 갑자기 짜증스럽게 호통을 쳤다.

　"사람이 타지 않았다고 달리지를 못하다니 이런 못난 놈들 같으니라고! 저놈들 대신 사슴인간들을 불러라! 말 대신 사슴을 사냥할 것이다!"

　숲에서 조용히 차례를 기다리던 사슴인간들이 감격에 겨워 환호성을 내질렀다. 아마도 처음이리라! 사슴인간들이 처음으로 말인간들 앞에서 활개를 폈다. 사슴 인간들은 뿔을 쓰고 사슴 꼬리를 단 후 자태를 뽐내며 말인간들 앞을 지나쳐 갔다. 사슴인간 중 한 명이 이 기회를 틈타 그동안 쌓인 원한을 털어내듯 자오류에게 욕을 하며 지나갔다.

"매일 잘난 체하더니 바보들 같으니라고! 사람을 안 태웠다고 뛰지도 못하는 걸 보면 우리 사슴인간들보다 잘난 것도 없구먼!"

불빛이 숲 속을 밝힌 가운데 사람 그림자들이 번쩍였다. 숲 속에서 처음으로 주군의 부름을 받았다는 자부심에 들뜬 비천한 사슴인간들은 운명을 바꾼다는 꿈에 부풀어 온갖 열정을 갖고 미친 듯이 뛰어다녔다. 용감한 사슴인간 형제는 아예 일부러 형명군의 말 앞으로 달려가 그의 추격을 유인하기까지 했다. 강렬한 자극에 흥분한 형명군이 환호성을 지르며 느릅나무 화살촉이 달린 화살을 뽑아 활시위를 당겼다. 휘익 하고 바람을 가르는 소리가 허공을 한참 메우더니 화살로 가득했던 화살통이 어느새 텅 비어버렸다. 자신이 타고 있던 장산이 질풍처럼 달린 후에 피곤한 모습을 보이자 형명군이 장산을 어루만지며 소리를 질렀다.

"우리 장산이가 피곤한가보니 말을 바꾸도록 해라!"

낙심한 듯 고개를 땅에 처박고 주저앉아 있던 말인간들이 그 소리를 듣고 모두 자리에서 일어났다. 쉬에총이 얼른 형명군 앞으로 가서 허리를 굽힌 후 말했다.

"며칠 동안 타지 않으셨으니 이제 절 타시지요!"

"네가 설산준마라도 되느냐? 넌 일개 말인간에 불과하지 않으냐?"

형명군이 채찍을 휘둘러 쉬에총을 몰아냈다.

"내 오늘은 말인간을 타지 않을 것이라고 말하지 않았느냐? 말인간이야 내 평생 탈 수 있는 것이나 이 설산준마들은 오늘 타지 않으면 앞으로 기회가 없을 터이니 오늘 밤 번갈아가며 마음껏 탈 것이다!"

마구간지기가 쥐바오를 끌고 와 형명군이 말에 올라탈 수 있도록 돕자 질투심에 사로잡힌 메이뉘가 화풀이라도 하듯 쉬에총의 다리를 걸어찼다. 화살을 더 가져오라고 사람을 보낸 틈을 타 문객들이 횃불을 밝히고 밤 사냥에서 거둔 수확물들을 확인했다. 그들은 손에 인주를 들고 다니며, 화살에 맞고 쓰러져 있는 사슴인간들을 일으켜세운 뒤 엉덩이를 살펴본 후 다른 곳을 살펴보았다. 그러고는 화살을 맞은 부위 근처에 표범 도장을 찍어주었다. 화살을 맞은 사슴인간들 대부분의 엉덩이에 도장이 찍힌 것을 보고 문객들이 환호성을 질렀다. 인자한 품성을 지닌 형명군은 사냥으로 사람이 죽는 것을 원치 않았다. 형명군은 아이들의 안전을 보장하기 위해 일부러 느릅나무로 사냥용 화살촉을 만들어 사용했을 뿐만 아니라 활을 쏠 때에도 엉덩이를 맞추도록 문객들에게 요구했다. 따라서 엉덩이를 맞추면 활 솜씨가 뛰어난 걸로 인정받았지만, 그렇지 않으면 활 솜씨가 형편없다고 여겨지곤 했다. 그런 이유 때문에 문객들 사이에는 도장을 찍을 때면 가끔씩 잡다한 설전이 펼쳐지곤 했다.

"이건 허벅지가 아니오! 아직 아이가 어려 엉덩이가 작아서 엉덩이 밑으로 조금 내려왔을 뿐이니 분명 엉덩이라 할 수 있소이다!"

화살을 가지러 갔던 문객들이 한참 고조되어 있던 흥을 확 깨는 소식을 전해왔다. 느릅나무 화살을 모두 써버린 탓에 이제 남은 거라곤 철제 화살뿐이었던 것이다. 그들이 가져온 철제 화살이 담긴 화살통에서 나는 금속성 소리를 듣고 형명군이 대노하여 욕을 하기 시작했다.

"지금 철제 화살을 가져와서 어떡하겠다는 것이냐? 지금 나더러 진짜 화살로 저 아이들을 다 쐬죽이라는 것이냐?"

화살을 가지러 갔던 문객들은 형명군이 사냥에 흠뻑 취해 있어 흥이 깨질까 염려하여 예비책으로 가져온 것이라 변명을 늘어놓았다.

"오늘 난 세 필의 설산준마 가운데 겨우 한 마리만을 탔을 뿐인데 어째서 화살을 다 써버렸다는 것이냐? 궁전방에 화살을 준비하라 명하는 자가 누구냐? 겨우 화살 몇 개를 만들어놓고 놀라는 것이냐? 아니면 내 돈을 아껴주려고 하는 것이냐?"

문객들은 감히 대꾸를 하지 못하고 공손친을 흘겨보았다. 화살을 얼마만큼 만들지 지시하는 것은 공손친의 일이었기 때문이었다. 그들의 눈길에 화가 난 공손친이 문객 중 한 사람을 숲 속으로 밀치면서 소리를 질렀다.

"지금 누구를 어떻게 쳐다보는 것이냐? 거기 서서 날 쳐다보면 어떻게 하겠다는 게야? 어서 가서 화살들을 한 대 한 대 다 주워오도록 해라!"

그 문객이 중얼거리듯 대꾸했다.

"이 밤중에 뭐가 보인다고 어디 가서 이미 쏜 화살을 주워 오라는 거야?"

공손친이 그 말에 버럭 화를 내며 소리를 질렀다.

"네 손에 들고 있는 횃불은 뭐 하라고 있는 것이더냐? 네놈의 눈깔은 안 보일지 몰라도 그 불은 화살을 찾아낼 수 있을 것이다!"

다른 문객 하나가 작은 소리로 중얼거렸다.

"주군께서 저런 하찮은 아이들에게 이렇게까지 자비를 베푸실 필요가 있나? 기껏해야 집 없는 떠돌이 신세들인데 진짜 화살로 몇 명 맞춘다 한들 무슨 문제라고?"

공손친이 몸을 휙 돌리더니 그 문객의 뺨을 후려쳤다.

"지금이 어느 때라고 함부로 주둥이를 나불거리는 것이냐? 네가 지금 주군께서 하시는 일을 이래라저래라 하는 것이냐? 주군의 가문은 대대로 인의도덕을 중시하는 집안으로, 네놈이 지껄인 것과 같은 잔악무도한 짓을 한 적이 없느니라! 주군께서 네놈부터 진짜 화살로 맞추라고 한다 해도 감히 그와 같은 말을 지껄일 것이냐?"

문객들 가운데 형명군이 진짜 화살을 사용할 것이라고 생각했던 몇 사람은 눈앞에 벌어진 상황을 보고 입을 다문 채 횃불을 높이 쳐들고 숲 속으로 나무 화살을 주우러 들어갔다. 공손친이 형명군의 얼굴에 노여움이 가득한 것을 보고 달려가 들고 있던 죽간을 펼쳐 그 위에 쓰인 기록을 읽어주며 말했다.

"주군께서는 평상시에 세 개의 화살통을 쓰셨는데 오늘은 다섯 개의 화살통을 다 쓰시고도 모자랄 정도로 사냥에 심취하셨습니다. 대인께서 오늘 열여섯 개의 사슴 엉덩이를 맞추신 것을 알고 계시옵니까?"

그때 사슴인간들 사이에 일대 소란이 일어났다. 형명군의 인자함에 감동한 사내아이들이 흥분한 나머지 형명군을 향해 외친 것이다. 그중에는 자원을 한 아이도 있었지만, 낙심한 말인간들 앞에서 으스대볼 양으로 그러는 아이들도 있었다.

"진짜 화살로 쏘십시오! 진짜 화살로 쏘십시오! 저희는 두렵지 않습니다! 저희는 겁쟁이들이 아닙니다! 주군! 저희는 주군께 충성을 다할 것입니다!"

형명군은 사슴인간들의 충성심에 완전히 감복했다. 그가 한 손으로는 새로 가져온 무거운 화살통을 집고 또 한 손으로는 자상하게 아이들을 향해 손을 흔들며 벅차오르는 감격을 억눌렀다.

"오냐, 오냐, 훌륭하다! 공손 선생! 어서 아이들이 한 훌륭한 말들을 죽간에 기록하시오!"

공손친이 사람을 불러 항상 몸에 지니고 다니는 죽간과 필묵을 펴고 대답했다.

"반드시 기록해 넣을 것이니 주군께서는 염려 마십시오. 온 천하 백성들을 염려하시는 주군의 마음과 백성들이 주군께 감사하는 마음을 모두 적어 책으로 만든 후 동청의 큰 상자 안에 넣어두겠습니다. 훗날 크게 쓰일 날이 반드시 있을 것이옵니다."

잠시 정적에 휩싸였던 숲 속에 갑자기 문객들의 아우성이 터졌다.

"싸웁니다! 말인간과 사슴인간 사이에 싸움이 붙었습니다!"

형명군과 공손친은 모두 말인간들의 거친 행동을 미처 예상하지 못했다. 사슴인간들이 가한 압박에 다같이 통제력을 잃은 말인간들은 나이와 체구의 장점을 이용하여 어둠을 틈타 사슴인간들 가운데 핵심 인물들에 대한 선제공격에 나섰다. 맨 처음 공격을 시작한 것은 자오류였다. 장쿼루에게 달려든 자오류가 장쿼루의 사슴뿔을 당기면서 취미루를 걷어차고 욕설을 퍼부었다.

"쥐방울만 한 녀석들이 어디서 설쳐대면서 남의 밥그릇을 빼앗으려는 게야?"

공손친이 말인간들의 이름을 부르며 당장 싸움을 그치라고 명령했지만 혈기왕성한 말인간들은 사방으로 흩어져 도망가는 사슴아이들을 추격하면서 그들의 다리를 공격했다. 멘빙루가 나무 위로 도망가자 쉬에총이 그 밑에서 나무를 흔들어 아이를 떨어트린 후 발로 마구 짓밟았다. 형명군이 사냥을 즐겨온 그 오랜 세월 동안 말인간은 말인간대로 사슴인간은 사슴인간대로 모두 각각의 규칙을 가지고 있었다. 눈앞에서 질서가 무너져 혼란한 모습을 보고 놀란 형명군이 치밀어오르는 분노를 억제하지 못하고 고함을 질렀다.

"쏴라! 쏴!"

형명군이 붉게 달아오른 얼굴로 주변의 문객들에게 활을 들 것을 명령했다.

"너희들 모두 저것들을 쏴라! 철제 화살로 쏘도록 해라! 죽어도 상관없으니 어서 쏴!"

폭풍우처럼 화살이 숲을 갈랐고, 숲 속에서 날카로운 비명 소리가 터지기 시작했다. 말인간들과 사슴인간들 모두 소리를 내지르며 걸음아 나 살려라 하고 도망치기 시작했다. 목숨을 노리며 집요하게 달려드는 화살들이 내뿜는 박자 못지않게 도망가는 속도 역시 평상시에 비해 놀라울 만큼 재빨랐다. 횃불들이 일렁이는 가운데 사슴인간들은 정말로 목숨을 부지하기 위해 도망가는 사슴 같았고, 말인간들은 바람처럼 질주하는 야생마 같았다.

하만

하만(河灣)에 있던 비누는 밤 사냥을 알리는 종소리에 놀라서 잠이 깼다. 종소리는 죽는 꿈을 꾸고 있던 비누를 꿈속에서 불러내었다. 허리 높이 정도로 판 구덩이에서 깨어난 비누의 눈에 하늘 위에서 총총히 빛나며 나지막이 드리워져 있는 별들이 보였다. 별들은 강이 굽어드는 하만을 뒤덮고, 물가 구덩이를 뒤덮고, 죽음에 관한 세세한 이야기들을 하나하나까지 뒤덮고 있었다. 그녀는 아직 살아 있었다. 기적 같았지만 두려운 일이기도 했다. 그녀의 얼굴에는 말라버린 눈물자국이 남아 있었다. 그것이 이슬이 아니라 꿈을 꾸며 흘린 눈물이라는 것을 그녀는 잘 알고 있었다. 그토록 많은 눈물을 흘렸는데도 왜 아직까지 살아 있는 걸까? 그녀는 자신의 아버지가 신도군을 위해 흘린 눈물 한 방울 때문에 죽었다는 이야기를 어머니로부터 들어서 잘 알고 있었다. 산 위에서 흘린 한 방울의 눈물 때문에, 산 아래에 내려왔을 때는 이미 죽임을 당한 뒤였다. 그녀는 삼 일 동안이나 빗줄기 같은 눈물을 흘렸다. 아침에는 밤이 되면 죽을 것이라고 생각했고, 밤이 되었을 때에는 내일 새벽이면 죽어 있을 것이라고 생각했다. 하지만 삼 일 동안 죽었다고 생각한 자신이 다시 눈을 뜨자 하늘을 가득 메우고 총총히 떠 있는 별이 보이는 것이 아닌가? 그녀는 자신이 판 무덤 속에 서서 사방을 두리번거렸다. 종소리는 강 저편 숲 속에서 들려오고 있었다. 달빛이 온 천지를 밝게 비추자 수면과 잡초들이 차가운 빛을 내뿜었다. 아이는 무덤 한쪽에 잠들어 있었다. 비누는 자신의 무덤을 메워주려다가 지친 나머지 곯아떨어진 아이를 깨우지 않았다. 삼 일 동안 줄곧 비누가 죽을 것을 기다리며 무덤을 지키던 아이는 말했다.

"그렇게 살아 있으면 내가 어떻게 아줌마를 묻을 수 있겠어요? 괜히 곡괭이만 훔쳐오고 삽도 쓸데없이 가져왔잖아요!"

비누 역시 황당하긴 마찬가지였다. 자신이 사내아이를 속인 것인지 아니면 도촌의 여아경이 거짓말을 한 것인지 알 수 없었다. 그것도 아니면 자신이 흘린 눈물은 너무 하찮은 것이라 눈물이라고 쳐주지 않는 것인지도 몰랐다. 그리고 자신이 느끼는 슬픔이 슬픔으로, 고통이 고통으로 받아들여지지 않는 것인지도 몰랐다. 얼굴을 온통 적시고 있는 그녀의 눈물을 아무도 알아주지 않았다. 그녀는 죽기 위해 삼 일이나 기다렸고, 점점 초췌해졌지만 그래도 죽지 않고 살아 있었다. 그녀가 죽기를 기다리는 저승사자 역시 기다리다 지쳐 짜증을 냈다.

"죽는다 죽는다 말만 하고 왜 안 죽는 건데요?"

아이는 잠을 자면서도 짜증 섞인 숨소리를 냈다. 흙더미 위에 쓰러져 누운 아이의 손에는 아직도 곡괭이가 들려 있었다.

아이를 깨우지 않으려고 비누는 어둠 속에서 조용히 일어나, 묘지를 다시 한번 찬찬히 살펴보았다. 정말이지 무덤자리로 손색 없는 곳이었다. 물에서도 가깝고 길에서도 가까운, 하상(河床)이 내려앉아 형성된 처녀지였다. 뿐만 아니라 이곳은 이름만 들어도 끔찍한 난분강에서는 멀리 떨어져 있었지만 백춘대에서는 멀지 않은 곳에 있었다. 사내아이는 이 하만 주변의 새로운 땅들도 조만간 백춘대의 재산이 될 것이라고 말했다. 하지만 그것은 나중 일이었다. 그때쯤이면 자신은 이미 땅속에 묻혀 조롱박으로 변해 있을 것이 분명했다. 하루하루를 바쁘게 살아가는 백춘대 사람들이 하만의 웅덩이를 미꾸라지와 갈대 그리고 비누에게 남겨주었다. 저녁 무렵 높은 사람이 탄 것 같은 황금색 휘장의 마차 행렬이 하만을 지나다가 그녀와 사내아이를 보고 멈춰 섰다. 마차에서 몇 사람이 내리더니 높은 사람처럼 보이는 한 늙은 관리를 부축하고서 그들을 향해 걸어왔다. 비누는 자신을 또 내쫓으려고 온 사람들로 지레짐작했다. 이곳에서는 구덩이도 맘대로 팔 수 없는 모양이었다. 늙은 관리가 멀찌감치 떨어져서 그녀에게 물었다.

"너는 황무지에 무엇을 심으려는 것이냐?"

비누는 감히 사실대로 이야기하지 못하고 대충 생각나는 대로 말했다.

"조롱박을 심을 거예요!"

"흐흠…… 조롱박은 별로 안 좋으니 면화를 심어보지 그러느냐? 서쪽에서도 남쪽에서도 전쟁을 하고 있으니 면화를 심어 군사들에게 입힐 옷이라도 만들어야 하지 않겠느냐? 여인들도 이 나라를 위해 뭔가 공헌해야 하지 않겠느냐 이 말이야!"

비누는 그의 말을 제대로 알아듣지 못했다. 그가 돌아간 후 그녀는 사내아이에게 그 노인이 형명군인지 물었다. 아이가 대답했다.

"저 사람은 지금 우리 형명군 나리도 벌벌 떠는 흠차대인이에요. 폐하께서 보낸 사람이라고요!"

비누가 말했다.

"저 사람이 누군지는 상관없어. 내가 저 사람 가는 길을 막은 것도 아니니 구덩이를 못 팔 이유가 없지."

강 건너편 숲 속의 횃불들이 하늘의 절반을 물들이고 있었다. 사람들의 웅성거림, 사슴인간들과 말인간들의 울음소리가 바람을 타고 하만까지 날아왔다. 백춘대에서 무슨 일이 벌어지고 있는지 알지 못하는 그녀가 잠자는 아이를 깨웠다. 아이가 땅바닥에서 벌떡 일어나더니 멀리서 사슴인간들을 부르는 소리를 듣고 외쳤다.

"사냥이에요!"

아직도 잠에서 덜 깬 듯 강 건너편 숲 속을 바라보던 아이가 다시 외쳤다.

"밤 사냥, 밤 사냥이 시작됐어요! 이런 적은 한 번도 없었는데…… 이제 아줌마 무덤을 만들어주는 일은 그만 하고 얼른 가서 사슴인간 노릇을 해야겠어요!"

"나는 곧 죽을 텐데 네가 이렇게 훌쩍 가버리면 난 어떡하니? 혹시 해가 뜨기 무섭게 바로 죽을지도 모르잖니? 네가 가버리면 누가 내 무덤을 덮어주겠니?"

아이의 지저분한 얼굴이 사납게 일그러지더니 눈을 동그랗게 부릅뜨고 비누를 노려보았다. 아이가 갑자기 곡괭이로 땅을 마구 파내더니 파올린 흙을 비누에게 뿌리며 외쳤다.

"자, 자 빨리 흙 받아요! 난 지금 다 묻어준 거라고요. 이건 순전히 아줌마 잘못이에요. 만날 죽는다고 떠들면서도 안 죽고서 나만 힘들게 했잖아요. 그깟 귀이개 하나 주고 도대체 날 언제까지 잡아둘 셈이에요?"

"애야, 나도 답답해 죽겠으니 너무 화내지 말거라. 어째서 내 팔자는 사는 것도 죽는 것도 이렇게 힘들단 말이냐!"

고개를 들어 하늘을 올려다보던 비누가 말했다.

"방금 하늘의 별들에게 왜 날 아직도 살려두는 거냐고 물어보았어. 꿈에서 죽는 것을 분명히 보았는데…… 그런 꿈을 수차례나 꾸었는데 눈을 뜨면 또 별들이 보이니 이게 웬일인지……"

"또 무슨 헛소리를 하는 거예요? 죽으려면 목을 매달
든지 물에 빠져 죽든지 할 것이지 왜 죽치고 앉아서 죽
을 때만 기다리는 거냐고요? 목매달아 죽으면 혀를 쑥
내밀고 있는 게 보기 흉해서 싫다, 물에 빠져 죽으면 물
에 떠내려가서 싫다면서 죽어라고 땅에 묻히려고만 하
는데, 이렇게 죽든 저렇게 죽든 뭐가 다르냐고요?"

비누가 대답했다.

"얘야, 나는 조롱박이잖니…… 땅에서 죽지 않으면
조롱박으로 변할 수가 없지 않니……"

사내아이가 갑자기 버럭 소리를 질렀다.

"아줌마는 조롱박이 아니라 말똥구리예요! 말똥구
리! 말똥구리나 땅속으로 기어들어가 죽는 거예요!"

아이가 땅바닥에 내팽개쳐진 곡괭이 위를 잽싸게 뛰
어넘어 어느새 밤의 장막 속으로 사라지고 있었다. 비
누는 아이를 더이상 잡지 않았다. 구덩이 안에 서서 밖
에 놓여 있는 곡괭이를 바라보았다. 달빛을 받아 반짝
이는 곡괭이에게서 고독한 빛이 흘러나왔다. 사내아이
가 가버린 지금 곡괭이만이 그녀 옆을 지키고 있었다.
그녀는 마음 한쪽이 시려오는 걸 느꼈다. 조롱박이 변

한 여인의 운명은 왜 이다지도 고통스러울까? 죽는 것
조차 이렇게 어렵다니…… 아이는 무덤 속에서 그저
죽을 때만 기다린다며 그녀에게 게으르다고 욕을 했다.
하지만 그녀는 어려서부터 지금까지 게으름을 피운 적
이 없었다. 얼마나 더 힘들게 살아야 하는 운명이기에
죽는 것조차도 부지런을 떨어야 한다는 것인가?

　그녀는 홧김에 구덩이에서 빠져나왔다. 구덩이 밖의
달빛은 무척 차가웠다. 세찬 바람이 강변의 갈대를 흔
들고 비누의 머리카락을 흐트러뜨렸다. 고개를 숙이자
그녀의 눈에 비스듬히 늘어진 그림자가 들어왔다. 귀신
에겐 그림자가 없다고 했는데 그녀는 아직도 그림자를
가지고 있었다. 이미 삼 일 밤낮이 흘렀는데 왜 아직도
난 그림자를 못 버리고 하만을 떠돌고 있는 것일까? 비
누는 사내아이가 소리를 지르며 알려준 죽는 방법을 떠
올렸다. 나무에 목을 매달아서 죽는 것은 정말 빠르고
간편한 방법이었다. 누구의 도움도 필요 없이 허리띠
하나면 충분했다. 하지만 그녀는 나무에 목매달아 죽고
싶지는 않았다. 어렸을 적에 그녀는 목매달아 죽은 사
람을 본 적이 있었다. 하나같이 눈을 부릅뜨고 혀를 쑥
내민 게 무시무시해 보였다. 두번째 방법은 바로 눈앞

에 있었다. 강물 속으로 들어가기만 하면 죽을 수 있었다. 어려울 게 전혀 없었다. 그냥 걸어 들어가서 깊은 물속에 자신을 맡기면 그만이었다. 하지만 그녀는 물고기가 아니라 조롱박이었다. 조롱박은 싹을 틔워야 하는데, 그럴 땅이 없다면 그녀는 조롱박으로 다시 태어날 수 없을 것이다. 달빛을 받은 강물이 출렁이는 모습을 바라보던 비누는 덜컥 겁이 났다. 강물 속에는 그녀의 내세가 없었다. 내세가 없으면 그녀가 이십여 년 동안 고생한 것이 다 허사가 되는 것이고, 그동안 흘린 눈물마저도 헛된 것이 되고 마는 것이었다. 이십여 년의 시간이 마치 이 강물처럼 그냥 어디론가 흘러가버릴 게 분명했다.

비누의 한 발은 강물 속에, 다른 한 발은 강물 바깥에 있었다. 그녀의 두 발이 의견 일치를 보지 못하고서 한참 실랑이를 벌였다. 결국 비누가 결단을 내려 물속에 있던 발을 꺼냈다. 안 돼! 물은 안 돼! 아무리 간단한 방법이어도 물속은 안 돼! 그녀는 젖은 발을 위로하듯, 자기 자신을 위로하듯 말했다.

"어차피 얼마 안 있어 죽을 텐데 그래도 땅속에서 죽는 게 나아…… 그래, 땅속이라야 안심이 돼!"

하만에 정적이 흐르는 동안 어디서 들려오는지 모를 청개구리 울음소리가 멀리서 들려왔다. 그녀는 그 청개구리가 풀숲에 있을 거라고 생각하고 일어나 청개구리를 찾아다녔다. 물가를 따라 몇 걸음을 옮기자 청개구리 울음소리가 길 저편에서 들려오는 것 같았다.

"지금 나랑 술래잡기를 하자는 거니? 난 생각 없으니 넌 가서 네 아들이나 찾도록 해."

그녀는 청개구리에 대한 미련을 버렸다. 이미 각자의 길을 간 이상 더이상 동반자가 아니었다. 만약 개구리가 사람이었다면 좋은 길동무가 되었을 테지만 안타깝게도 두 사람은 서로 다른 세계에 속해 있어 함께 갈 수 없는 사이였다. 살아 있는 여인은 자신의 남편을, 죽은 여인은 자신의 아들을 찾아 나섰으니 서로 다른 길을 갈 수밖에 없는 노릇이었다.

비누는 다시 구덩이 속으로 들어가기로 마음 먹었다. 달빛 아래 구덩이는 미완성된 무덤처럼 보이기도 하고 누옥(陋屋)처럼 보이기도 했다. 구덩이 속은 바깥보다 훨씬 따뜻하고 바람도 불지 않았다. 구덩이 속으로 막 들어가려는 찰나 그녀의 눈에 청개구리가 확 들어왔다. 청개구리가 그녀의 무덤 속에서 머리를 들어 하늘을 올려다보고 있었다. 며칠 못 본 사이에 청개구리는 더 말라서 쭈글쭈글해진 것 같았다. 앞을 못 보는 두 눈에서 발산되는 희미한 빛이 더 슬프고 절망적으로 보였다.

"저리 가! 네 아들이나 찾아가라고!"

비누가 쭈그리고 앉으며 구덩이 속의 청개구리에게 소리를 질렀다.

"어서 나오라니까! 자꾸 이러면 나도 가만있지 않을 거야! 내가 서방님을 위해 잘 싸두었던 보따리 속에도 들어가게 해주었더니 고생 고생해서 만든 내 무덤에 또 쏙 들어가 있는 거야? 지금 날 괴롭히려고 작정하고 따라다니는 거냐고? 그 작은 몸뚱이로 이 큰 구덩이를 다 차지하겠다는 거야 뭐야? 저 밖에 가면 너 같은 개구리가 죽기 안성맞춤인 진흙탕이 널려 있는데 왜 남이 파놓은 구덩이를 넘보는 거야?"

그러나 청개구리는 꿈쩍도 하지 않았다. 그 구덩이에서 힘겨운 여정을 끝내기로 작정한 듯 보였다. 비누는 자신이 파놓은 무덤을 청개구리가 독차지하려는 것인지 아니면 자신과 함께 죽으려고 하는 것인지 알 수 없었다. 까닭이야 어쨌든 비누는 받아들일 수 없었다. 손뼉을 치고 발을 구르며 청개구리를 위협했지만 역시 마찬가지였다. 아무리 해도 청개구리가 나오지 않자 슬슬 오기가 생겼다. 그녀가 곡괭이를 잡아 구덩이 위에 꽂으며 맹세했다.

"네가 안 올라오면 나도 절대로 내려가지 않을 거야! 어디 누구 고집이 더 센지 두고보자!"

청개구리는 구덩이 속에서 미동도 하지 않았다. 앞을 보지 못하는 눈에서 흘러내리는 눈물이 어둠 속에서 희뿌연 빛을 발했다. 비누는 고개를 돌리고 개구리의 눈을 외면했다. 슬픔은 오늘 밤 그 힘을 잃고 있었다. 이미 너무 많은 눈물을 흘려버린 터라 그녀는 장님 개구리가 흘리는 눈물이 매우 거추장스럽게 느껴졌다. 그들이 흘리는 눈물은 더이상 상대의 마음을 움직이지 못했다. 지난날의 두 길동무가 하만에서 지루한 대립을 계속하고 있었다. 적대감으로 가득한 하만의 공기가 사람을 질식시킬 듯 가슴을 무겁게 짓눌렀고, 달빛 아래 출렁이는 강물도 긴장한 듯 숨을 헐떡였다. 강 저편에서 어른거리던 숲 속의 횃불도 하나둘씩 꺼져갔고 사냥터에서 들리던 소음도 점차 물속으로 잦아들었다. 그때 하만을 지나는 길에서 덜거덕거리며 나무 바퀴 구르는 소리가 들려왔다.

운구마차가 나타났을 때 마차 위 흔들리는 그림자 속에서 낯익은 얼굴의 두 사람이 보였다. 두 발로 마차를 모는 우장과 비누의 무덤지기 사내아이였다. 우장은 몸을 활처럼 휘어 두 발로 고삐를 쥐고 있었고, 사내아이는 마치 개선장군이라도 되는 듯 신이 나서 비누를 향해 손에 든 화살 하나를 마구 흔들며 악몽 같은 소식을 큰 소리로 외쳐댔다.

"아줌마! 죽지 마세요! 내가 아줌마를 팔았어요! 이제 아줌마는 진쑤 아저씨 마누라예요!"

아이가 무슨 말을 하는지 제대로 알아듣지 못한 비누가 반갑게 달려가며 되물었다.

"뭐라고? 누굴 팔았다고?"

시커먼 관을 실은 우마차를 향해 몇 걸음 달려가던 비누는 이렇게 좋은 관을 아무런 대가 없이 줄 사람은 없을 거라는 데 생각이 미쳤다. 그렇다, 다른 사람의 관이었던 것이다! 비누는 얼른 뒷걸음질을 쳤다. 뒷걸음질을 하는 비누의 눈에 사내아이가 새 옷을 입은 게 보였다. 흰색 상복이었다. 사내아이에게 누가 그런 상복을 입혔냐고 막 물어보려는 순간 우마차에서 내린 몇몇 장정들이 마치 표범처럼 그녀를 향해 달려들었다. 그 순간, 그녀는 누군가는 죽고 자신은 팔렸다는 사실을 깨달았다. 저 사내아이가 죽은 누군가에게 자신을 팔아버린 것이다!

마치 독수리가 병아리를 낚아채듯 백춘대의 문객들은 손쉽게 비누를 운구마차에 실었다. 그들의 손아귀에서 몇 차례 몸부림을 치던 비누는 곧 저항을 포기하고 방울방울 떨어지는 물방울 속에 온몸을 내맡겼다. 비누는 밤하늘을 올려다보며 무슨 말인가 계속 중얼거리고 있었다.

"들어갔으면 좋았으련만…… 들어갔으면 좋았으련만……"

문객들이 아이에게 물었다.

"지금 저 여자가 자꾸 어딜 들어갔으면 하는데, 어디를 말하는 것이냐?"

사내아이가 마차 위에 서서 구덩이를 가리켰다.

"땅속이요! 진작 땅속으로 들어갔으면 좋았을걸, 하고 후회하는 거예요!"

한 문객이 말했다.

"땅속에 들어갔다 해도 우리가 다시 파냈을 것이다. 죽었으면 함께 순장을 할 것이고 살았으면 관 옆에서

곡을 해야 한다. 어찌 됐든 죽어서나 살아서나 절대로
못 빠져나갔을 게야!"

또다른 문객은 계속 옷 위로 떨어지는 물기 때문에
어쩔 줄 몰라 했다.

"아니, 이 여자가 물속에라도 빠졌었나…… 어째 온
몸에 물이 흥건한 거지?"

사내아이가 대답했다.

"그건 물이 아니라 저 아줌마 눈물이에요! 저 아줌마
는 눈물인간인걸요!"

문객들이 껄껄 웃음을 터트렸다.

"뭐, 눈물인간? 진쑤가 이 여인을 택한 것도 당연하
구먼! 눈물을 잘 흘리는 사람이 관 옆에서 죽은 사람을
위해 곡을 한다니 얼마나 잘된 일이냐! 아주 잘됐어!"

문객들은 손으로 이상야릇한 물기를 털어내며 서둘
러 그녀에게 상복을 입히기 시작했다. 비누의 가을옷
위로 소복이 덧입혀졌다. 어지럽게 흐트러진 머리 위에
흰색 수질(首経)이 씌워졌고 그녀의 허리에 흰색 허리
띠가 묶였다. 상복을 입은 비누를 자세히 살펴보던 문
객들은 상복이 그 누구보다 비누에게 잘 어울린다고 입
을 모았다. 지칠 대로 지쳐 슬픔에 빠진 표정은 과부가

된 그녀의 역할과 너무나도 잘 어울렸다. 그들은 관 옆에 큰 고리를 달고 난 후 비누의 다리에 사슬을 채우고 그 고리에 사슬을 채워버렸다. 찰칵하는 쇳소리와 함께 비누는 관 옆에 다리가 묶인 신세가 되었다.

청운관

　정오 무렵 진쑤를 실은 운구마차가 청운관에 도착했다. 바람에 휘날리는 백색 표범 깃발이 운구마차라는 것을 알려주고 있었다. 백춘대에서 청운관까지는 이십여 리가 좀 넘는 길로 그다지 멀지 않았지만, 소 두 마리와 세 사람 그리고 새로 칠한 관 위에는 어느새 먼지가 수북이 내려앉아 있었다.

　길은 사람과 거마 행렬들로 북새통을 이루고 있었다. 어디서 와서 어디로 갈지 알 수 없는 거위떼가 건초더미와 맷돌을 차지하고 앉아 냉랭한 시선으로 사방의 야단법석을 지켜보고 있었다. 청운관이 문 닫을 시간이 되자 관병들이 소금을 팔던 낙타 행렬을 서둘러 몰아내기 시작했다. 소금장수들은 낙타 대열을 두 패로 나누어놓았다며 투덜댔다.

"아니, 낙타 열일곱 마리 중에 여덟 마리는 들여보내면서 나머지 아홉 마리는 왜 못 들어가게 하는 겁니까?"

관병이 대답했다.

"내가 나눈 게 아니라 저기 저 위에 있는 모래시계가 나눠놓은 것이지! 윗사람들이 모래시계가 차면 잠시도 지체하지 말고 문을 닫으라고 하니 낸들 어쩌겠나?"

소금장수들은 감히 관병들에게 대거리를 할 수는 없어 성루 위에 있는 모래시계를 올려다보며 욕설을 내뱉었다. 어떤 이는 모래시계가 지위나 재산을 따진다고 욕을 했고, 어떤 이는 아예 모래시계의 역할이 도대체 뭔지 알 수 없다며 대놓고 욕을 했다.

"아니, 도대체 무슨 근거로 저 따위 모래시계를 가지고 시간을 잰다는 거야? 물이나 흙을 써도 저 모래보다는 더 정확할걸!"

사람들과 낙타떼가 어지럽게 섞여 한참 소란한 가운데 우장이 발로 채찍을 내려치는 소리가 울리더니 검게 칠한 관을 실은 소들이 낙타 대열을 뚫고 들어왔다. 기세등등하게 달려오는 소들에 놀란 것인지 아니면 관에 놀란 것인지 낙타들이 순식간에 사방으로 흩어졌다. 소금장수들은 우마차에 매달린 백색 표범 휘장을 보고 낙타를 잡으러 달려가며 외쳤다.

"백춘대 사람들한테 시달리는 것도 억울한데, 이젠 게서 오는 관짝한테까지 시달리는구먼!"

관병들은 다리로 마차를 모는 사람이 형명군의 마부인 우장이라는 것을 알아보았다. 그들은 우장을 잘 알고 있었다. 우장은 형명군이 내어준 표범 문양의 통행증을 지니고 있었기 때문에 관문이 닫혀 있든 열려 있든 언제든지 청운관을 지날 수 있었다. 하지만 관과 관 옆에 앉아 있는 낯선 여자와 사내아이는 처음 보는 얼굴이었다. 상심이 너무 커서 관 위에 엎드려 있는 것처럼 보였다. 산발을 한 머리가 그녀의 얼굴을 가렸고, 사내아이는 슬픔과는 아무 상관없는 아이처럼 관 위에 앉아 사방을 두리번거리며 다리까지 까불고 있었다.

"진쑤가 죽었다고? 며칠 전에도 남초간의 술집에서 술 한 동이와 고기를 잔뜩 처먹는 걸 봤는데?"

관병 몇 명이 관을 둘러싸더니 진쑤가 그 안에 들어 있다는 것을 믿지 못하겠다는 듯 말했다. 그들 중 한 사람이 얼굴에 잔뜩 인상을 쓰고 말했다.

"술집에서 나한테 도폐를 하나 빌리면서 나중에 두 개로 갚겠다고 했는데 이제 영영 받지 못하게 됐네그려! 이런 망할 자식! 이놈이 도폐를 안 갚을 심산으로 죽어버렸구먼!"

그 말이 백춘대에 대한 자부심을 건드렸는지 우장이 발끈했다.

"지금 어디다 대고 사람을 함부로 업신여기는 것이오? 진쑤가 명색이 백춘대의 문객인데 그깟 도폐 두 개를 떼어먹으려고 죽기를 자처했다는 말이오? 세상 어느 바보 같은 놈이 그런 모자란 짓을 하겠소?"

또다른 관병이 우장의 말에 동조할 수 없다는 듯 말 참견을 하고 나섰다.

"제아무리 문객이라 해도 도둑놈은 도둑놈이지. 안 그런가? 진쑤 그놈이 백춘대 문객이 돼서 제일 먼저 배운 짓이 바로 남한테 돈 빌리는 것이네! 하기야 그전에는 도둑질이 전부였지. 그놈이 등 장군(鄧將軍)의 보검까지 훔쳐서 형명군 나리께 갖다 바치고 문객이 된 거잖아!"

백춘대의 명예까지 걸고넘어지자 우장의 얼굴이 심하게 일그러졌다.

"이보시오! 앞으로는 말씀 좀 가려가며 하시오! 우리 형명군 나리는 진쑤가 훔쳐서 바친 그런 더러운 물건 같은 것은 절대 받지 않으시는 분이오."

우장이 거만하게 발가락으로 그 관병을 쿡쿡 찌르며 말했다.

"진쑤가 훔친 그 보검도 등 장군에게 다시 돌려주지 않았는가 말이오? 게다가 우리 나리가 보검이 없어서 등 장군의 보검을 탐내시겠소? 폐하께서 하사하신 용두매화검(龍頭梅花劍)은 손잡이가 금으로 되어 있는데다 피가 묻으면 칼 위에 매화가 피어나는 보검 중의 보검이란 말이오! 허긴 시시껄렁한 칼이나 차고 다니는 사람들이 칼 위에 매화가 피는 그런 보검에 대해 들어보기나 했겠소마는…… 흐흠!"

우장의 비웃음에 잔뜩 기분이 상했음에도 불구하고 대놓고 화를 내지 못하던 관병이 말했다.

"칼날에 매화가 피는지 지는지에 대해서는 관심 없다! 상부에서 왕공귀족의 거마를 막론하고 관문을 지나는 모든 것을 샅샅이 수색하라는 명을 내린 이상 그 명령에 철저히 따를 수밖에 없다!"

우장이 대답했다.

"수색을 하려면 하시구려. 관 하나에 송장 한 구니까 자세히 보시구려. 죽은 사람을 산 사람으로 만들 수 있는지 어디 한번 봅시다!"

관병들이 운구마차 주변으로 몰려들자 사내아이가 관에서 뛰어내렸다. 하지만 넋을 놓고 앉아 있는 여자는 마치 관과 하나가 된 것처럼 쩍 달라붙어 그들이 아무리 잡아끌어도 끌어내릴 수가 없었다. 그녀의 상복을 들어올린 관병들은 그제야 그녀의 한쪽 다리가 관에 매달린 고리에 묶여 있는 것을 발견했다.

"이것은 또 어찌 된 일이냐? 이 여자는 누구고, 왜 관에다 묶어둔 게냐?"

"누구 말이오? 아니, 뻔한 것을 뭘 물어보시오? 진쑤 아내니까 진쑤의 관에 묶여 있는 것 아니겠소?"

의혹의 눈초리로 비누를 살펴보던 관병들의 눈에 그녀의 창백하고 부어오른 얼굴이 보였다. 이마에는 검푸른 멍과 핏자국이 있었고, 두 눈은 하도 울어서 마치 밤송이처럼 퉁퉁 부어 있었다. 그 눈에서는 눈물이 아직도 고집스럽게 흘러내리고 있었다. 그녀는 얼핏 보기에 정신이 나간 여자처럼 보였다. 그녀가 입을 벌려 뭐라고 관병들에게 말했지만 소리가 작아 마치 신음 소리처럼 들렸다.

"우장! 지금 이 여자가 뭐라고 한 것이냐?"

비누의 말을 제대로 알아듣지 못한 관병이 고개를 돌려 우장에게 물었다.

"이 여자, 어디가 잘못된 것 아니야?"

"그럼 남편을 잃은 여자가 꼬리라도 쳐야 정상입니까? 너무 슬퍼하다보니 정신이 좀 없어서 그럴 겁니다."

"헌데 이마는 왜 저렇게 된 것이냐? 관 위에 머리라도 박은 것이냐?"

"아무것도 아닌 일에 괜한 신경들을 쓰고 그러십니다. 열녀가 슬피 우는 걸 처음 보셨습니까? 관 옆에서 울다보면 머리도 박고 뭐 그러는 거지요."

우장이 짜증난다는 듯 걸어와 비누 다리에 묶인 사슬을 정리한 후 그녀를 안쪽으로 밀어넣어 관병들에게 자리를 좀더 넓게 내준 후 말했다.

"저 여자는 신경 쓸 것 없으니 어서 저 관이나 수색하시구려!"

관병들은 비누를 한쪽에 몰아넣고 관을 수색할 준비를 했지만 진쑤의 관 뚜껑을 열다 자칫 재수 없는 일이 생길까 두려운지 서로 미루고 있었다. 우마차 앞에 앉

310

아 있던 우장이 냉소하며 말했다.

"허허, 나리 같은 분들이 관문이나 지키고 있으니 다행이지 저기 국경에 보내 전쟁이라도 치르게 했다가는 이 나라가 다 망했겠습니다!"

우장이 중얼거리는 소리를 들었는지 못 들었는지 관병들이 관을 탕탕 두드리기 시작했다. 관을 치는 소리가 점점 더 요란해지자 우장이 말했다.

"그만 좀 두들기시오! 그렇게 계속 두들겼다가 진쑤의 원한이라도 사는 날에는 그놈 귀신이 어떻게 보복할지 모릅니다. 나리들 조상 무덤 속에 있는 뼈를 통째로 훔쳐갈지도 모르는 일이 아니겠습니까?"

우장이 관병들을 위협하다 고개를 돌려 사내아이를 향해 외쳤다.

"넌 이제 더이상 사슴인간도 아닌데 거기서 멍청하게 왜 그렇게 뛰어다니는 것이냐? 이 불효막심한 놈아! 사람들이 네놈 아비의 관을 저렇게 쿵쿵 쳐대는데 뭘 하고 있는 것이냐? 어서 와서 관 뚜껑을 열어 네 아비의 얼굴을 보여주거라! 만약 얼굴을 보고도 모르겠다고 하면 손을 보여주거라! 손만 보여주면 관 속에 있는 게 진쑤인지 대번에 알 것이다!"

사내아이가 고분고분하게 무거운 관 뚜껑을 열었다. 관 속에는 정말로 한 사람이 누워 있었다. 시체 얼굴에는 흰 비단천이 덮여 있었다. 사내아이가 웅크리고 앉아 입속 가득 공기를 들이마셔 후우 불었지만 흰 천은 꿈쩍도 하지 않았다. 흰 천을 걷으려던 소년의 손이 잠시 얼굴 위에서 머뭇거렸다. 이어 소년은 재빨리 시체의 소맷자락을 걷어 사람들에게 손을 보여주며 말했다.

"오른손에 있는 도(盜) 자는 조폐국에서 새겨준 것이고 왼손에 있는 적(賊) 자는 평양군에서 도적질을 한 기념이래요. 엉덩이에 두 개의 검은 글자도 있는데 어렸을 적에 물건을 훔쳐서 이웃들이 새겨준 거래요!"

사내아이가 마치 가보를 세듯 종알거리며 말했다.

"여기 새겨진 도 자와 적 자 모두 보셨죠? 엉덩이에 있는 글자도 보시려면 옷을 벗겨야 해요. 죽은 사람은 너무 무거워서 저 혼자는 옷을 벗길 수 없으니까 엉덩이의 글자를 보시려거든 직접 벗기세요!"

관병들은 두 손에 새겨진 글자를 보고 그가 진쑤임을 확인했다. 그들은 시체 엉덩이에 새겨진 글자는 전혀 볼 생각이 없는지 아이의 제의를 단번에 거절했다. 몇몇 사람이 진쑤가 갑작스럽게 죽은 원인을 두고 쑥덕거

리기 시작했다. 머리를 맞대고 한다는 소리가 모두 사
실과는 거리가 멀었기 때문에 사내아이가 큰 소리로 진
쑤의 사인(死因)을 설명했다.

"아저씨들이 뭘 안다고 그래요? 우리 형명군 나리는
문객을 죽이지 않아요! 물론 흠차 대인도 나리의 문객
을 죽이지 않았구요! 우리 아버지는 백춘대에서 물건을
훔치다 현장에서 붙잡히는 바람에 그게 창피해서 죽은
거예요!"

관병들이 대답했다.

"알았다, 알았어! 누가 도둑놈 아들 아니랄까봐 우리
보다 아는 것도 많구나!"

청운관에서는 관을 수색할 때 그 속에 비밀 공간이
있는지, 그리고 순장품이 철기와 청동 병기로 만들어졌
는지를 검사했다. 그런 이유로 병사 한 명이 우마차의
배 밑에 판자가 대어져 있는 곳을 창으로 쿡쿡 찔러보
며 말했다.

"정말 좋은 측백나무 관이로군. 이런 관은 이십 년이
지나도 썩지 않는다던데 이렇게 좋은 관을 진쑤에게 주
다니 정말 아깝군 아까워!"

관을 에워싼 다른 사람들도 창으로 시체 주변에 있는

토용(土俑)*을 가리키며 말했다.

"무슨 계집들이 이렇게 많담! 일 층은 첩들에게 주고 이 층은 계집종들에게 주었군 그래!"

모두들 질투심에 사로잡혀 중얼거렸다.

"당신네 주군이 천하 인재를 두루 받아들이는 게 맞 긴 맞나보군! 그깟 도둑놈을 문객으로 받아들였다가 죽 었으면 아무 데나 묻어주면 그만이지, 그것도 모자라서 우마차에 실어 평양군까지 보내주고 이렇게 많은 토용 까지 만들어주다니 정말 대단해!"

그때 관병 하나가 끝내 호기심을 떨치지 못하고 진쑤 의 얼굴을 덮은 흰 천을 창으로 거두어냈다. 그러자 진 쑤를 덮고 있던 신비로운 면사(面紗)가 벗겨지면서 한 젊은이의 얼굴이 드러났다. 두 눈은 만족스러운 듯 굳 게 감고 있었고, 얼굴에는 한 줄기 미소가 드리워져 있 었다. 죽은 진쑤의 얼굴은 사람들이 알고 있던 것보다 훨씬 고귀하고 오만해 보였다. 관 속에서 진한 향기가 배어나왔다. 진쑤의 몸은 향초와 솔방울 속에서 사람들 이 전에 접해보지 못한 고상함을 풍기고 있었다. 관병

---

* 흙으로 만든 인형 같은 것.

들은 자신의 눈을 믿지 못하겠다는 듯 말했다.

"백춘대에서 문객 노릇을 하는 것도 정말 괜찮겠어! 진쑤놈은 살아서보다 죽어서 더 호사를 하는군. 이놈 몸에서 제법 향기가 나는데그래!"

관 뚜껑을 닫기 무섭게 사슴처럼 훌쩍 뛰어내린 사내아이가 성벽 쪽으로 달려갔다. 성벽에 사다리가 세워져 있는 것을 보고 그 위로 올라가더니 거기 앉아 다리를 흔들며 소금장수의 낙타가 지나가는 것을 구경하다 한 소금장수에게 소리쳤다.

"나한테는 형명군 나리가 주신 통행증이 있어서 청운관을 지날 수 있지만 아저씨들은 못 지나가요!"

소금장수 한 명이 화가 난 듯 성난 목소리로 욕을 하며 대꾸했다.

"야 이 녀석아, 너는 어떻게 된 놈이 네 애비가 죽었는데도 히죽히죽 웃고 다니는 게냐? 도대체 정신머리가 있는 놈이냐 없는 놈이냐? 우리 낙타도 너보다는 낫겠다, 이놈아!"

마냥 헤죽거리는 사내아이를 두고 관병들이 수군거리기 시작했다. 한 관병이 의심스러운 듯 말했다.

"보아하니 이 녀석 정말 이상한데! 친아버지를 잃은

녀석이 이렇게 쾌활할 수가 있나?"

다른 관병 하나가 거들며 말했다.

"조금 전에도 저 여자의 머리를 당기며 잔소리를 늘어놓는 게 모자가 아니라 원수지간 같더라니까!"

사람들은 사다리 위의 사내아이를 쳐다보더니 저마다의 사연에 따라 아이에 대해 추측하기 시작했다. 관병 한 명이 그 사내아이가 웃고 있어도 하등 이상할 게 없다며, 자신도 아버지 장례식에서 웃다가 어른들에게 쫓겨났었다고 솔직하게 털어놓았다. 대부분의 사람들은 그의 말에 고개를 끄덕이고 그 아이가 진쑤의 아들이 틀림없다고 생각했다.

"슬퍼하지 않는 게 당연하지! 도둑놈의 아들에게 무슨 효심이라는 게 있겠어? 슬퍼하면 오히려 진쑤의 아들이 아닌 게지. 저 녀석 사다리 타고 올라가는 것이며 담벼락 기어가는 것을 보니 훗날 양상군자가 될 게 틀림없어!"

뒤이어 사람들의 시선이 모두 비누에게 쏟아졌다. 소복을 입고 관 옆에 앉아 있는 여인은 갈대보다 더 여위었고, 물기를 머금은 빛을 발하고 있었다. 하도 울어 퉁퉁 불어터진 눈에서 아직도 눈물이 조금씩 흘러나오고 있었다. 눈이 부어 해도 제대로 쳐다볼 수도 없는 것 같았고, 하도 운 탓에 더이상 목소리도 나오지 않는 것 같았다. 그들은 그녀가 뭔가 계속 말하는 소리를 듣긴 했지만 도대체 무슨 말인지 알아들을 수가 없었다. 사람들이 저마다의 생각에 빠져 그 여인을 관찰하고 있는데, 갑자기 운구마차에서 커다란 소리가 났다. 비누가 이마를 관 모서리에 찧고 있었다.

관병 하나가 쏜살같이 달려가 비누를 잡았을 때 그녀의 눈물이 그의 손과 얼굴에 튀었다. 그러자 그의 귀 역시 커다란 눈물방울 때문에 깨어나기라도 한 듯 여태껏 알아듣지 못하던 그녀의 말을 알아듣게 되었다.

"이 여자가 도대체 왜 이렇게 된 거지? 자기가 도촌에 사는 완치량의 아내라는데? 그런 여자가 왜 진쑤의 관 옆에서 소복을 입고 상을 치르고 있는 건가?"

그 관병이 창으로 비누를 가리키며 우장에게 소리쳤다.

"이봐! 이 여자가 자기 남편은 남의 풀 한 포기조차 훔친 적이 없다면서 자신은 절대로 진쑤의 아내가 아니라고 하는데, 지금 도대체 누굴 데리고 여길 통과하려는 게야?"

"진쑤의 아내가 맞다니까요!"

우장이 입에 면병을 넣고 우물우물 씹어 먹다 큰 소리로 반문했다.

"그럼 저 여자가 제 마누라라도 된다는 겁니까? 내가 정신 나간 놈인 줄 아십니까? 미쳤다고 딴 놈을 위해 내 마누라한테 소복을 입히겠냐고요!"

"그게 아니라 저 여자가 자네 아내도 진쑤의 아내도 아닌 완치량의 아내라고 분명히 말했다니까!"

"도촌은 무슨 도촌이고 완치량은 무슨 얼어죽을 놈의 완치량입니까? 저 여자는 지금 너무 슬퍼서 정신이 좀 나갔다니까요! 저런 여자의 말도 안 되는 소리를 지금 믿으시는 겁니까?"

할 수 없이 우장이 점심을 먹다 말고 면병을 겨드랑이에 낀 채 우마차에서 내려왔다. 잔뜩 인상을 쓰고 비누 쪽으로 성큼성큼 걸어가던 그는 관병들이 자신을 보고 있다는 것을 의식한 듯 걸음을 늦추며 그들에게 말했다.

"진쑤의 아내가 벌써 삼 일째 아무것도 먹지 않겠다고 고집을 피우고 있어 큰일입니다요! 이거라도 먹여 정신을 차리게 하면 그런 허튼 소릴랑은 더이상 안 할 겁니다!"

관병이 비누의 옷을 잡고 놓지 않으며 비누가 먹는 것을 보기 전에는 자리에서 떠날 수 없다고 우기자 우장이 말했다.

"그렇게 보고 있으면 사람이 어떻게 먹겠습니까? 그러잖아도 정숙한 여자라 평상시에도 사람들을 피해서 먹는데, 상중이라 먹는 것도 마다하는 판국에 그렇게 보고 있으면 죽어도 안 먹는다고 할 겁니다!"

우장이 비누의 얼굴을 우격다짐으로 관 뚜껑 위에 누르며 입가에 면병을 가져다댔다.

"먹어, 어서 처먹으라고! 처먹고 제정신이 들어야 헛소리를 안 할 것 아냐!"

우장이 성질을 부리며 소리 질렀다.

그때 아이가 달려와 눈을 동그랗게 뜨고 면병을 쳐다보며 말했다.

"안 먹을 거예요! 아예 굶어 죽으려고 작심했거든요!"

그러면서 사내아이가 슬금슬금 관 뚜껑 위로 손을 내밀었지만 병은 고사하고 오히려 우장에게 밟혀 비명을 질렀다.

"네가 처먹겠다고? 이런 병신 같은 놈! 다 죽어가는

년 하나 제대로 못 지키고, 날 이렇게 못살게 굴면서 면병을 처먹을 생각을 해? 넋 빠진 놈 같으니라고!"

사내아이가 말했다.

"괜히 엄한 사람 잡지 말라고요! 제가 계속 돌보지 않았으면 관에 머리를 받아 진작에 죽었을걸요!"

우장이 발을 치우며 사내아이에게 면병을 주우라는 시늉을 했다.

"너한테 먹으라는 게 아냐!"

그가 사내아이에게 경고했다.

"내가 지켜볼 테니 엉뚱한 생각 말고 네 어미에게 먹이거라! 안 먹는다고 고집을 피우거든 면병을 조각조각 찢어서라도 입속에 처넣어!"

관병들이 지켜보는 가운데 아이가 삐죽거리며 면병을 북북 찢어 거칠게 그녀의 입속에 밀어넣었다. 아이는 억울해서 금방이라도 울음을 터트릴 것 같았다.

"안 먹겠다는 사람한테는 죽어라고 주면서 난 배가 고파 죽겠는데 먹을 걸 하나도 안 준다고요!"

그 아이가 갑자기 그녀의 머리카락을 잡고 휘두르며 말했다.

"죽기만 해봐! 칠리동(七里洞)에 갈 때까지는 절대

죽으면 안 돼! 죽었다가는 괜히 나만 탓하며 괴롭힐 테니 죽지 말라고!"

그들은 비누가 입속에 든 것을 고집스레 내뱉는 것을 보았다. 사내아이를 보며 계속해서 무언가 웅얼거리는 소리도 들렸다. 내려줘, 날 내려줘.

"못 내려!"

비누가 뱉어놓은 면병을 또다시 그녀의 입속에 쑤셔 넣으며 사내아이가 말했다.

"이 우마차를 탄 이상 마음대로 못 내려! 난 아줌마가 살아 있기만 하면 되니까 정 죽고 싶으면 칠리동에 가서 죽어! 칠리동에만 도착하면 아줌마가 죽든 살든 나하고는 아무 상관없으니까 말이야!!"

관병들은 비누에 대해 이상하리만치 냉혹한 소년의 태도를 눈여겨보며 말했다.

"저들은 모자 사이가 아닌 게 분명해! 짐승이 새끼를 낳아도 저렇게 원수지간은 아니지!"

누군가 소년의 앞으로 다가가 물었다.

"이 여자가 네 어미냐? 저렇게 젊은데 언제 널 낳은 게냐? 넌 저 여자 어디에서 나온 것이냐?"

사내아이는 조금은 어렵고 저속한 질문에 벽에 있는

돌과 흙을 가리키며 짜증스럽게 대답했다.

"나리들은 전부 아버지 어머니한테서 태어났겠지만 난 아니에요. 난 저기 돌 틈에서 나왔어요!"

관병들이 한바탕 웃음을 터트린 후 진지하게 물었다.

"네 어미가 돌이면 저 여자는 네 어미가 아닌 게 확실하구나!"

관병들이 소년을 추궁하며 몰아붙였다.

"저 여자도 네 어미가 아니고 진쑤도 네 아비가 아니지? 어미 아비도 없는 놈은 관문을 통과할 수 없으니 어서 내려오너라!"

누군가가 소년을 끌어내리려 했지만 아이는 용을 쓰며 버티더니 비누를 팽개쳐두고 얼른 관 뚜껑 위로 올라가 앉았다. 그러고는 멀리 변소에서 볼일을 보고 있는 우장을 손가락으로 가리키며 말했다.

"난 사슴인간이에요! 누가 내 아버지고 어머니인지 그런 건 관심 없어요. 그런 문제는 저기 저 사람한테 물어보세요!"

관병들이 서로 얼굴만 멀뚱멀뚱 바라보는 사이 뒤에서 소금장수들이 길 가는 사람들을 부추겨 소리 지르며 항의하는 게 들렸다.

"우리가 두 눈을 시퍼렇게 뜨고 있는데 도대체 성문을 어떻게 지키는 겁니까? 소금장수는 막으면서 저런 관은 버젓이 지나가게 하는 법이 어디 있습니까? 왜 지나갈 사람은 못 지나가게 하고 막을 것은 막지 않느냐 이 말입니다!"

소요가 커질 것을 우려한 관병들이 잠시 모여 머리를 맞대더니 이윽고 운구마차의 고삐를 안쪽으로 돌렸다. 그러고는 우장에게 고함을 쳤다.

"아니, 도대체 이게 무슨 운구마차인가? 죽은 사람은 진짜인데 어째 산 사람들은 신원이 불확실한가 이 말일세! 자네가 이 여자를 누구 아내라고 해서 누구 아내가 되는 것도 아니요, 이 아이를 누구 아들이라고 우겨서 누구 아들이 되는 것도 아니니 괜한 입씨름 그만 하세나! 자네의 우마차는 우리가 잠시 잡아두고, 통과시켜도 좋을지 등 장군께 여쭤봐야겠네!"

"내 우마차에서 당장 손을 떼시오! 무슨 배짱으로 백춘대의 마차를 함부로 건드린단 말이오!"

우장이 허리띠를 제대로 묶지도 못하고 달려오며 외쳤다. 그가 자신의 마른 팔뚝을 들어 가슴을 세게 탁탁 치며 말했다.

"형명군 나리가 준 통행증이 여기 있지 않습니까? 이 것을 들고 칠군십팔현 구석구석을 다니면 감히 막는 자 가 없는데 왜들 이러십니까? 여기 청운관의 문루(門樓) 도 형명군 나리께서 돈을 대서 만든 게 아닙니까? 헌데 감히 지금 내 우마차를 가로막다니요?"

"자네에게 통행증이 있는 것을 알고 있으니 그간 자 네 마차를 한 번도 잡지 않은 것 아닌가? 하지만 형명군 나리께서 준 통행증은 자네와 우마차를 위한 것이지 저 여자나 아이를 위한 것은 아니지 않은가 말이야! 저 여 자는 신원이 불확실한데다가 아이도 자기 입으로 돌 틈 에서 나왔다고 하니 순순히 관문을 통과하도록 내버려 둘 수는 없네! 게다가 보는 눈이 저리 많은데 자네 일행 을 그대로 보냈다가는 우리 입장도 아주 곤란해진다는 것을 알아야지!"

"지금 나더러 돌아가서 저것들 통행증을 받아오라 이 말입니까?"

우장이 눈을 껌벅이며 생각하다 갑자기 외쳤다.

"그럼 죽어서 나자빠져 있는 저 진쑤놈도 통행증이 있어야 합니까? 관은 또 어떻구요? 그것도 있어야 합니 까? 저기 저 수레바퀴와 표범 휘장도 통행증을 받아야

합니까?"

"진쑤는 이미 죽었으니 통행증이 필요 없네!"

관병들은 우장의 말 속에 가시가 가득한 것을 모른
체하며 냉랭하게 대꾸했다.

"괜히 그렇게 심술부릴 것 없네. 관짝이나 바퀴는 병
기도 아니고 살아 있는 것도 아니니 통행증이 필요 없
지만 저 사람들이라면 이야기가 다르지 않은가? 우리
가 일부러 자네를 난처하게 하려는 게 아니지 않는가.
자네도 자네 귀로 한 명은 진쑤의 아내가 아니라고 하
고 하나는 진쑤의 아들이 아니라고 하는 소리를 듣지
않았는가 말이야? 저렇게 신분이 불확실한 사람들이라
면 통행증 없이는 절대 관문을 통과할 수 없네!"

"그딴 신분 타령 좀 그만 하시죠! 저 여자 신분을 누
구 맘대로 저 여자가 정합니까? 돌 틈에서 나왔다는 아
이의 말을 지금 믿는 겁니까? 저것들이 누구의 처자식
인지에 대해서 저것들 입으로 말한 것은 아무 소용이
없고 형명군 나리가 한 말이 소용이 있는 것이지요! 청
운관의 일도 제대로 처리 못하면서 이제 백춘대의 일까
지 상관하겠다는 겁니까?"

너무 격분한 나머지 통제력을 잃은 우장의 목소리가

점점 높아졌다.

"멍청하기는……! 더이상 실랑이를 벌여봤자 아무 소용없겠군! 내가 우마차를 끌고 직접 등 장군을 만나러 가야 하나, 원 참!"

우장의 안하무인에 격노한 관병들이 외쳤다.

"네놈이 백춘대의 마차를 모는 게 뭐 그리 대단하다고 거들먹거리는 것이냐? 네까짓 놈이 지금 감히 우리 장군님을 직접 만나겠다는 것이냐?"

"저야 당연히 그럴 자격이 없죠! 하지만 이런 사소한 일로 우리 나리까지 나서게 할 수는 없는 일이지 않습니까?"

화가 머리끝까지 치민 우장이 관병들에게 잔소리를 잔뜩 늘어놓은 후 활활 타오르는 눈으로 비누를 쳐다보다 그녀를 향해 마른 나뭇가지 같은 두 팔을 휘휘 내저으며 외쳤다.

"지금 네 신분이 불확실하다는 말을 들었지? 신원이 불확실한 것은 자객밖에 없지! 이 정신 나간 계집아, 지금 누구를 죽일 작정이냐? 관에 묶인 몸으로 도대체 누굴 쳐죽일 작정이냔 말이다!"

자기와는 상관없는 일이라는 듯 한쪽 구석에 숨어 콧

구멍을 후비고 있는 소년이 우장의 눈에 들어왔다. 우장이 한걸음에 달려가 발길질을 하며 외쳤다.

"네놈을 데리고 다니느니 차라리 사슴을 데리고 다니는 게 낫겠다! 내 너희같이 재수 없는 연놈을 데리고 다니다보니 백춘대의 마차도 소용없고, 표범 휘장은커녕 형명군 나리께서 주신 이 통행증도 아무 쓸모가 없게 되었구나! 너희 같은 것들 때문에 형명군 나리께서 친히 이곳에 납시어야겠느냐 아니면 나같이 미천한 놈이 모가지를 걸고 등 장군을 찾아뵈어야겠느냐? 내가 장군님께 우리 백춘대에서 무엇을 잘못했는지를 묻고, 차후에 이를 형명군 나리께 아뢴다면 우리 나리께서 분명히 사죄하시겠지!"

협박의 수위가 점점 더 높아지자 관병들이 앞다투어 우장의 입을 막았다.

"우, 우리가 언제 백춘대에서 뭘 잘못했다고 했나? 우린 그런 말 한 적 없네! 우리 모가지가 두 개도 아니고 간이 배 밖으로 튀어나온 것도 아닌데 감히 형명군 나리께 사죄를 하라고 하다니, 무슨 그런 말도 안 되는 소리를 해가며 우리를 난처하게 만드는 것인가? 우리도 여기서 힘들게 일하며 밥이나 먹고 있는 몸이니 위에서 시키는 대로 할 수밖에 없지 않은가? 그러니 우리 처지를 좀 이해해주게나……"

"나리들 일은 힘들어도 두 손으로 하는 일이니 그래도 좀 낫습니다요. 하지만 이 두 발로 문객들을 실어 나르며 얻어먹고 사는 건 어떻겠습니까? 형명군 나리께서 소인에게 이 관을 실어 보내라는 명을 내리셨는데 이런 하찮은 관조차 청운관 밖으로 끌고 나가지 못한대서야 무슨 얼굴로 백춘대에 돌아가겠습니까요? 그러니 제 어려운 처지도 좀 이해해주시지요!"

"자네 처지라면 우리가 이해하고말고! 그래서 자네가 마차를 끌고 올 때마다 통행증을 꺼내기 불편할까봐 통행증을 확인하지도 않고 보내주지 않았던가? 다만 요즘 세상이 하도 험악하고 인심이 흉흉한데다 황제폐하까지 평양군에 내려와 계시지 않은가. 그 때문에 윗분들이 수색을 철저히 하라고 분부를 내리셨으니 신분이 의심스러운 자는 남녀노소를 막론하고 모두 철저히 심문해야 하네! 그런데 자네 마차 위의 저 여자는 지금 죽으려 하고 있지 않은가? 그런 사람이야말로 가장 위험한 사람이네. 지금은 여자 자객도 많은 시기가 아닌가? 자네 혹시 남송대(南松臺)에 들인 한 여직공이 낭

각군(閣君) 나리를 베틀북으로 살해하려고 했던 사건을 아는가?"

"지금 당장 관에 발이 묶여 있는 여자가 관을 끌고 다니며 자객 행세를 한답니까? 게다가 여직공도 아닌데 무슨 북이 있겠습니까?"

"발은 묶어둘 수 있어도 그 마음은 묶어둘 수 없는 게 사람 아닌가? 북은 없어도 혓바닥은 있지 않은가 이 말이야. 자네가 아직 못 들었나본데 장작방의 장씨가 인간시장에서 싼 맛에 신분이 불확실한 산지 여자를 샀다가, 데리고 온 그날 밤 그 여자한테 혀를 잘릴 뻔했다니까!"

"지금 저더러 저 여자의 이빨까지 묶든지 빼든지 하라는 겁니까?"

"그게…… 그런 뜻이 아니라 그냥 우린 조심하라고 자네에게 특별히 알려주는 것뿐일세."

그 관병이 연신 손을 휘두르며 관 위에 서 있는 사내아이를 보고 말했다.

"저 아이를 보면 정말 돌 틈에서 태어난 아이가 아닌가 싶은 게, 착한 구석이라고는 찾아볼 수가 없잖나. 하지만 저런 아이가 일을 낸다고 해봐야 남의 물건이나 훔치는 정도지 무슨 문제를 더 만들어낼 수 있겠는가? 백춘대의 체면을 봐서라도 관문을 통과시켜주긴 하겠지만 저 여자는 의심스러운 게 너무 많아서 샅샅이 수색하지 않고서는 그냥 보내줄 수가 없네."

세상 물정을 알 만큼 알고 겪을 만큼 겪은 우장인지라 남이 한 걸음 양보하면 자신도 정확하게 그만큼 물러서야 한다는 걸 잘 알고 있었다. 마침내 우장은 씩 웃더니 사내아이에게 으름장을 놓았다.

"앞으로 이상한 소리를 나불거렸다가는 저 돌멩이 틈 사이로 확 처넣을 테니 그리 알아! 내 반드시 네놈을 저 돌멩이 에미의 뱃속에 처넣어주마."

관병들이 낄낄거리는 사이, 우장은 시선을 비누에게 돌리고서 한숨을 쉬며 말했다.

"이 미친 여자가 정신을 도대체 어디다 두고 있는 건지 나리들이 한번 속 시원하게 찾아보십시오!"

관병들이 마차 위로 우르르 몰려들어 약속이라도 한 듯 동시에 비누의 몸을 잡았다. 그리고 하나 둘 셋 구령을 붙이며 비누의 몸을 관에 바짝 밀어붙이고 꼼짝도 못하게 했다. 비누의 비명 소리를 못 참겠는지 관병 하나가 얼른 관 밑에 깔아둔 건초를 말아 그녀의 입을 틀어막았다.

"침을 뱉어서도 다리를 오므려서도 안 되고, 허리를 굽혀서도 안 된다! 알겠느냐? 우리가 시키는 대로 순순히 따르거라!"

그들의 숙련된 손이 비누의 가을옷 속을 더듬었다. 관병 하나가 더럽고 냄새나는 옷과 쉰내가 풀풀 나는 그녀의 머리 때문에 인상을 썼다.

"이렇게 지저분한 여자는 난생처음이네그려!"

또다른 관병 하나가 흉기를 숨기진 않았는지 찾아본다며 비누의 유방을 주물럭거렸다. 음험한 욕망에 다른 손으로는 비누의 허리띠를 풀고 가장 은밀한 곳까지 손을 밀어넣었다. 그 순간 관병들의 귓가에 무엇인가 폭발하는 소리가 들려왔다. 비누의 몸에 있는 눈물샘이란 눈물샘이 한꺼번에 터진 듯 그녀의 몸에서 빗방울과 같은 눈물이 튕겨나오기 시작했다. 모든 관병의 얼굴이 눈물로 젖어들었다. 그들은 눈이 휘둥그레져 비누와 자신의 손을 번갈아 들여다보았다. 그 여자의 몸에서 솟구친 따뜻한 물방울들이 타닥거리는 소리를 내며 투구와 갑옷으로 떨어지고 있었다. 숱하게 사람을 수색해본 관병들이었지만 이렇게 연약한 여인을 수색한 적도, 이렇게 연약한 여인의 몸에 이토록 많은 눈물이 숨겨져 있는 것을 본 적도 없었다. 눈물은 마치 분수처럼 솟구치며 그들의 손 위로 떨어졌다. 그것은 불똥 같기도 했고 얼음덩어리 같기도 했다. 관병들은 앞다투어 우마차에서 뛰어내리더니 손에 묻은 물방울을 미친 듯이 털어내며 우장을 향해 소리를 질러대기 시작했다.

"이봐, 우장! 도대체 어디서 이런 여자를 데리고 온 거야? 이건 사람이 아니라 완전히 분수일세, 분수!"

우장이 뭐라고 대답하기도 전에 사내아이는 쌤통이라는 듯 소리 질렀다.

"내가 눈물인간이라고 말했잖아요! 내 말은 들은 척도 안 하더니…… 얼른 방패로 저 여자 눈물을 막아야할걸요!"

사내아이가 흥분한 듯 관 위에서 이리저리 뛰며 관병들에게 방패를 들라고 시켰다.

"얼른, 얼른 방패를 들라니까요! 저 눈물에는 저주가 있어서 저 눈물이 눈에 들어가는 날에는 나리들도 하루종일 울어야 한다고요!"

관병들은 처음에는 사내아이의 말을 믿지 않고, 그저 여자의 눈물이 어떻게 튕겨 날아오를 수 있는지 궁금해하며 무의식적으로 방패를 들어 가슴을 보호했다. 하지만 그들은 곧 눈물의 습격과 화살의 공격은 전혀 다른 것이라는 것을 깨달았다. 나이 많은 한 관병이 가슴을 보호하길 포기하고 잽싸게 방패를 들어 얼굴을 가리며 외쳤다.

"어서 방패를 들어 얼굴을 보호하라구!"

그 관병이 동료 관병들에게 다급한 목소리로 외쳤다.

"저 여자 눈물이 뜨거운 것 같아! 내 눈에 들어갔는데 아파 죽겠다고!"

또다른 관병 하나가 방패로 얼굴을 가리며 외쳤다.

"내 눈에도 들어갔는데 눈이 쓰라려 죽겠어!"

허둥거리던 관병들은 순식간에 정신을 차린 듯 본능적으로 일렬로 서서 방패를 높이 쳐들고 뒤로 물러섰다. 그들은 알 수 없는 공포심에 사로잡혀 관문을 열며 우장에게 소리쳤다.

"이제부터 우리는 너희 백춘대의 마차를 아예 잡지도 않을 것이다! 잘나빠진 관 하나 내가면서 눈물 화살로 호위를 하다니…… 어서 지나가거라, 어서! 등 장군 눈에 띄지 않게 어서 지나가라고!"

청운관 문이 닫힐 무렵 등 장군은 청운봉(靑雲峰)에

서 장기를 두고 있었다. 그는 한 번에 둘을 살필 수 있는 뛰어난 장수였다. 청운봉 꼭대기에 앉아 있던 그는 청운관을 빠져나가지 못하고 있는 수많은 마차들 가운데 한 운구마차가 관문을 빠져나가는 것을 보았다. 장기에서 져 심기가 불편하던 등 장군은 관문을 지키는 관병을 불러 그 죄를 문책했다. 아직까지도 정신을 차리지 못한 관병이 더듬거리며 이상한 여자의 눈물 화살에 공격당한 일을 설명했다. 등 장군이 새로 개발된 화살 전법인가를 의심해 재차 물었지만 관병은 그저 눈물 화살이라고만 되풀이할 뿐이었다. 그의 황당한 설명을 들은 등 장군은 부하를 시켜 요언(妖言)을 퍼트린 자에게 채찍을 가하라고 명령했다. 채찍을 맞기 위해 웃옷이 다 벗겨진 관병의 눈에 구세주와도 같은 자신의 방패가 들어왔다. 자신의 등과 엉덩이를 장군의 채찍 아래 내놓은 채 그는 그 방패를 등 장군의 눈앞에 들어보였다. 어제 막 나누어준 방패에 진주 모양의 물방울이 흐를 듯 말 듯 매달려 있었다. 등 장군은 물자국을 발로 닦아보았으나 닦이지 않았다. 등 장군은 부하를 시켜 손으로 닦게 했다. 하지만 여전히 그 자국은 지워지지 않았다. 등 장군은 직접 방패를 들어 조심스럽게 햇빛에 비춰보았다. 햇빛에 닿은 물방울은 서서히 말라버렸지만 물기가 사라진 곳에는 녹슨 자국이 점점이 박혀 있었다.

(2권에 계속)

옮긴이 **김은신**

고려대학교 중문과와 한국외국어대학교 동시통역대학원 한중과를 졸업하고, 고려대학교 중문과 박사과정을 수료했다. 남서울대학교 겸임교수를 역임했으며, 현재 전문번역가로 활동하고 있다. 옮긴 책으로『금잔화』『비련초』『은잔화』『포청천』『로빙화』『쌀』등이 있다.

세계신화총서 6
눈물 1

| 1판 1쇄 | 2007년 8월 25일 |
| 1판 2쇄 | 2007년 10월 5일 |

지 은 이	쑤퉁
옮 긴 이	김은신
펴 낸 이	강병선
책임편집	강건모 염현숙 오영나
펴 낸 곳	(주)문학동네
출판등록	1993년 10월 22일 제406-2003-000045호

주 소	413-756 경기도 파주시 교하읍 문발리 파주출판도시 513-8
전자우편	editor@munhak.com
전화번호	031) 955-8888
팩 스	031) 955-8855

ISBN 978-89-546-0368-3 04820
     978-89-546-0352-2 (전2권)
     89-546-0048-4 (세트)

www.munhak.com